W0411078

Guido M. Breuer
Alte Narben

Vom Autor bisher bei KBV erschienen:

All die alten Kameraden
Altes Eisen
Alte Narben
Nach alter Mörder Sitte
Alte Sünden

Guido M. Breuer wurde 1967 in Düren geboren. Er wuchs in Düren und in der Nordeifel auf. Nach einer Ausbildung zum Bankkaufmann und anschließendem Wirtschaftsstudium arbeitete er als selbstständiger Unternehmensberater und lebt heute als Autor in Bonn. Seine Tatorte finden sich vornehmlich in seiner Nordeifeler Heimat, den Tälern und Höhen von Nideggen bis Monschau. Dort ermittelt auch sein Lieblings-Protagonist Opa Bertold, der sich erstmals im Frühjahr 2009 mit *All die alten Kameraden* in das kriminalistische Geschehen der rauen Eifel einschaltete und 2014 bereits seinen fünften Fall zu lösen hat.

Guido M. Breuer

Alte Narben

KBV

1. Auflage 2011
2. Auflage 2014

© KBV Verlags- und Mediengesellschaft mbH, Hillesheim
www.kbv-verlag.de
E-Mail: info@kbv-verlag.de
Telefon: 0 65 93 - 998 96-0
Fax: 0 65 93 - 998 96-20
Umschlagillustration: Ralf Kramp
Redaktion: Nicola Härms, Rheinbach
Druck: CPI books, Ebner & Spiegel GmbH, Ulm
Printed in Germany
ISBN 978-3-942446-07-5

Vorwort

»Es war ihr Dorf, sie waren Deutsche, so klug und so dumm wie ihre Nachbarn, sprachen deren Platt, fühlten sich nicht endlich, sondern längst zu Hause, hatten Verwandte in den Nachbardörfern, spielten Karten mit den Dorfbewohnern, turnten mit ihnen und spielten Fußball, nahmen an Kriegen teil, wurden verwundet, fielen, hatten ihre Vorurteile, ihre Urteile.«

Heinrich Böll, »Die Juden von Drove«, in Bd. 22 des Gesamtwerkes, Köln 1984, Kiepenheuer & Witsch

1. Kapitel

Was für ein wunderschöner Tag!«

Bärbel Müllenmeister blinzelte in die Morgensonne, die warm in den Frühstückspavillon der Seniorenresidenz Burgblick schien und ihr Haar kupfergolden aufleuchten ließ. So kam es jedenfalls Lorenz Bertold vor, der wie Bärbel am Buffet stand und auf frisches Rührei wartete.

»Ja«, maulte er leise. »Und Kommissar Wollbrand hätte den Tag auch wunderschön gefunden, wenn er sich nicht für sein bisschen Frühstück die Beine in den Bauch hätte stehen müssen.«

»Ach komm, alter Brummbär«, kommentierte Gustav Brenner, der sich, von seinem Freund unbemerkt, dicht hinter Lorenz geschoben hatte. »Gib doch einmal zu, dass es dir gut geht.«

»Niemals«, erwiderte Lorenz. »Ich definiere ›gut gehen‹ nicht als das vorübergehende Fehlen von Schmerz.«

»Sie erwarten offenbar sehr viel vom Leben, mein Lieber«, bemerkte ein Mann, der gerade den Raum betreten hatte und sich in die Reihe der Wartenden eingliederte.

Lorenz musterte den Neuankömmling über den Rand seiner Brille hinweg. »Sieh da, ein Frischling«, meinte er und grinste.

Der Mann ließ die Andeutung eines Lächelns auf seinem von unzähligen winzigen Runzeln bedeckten Gesicht sehen. »Ei, so hat man mich seit mindestens achtzig Jahren nicht genannt.« Er machte einen Schritt auf Lorenz zu und reichte ihm die Hand. »Kratz mein Name. Jakob Kratz.«

Lorenz erwiderte den Händedruck und wunderte sich über die Energie, die von dem Griff des Greises ausging. »Angenehm. Lorenz Bertold.« Er wies auf Bärbel und Gustav. »Bevor dieser schräge alte Vogel Ihnen die Hand zum Gruß reicht, möchte ich Ihnen Bärbel Müllenmeister vorstellen.«

»Herzlich willkommen«, sagte Bärbel und strahlte Jakob Kratz an.

»Vielen Dank«, erwiderte dieser. Nachdem er Bärbel und auch Gustav die Hand gegeben hatte, fuhr er fort: »Ich hatte nicht zu hoffen gewagt, gleich an meinem ersten Morgen in diesem Haus auf so freundliche und offene Menschen zu stoßen.« Er zwinkerte Lorenz zu. »Sie sehen, meine Erwartungen an das Leben im Allgemeinen und an die Menschen im Speziellen sind längst nicht so hoch wie die Ihren.«

»Woher kommen Sie, Herr Kratz?«, fragte Bärbel.

Gustav setzte grinsend hinzu: »Unsere Frau Professor will damit andeuten, dass Sie aufgrund Ihrer gewählten Ausdrucksweise kaum aus der Gegend stammen können.«

Bärbel setzte gerade zu einem entschiedenen Dementi an, als ein weiterer Mann, auf eine Gehhilfe gestützt, am Buffet erschien und nach kurzem Blick auf die Theke in Richtung Küche rief: »Gibt's mal wieder Stau? Ist ja auch überraschend, dass hier am Morgen jemand frühstücken will!« Der Mann verlagerte demonstrativ sein Gewicht am Griff des Rollators von einer Hand auf die andere, um anzudeuten, wie sehr ihn das Warten anstrengte.

Bärbel ignorierte den Unmut, welcher aus der ganzen Körperhaltung des Mannes sprach, und meinte: »Kommen Sie vor, Herr Floto. Sie erhalten die erste Portion. Dann können Sie sich schnell hinsetzen.« Bärbel wies auf die Küchenangestellte, die mit einer Schüssel voll dampfendem Rührei an das Buffet trat. Floto grunzte etwas Unverständliches und setzte seinen Rollator in Bewegung. Plötzlich trat Jakob Kratz vor und hielt Floto auf, indem er einen ausgestreckten Zeigefinger auf dessen Brust setzte. »Halt«, sagte er mit einer kalten, schneidenden Stimme, die keinen Widerspruch duldete. »Für diesen da braucht niemand zurückzustehen!«

Der alte Floto musterte angewidert den Finger an seiner Brust. Dann hob er seinen Blick und sah Jakob Kratz ins Gesicht. Er öffnete seinen Mund zu einer trotzigen Entgegnung, doch dann wurde er plötzlich blass und schwieg. Nach einem Moment, der allen Anwesenden sehr lang vorkam, wandte sich Floto mit steinerner Miene ab. Er bugsierte den Rollator mühsam in Richtung des Ausganges und stakste langsam und wackelig davon. Lorenz schaute dem Alten hinterher, dann flüsterte er leise: »Kommissar Wollbrand fragte sich, was diesen alten Grantler so schnell hatte vertreiben können.«

Gustav kommentierte: »Dem Mann hat es wohl gründlich den Appetit verhagelt.«

Jakob Kratz meinte tonlos: »Mir auch.« Damit verließ auch er den Saal. Zurück blieben drei einigermaßen ratlose Senioren. Die Hausangestellte stellte das Rührei auf der Theke ab und beeilte sich, wortlos wieder in der Küche zu verschwinden.

»Was war denn das?«, fragte Bärbel, als sie sich von ihrem Schrecken erholt hatte. »Dieser Herr Kratz schien doch so freundlich zu sein?«

Lorenz brummte: »Offenbar ist er aber sehr wählerisch bei der Verteilung seiner Freundlichkeit.«

Gustav grinste. »Dann frage ich mich aber, wieso er bei dir so nett war.«

»Ach Gustav.« Bärbel konnte dem Erlebten keinen Scherz abgewinnen. »Im Ernst, das hat mir Angst gemacht. Was haben die beiden denn? Herr Kratz ist doch erst ganz frisch hier, und schon fängt er Streit an.«

»Aber dieser Floto ist auch keiner, mit dem man knuddeln möchte«, versetzte Gustav.

»Wie dem auch sei«, meinte Lorenz. »Jetzt habe ich zu lange auf das Ei gewartet, um es kalt werden zu lassen.«

2. Kapitel

Wenig später saßen die drei im Garten der Seniorenresidenz. Die Julisonne meinte es gut mit ihnen. Obschon es noch vor neun Uhr am Morgen war, konnten sie es sich bereits ohne Jacke auf einer Holzbank gemütlich machen.

»Aah«, meinte Gustav und räkelte sich. »Wie schade, dass ich nicht mehr rauche. Jetzt eine gute Zigarre, das wär doch was.«

»Igitt.« Bärbel schüttelte sich. »Zigarren sind doch fies. Ich wusste gar nicht, dass du Raucher warst. Was wissen wir sonst noch alles nicht von dir?«

»Vermutlich mehr, als ich euch erzählen könnte«, grinste Gustav. Er fügte hinzu: »Warum soll es euch da besser gehen als mir? Aber eins kann ich euch sagen: Eine gute kubanische Zigarre, mit Liebe gerollt, in einer feucht-warmen Nacht geraucht, das ist Leben!«

»Oho, da komm ich wohl gerade richtig!« Benny Bethge ließ sich mit Schwung auf die Bank fallen. »Onkel Gustav erzählt von feucht-warmen Genüssen.« Der junge Pfleger lachte, dass es durch den Garten schallte und eine Elster verschreckt und ärgerlich krächzend davonflog.

Gustav entgegnete nichts, sondern lächelte nur still vor sich hin.

Lorenz stieß Benny mit seinem Gehstock an und meinte: »Hat unser Flegel Ausgang? Was machst du hier draußen?«

Benny grinste: »Arbeit, Opa Bertold. Harte Arbeit sogar, denn ich habe den Auftrag, euch zum Fitnessprogramm abzuholen.«

Lorenz murmelte missmutig: »Der alte Ermittler hatte gleich geahnt, dass das Auftauchen des jungen Bengels nichts

Gutes zu bedeuten hatte. Wieder einmal wurde sein Gespür bestätigt – leider.«

»Ach komm, mein Lieber«, meinte Bärbel. »Du hast versprochen, heute mitzumachen.«

Lorenz schüttelte sich unwillig. »Wann soll ich denn das gesagt haben? Ich bin ein alter Mann, kann mich nicht erinnern, plädiere auf vorübergehende Unzurechnungsfähigkeit.«

»Das mag schon zutreffen«, sagte Gustav. »Aber ehrlich, ich möchte mir dieses Schauspiel eigentlich auch nicht entgehen lassen, selbst wenn es bedeutet, dass ich mitmachen muss.«

»Das ist ein Wort«, stimmte Benny zu. »Besser hätte ich es nicht sagen können.«

»Aber wollt ihr euch denn nicht lieber mit dem spannenden Disput beschäftigen, den wir eben erleben durften?«, ereiferte sich Lorenz. »Da steckt doch ein Geheimnis dahinter, und wir machen Ringelpiez mit Anfassen, anstatt dem nachzugehen?«

»Ach.« Benny wurde hellhörig. »Was habt ihr denn jetzt schon wieder ausgebuddelt?«

»Noch nichts«, erklärte Gustav. »Aber unser Kommissar Wollbrand ist sicherlich wieder einmal der Meinung, einem kriminellen Geschehen auf der Spur zu sein.«

»Kriminell oder nicht, jedenfalls ist es spannender als Gymnastik«, verteidigte Lorenz sich und Kommissar Wollbrand.

»Ja, was war denn nun?«, fragte der junge Pfleger weiter.

Bärbel antwortete: »Wir waren eben Zeugen eines seltsamen Streits. Ein Neuankömmling, Herr Kratz, hat sich mit Herrn Floto angelegt. Und es ist völlig unklar, warum.«

Lorenz ergänzte: »Aber offensichtlich sind sich die beiden alten Knaben spinnefeind.«

Benny meinte: »Das spricht für den Neuen. Ich mag, ehrlich gesagt, den Floto auch nicht. Der hat so was Herrisches.«

Bärbel erhob sich von der Bank. »Aber der Streit der beiden geht uns im Grunde ja auch gar nichts an. Wohl aber unsere Gesundheit, und die erfordert jetzt etwas Bewegung im Kreise Gleichgesinnter.«

»Ach, dann kann ich ja spazieren gehen«, grummelte Lorenz, wohl wissend, dass ihm dies nicht gelingen würde.

Gustav stand ebenfalls auf. »Nee, mein Junge. Da kommst du nicht mehr raus. Jetzt wird Programm gemacht. Nimm es als taktisches Zugeständnis. Ein kleines Übel wird hingenommen, dafür können wir beim Bingo heute Abend fehlen.«

Lorenz folgte seinen Freunden kopfschüttelnd und überließ es Kommissar Wollbrand, seinen Missmut in einem unhörbaren Fluch zum Ausdruck zu bringen. Mit etwas Wehmut warf er noch einen Blick auf den sonnigen Park, dann traten sie ins Gebäude der Seniorenresidenz und gingen in den Gemeinschaftsraum, in dem sich bereits viele Mitbewohner versammelt hatten. Die Heimleiterin Sibylle Klinkenberg lächelte gütig und begrüßte die Ankömmlinge. »Wunderbar, dass Sie auch noch dazustoßen. Dann sind wir glaube ich vollständig versammelt und begrüßen unseren Gast, Frau Berretz vom Verband Seniorentanz e.V.« Sie klatschte heftig Beifall und animierte die anderen, es ihr gleichzutun. Die so Begrüßte ergriff dann auch das Wort. Lorenz bemühte sich, nicht zuzuhören. Dennoch begriff er, dass es um eine gemeinsame Tanzveranstaltung ging, bei der man sowohl im Stehen als auch im Sitzen teilnehmen konnte. Rasch nahm er auf einem Stuhl Platz.

Sibylle Klinkenberg kam auf ihn zu. »Aber Herr Bertold, Sie sind doch wunderbar zu Fuß. Die Stühle sind für unsere gehbehinderten Mitbewohner gedacht.«

»Mein Bein tut heute arg weh«, antwortete Lorenz und klopfte dann wie ein Zeremonienmeister laut mit dem Gehstock auf den Boden. »Lasst die Spiele beginnen!«

Die Klinkenberg seufzte. »Ach, Herr Bertold, Sie wollen doch, dass ich Sie ernst nehme. Dann geben Sie mir doch bitte die Gelegenheit dazu.«

Die Tanzgruppenleiterin kam lächelnd auf die beiden zu. »Das ist schon in Ordnung«, meinte sie beschwichtigend. »Das Tanzen im Sitzen ist eine wunderbare Sache, und wenn es so für Sie angenehmer ist, dann ist das doch schön.« Dann wandte sie sich an die anderen. »Ich denke, wir beginnen erst einmal mit etwas Musik ganz nach Wunsch, so zum Warmwerden. Was mögen Sie gerne?«

»Eine Rumba, wenn's geht!«, rief Gustav übermütig aus. »Das weckt den Latino in mir!«

Bärbel lachte hell auf. »Du alberner Kerl!«

Doch nur wenige Augenblicke später hatte die Übungsleiterin bereits eine passende Musikkonserve gefunden, und die gewünschte Rumba begann. Während den herumstehenden und -sitzenden Senioren noch Anweisungen und Hilfestellungen gegeben wurden, begannen Gustav und Bärbel die ersten Schritte. Lorenz betrachtete das Tun der beiden mit Argwohn und kommentierte: »Der alte Kommissar konnte dem feurig tuenden Gockel kaum zusehen.« Als er dann aufgefordert wurde, sich im Rhythmus der Musik zu bewegen, hob er demonstrativ energiesparend abwechselnd mal die eine, mal die andere Hand einige Zentimeter in die Höhe.

Gustav führte Bärbel nah an Lorenz vorbei. Dabei raunte er ihm zu: »Na, was ist, kommst du nicht doch auf den Geschmack?«

Lorenz versetzte: »Geh weg, du tust ja nur so begeistert, um die Bärbel anfassen zu können.«

»Dummkopf«, kommentierte Bärbel, bevor Gustav sie in gekonntem Schwung in die Tiefe des Raumes entführte und Lorenz auf seinem Stuhl zurückließ. Der dachte kurz darüber nach, ob Bärbel ihn oder Gustav gemeint hatte.

Dann trat die Klinkenberg auf ihn zu und machte den Fehler, ihn nochmals anzusprechen. »Herr Bertold, wie wär's mit ein bisschen mehr Elan? Machen Sie sich und uns die Freude.«

»Was mir und Ihnen Freude macht, sind zwei ganz verschiedene Dinge, die in diesem Leben nicht mehr zueinanderfinden.«

Die Heimleiterin seufzte. »Sie machen es mir wirklich nicht leicht.«

Lorenz antwortete nicht, sondern grinste sie nur stumm an. Dann hob er wieder abwechselnd mal die eine, mal die andere Hand im Takt der Rumba und murmelte dabei: »Eins zwei drei – vier fünf sechs. Eins zwei drei – vier fünf sechs.«

Kopfschüttelnd wandte sich die Klinkenberg von ihm ab. Lorenz registrierte dies mit einem Grinsen. Zufrieden lauschte er der Musik, die er durchaus als anregend empfand, und blickte in die Runde. Er wunderte sich, wie viele seiner Mitbewohner wie selbstverständlich die Rumba mit offensichtlich gut gelernten Schritten tanzten. Andere saßen auf Stühlen und ließen sich zeigen, wie sie sich auch auf diese Art zu der Musik bewegen konnten. Die Übungsleiterin ließ Lorenz wohlweislich in Ruhe. Bärbel und Gustav tanzten auffällig schwungvoll. Lorenz brummte ärgerlich. Von Bärbel hätte er nichts anderes erwartet, sie war ein paar Jahre jünger als er und sehr beweglich. Doch Gustav hätte er diese Agilität nicht zugetraut.

»Dem erfahrenen Ermittler war klar, dass der Alte alles gab, um mit der attraktiven Frau das Tanzbein schwingen zu können.«

Argwöhnisch beobachtete er jede Bewegung Gustavs. Der führte Bärbel elegant durch den Raum, eine Hand immer locker, aber bestimmt an ihrer Hüfte. Oder war es doch eher der Po? Dass der alte Charmeur sich das herausnahm! Lorenz war erleichtert, als die Rumba endete und die Übungsleiterin begann, den Anwesenden zu erklären, was sie mit ihnen nun vorhatte. Bärbel und Gustav traten zu Lorenz. Bärbels Wangen waren leicht gerötet. »Hui, das war aber schön. Willst du nicht doch mitmachen?«

Lorenz antwortete nicht. Stattdessen meinte Gustav: »Barbarella und Gustavo hatten ihren Tanz. Jetzt bist du dran, alter Faulpelz.«

Lorenz stand auf. »Ich bin überzeugter Nichttänzer. Das wird sich ganz sicher auch nicht mehr ändern. Erst recht nicht sonntagmorgens um halb zehn.«

Bärbel stupste ihn kameradschaftlich an. »Ach komm, sei kein Spielverderber. Tu doch ein bisschen mit.«

»Ein bisschen habe ich schon mitgetan. Jetzt reicht's mir.« Lorenz ergriff seinen Stock und verließ den Raum. Bärbel wusste nicht, ob sie ihm folgen sollte.

Gustav meinte: »Lass den Brummbär gehen. Wenn er nicht mitmachen will, soll er jetzt ruhig mal mit sich allein sein.«

»Ich weiß nicht. Der dumme Kerl bildet sich das vielleicht ein, aber in Wirklichkeit würde er gerne mitmachen, wenn er nur über seinen Schatten springen könnte. Wer ist schon gern allein, wenn andere zusammen Spaß haben?«

Bärbel schaute etwas unglücklich drein. Gustav legte ihr einen Arm um die Schulter und versuchte sie zu trösten: »Ganz allein ist er nicht. Er hat ja Kommissar Wollbrand.«

3. Kapitel

Die noch nicht sehr hoch über dem Horizont stehende Sonne schien durch eine Lücke in der Häuserreihe. Ein schmaler Streifen warmen Lichts drang in die Gasse. Lorenz setzte langsam einen Fuß vor den anderen, dem holprigen Kopfsteinpflaster misstrauend. Der steile Weg, der zur Burg hinaufführte, lag schattig und kühl vor ihm. So genoss er es vorerst, in den von der Morgensonne erhellten Korridor zu treten und dort einen Augenblick zu verharren. Lorenz spürte die Wärme in seinem Gesicht, wenig später dann, als die Strahlen sein Hemd durchdrungen hatten, auch auf der Brust. Er blieb eine Weile so stehen, mit geschlossenen Augen die Sonne genießend.

Irgendwann hatte Lorenz den Eindruck, genug Energie für den Anstieg zur Burg aufgenommen zu haben. Langsam schritt er voran. Hin und wieder wurde er von schneller gehenden Passanten überholt. Er erinnerte sich, dass es Sonntag war und man vermutlich zur Kirche ging. Tatsächlich betraten die meisten derjenigen, die denselben Weg wie Lorenz nahmen, das Gotteshaus, das der Burg vorgelagert auf dem Hügel lag. Er betrachtete den romanischen Bau, dessen rötliche Front immer noch vereinzelte Spuren eines wilden Schusswechsels aufwies, den er im letzten Jahr miterleben konnte.

Lorenz grinste, als er sich an diesen denkwürdigen Tag erinnerte, an dem er beinahe in den Besitz der heiligen Lanze gekommen wäre.

Einen Moment drängte es ihn, die Kirche zu betreten. Doch dann dachte er an die Kühle, die ihn in der steinernen Halle empfangen würde, und setzte seinen Weg über den Burghügel fort, der nun ganz von der Morgensonne beschienen wurde.

Kurz vor dem eigentlichen Burggelände bog er nach rechts ab, wo ein kleiner Pfad in den Wald führte. Lorenz wusste, dass dieser Weg ihn zum Felsenrundgang führte. Vom Kopf des Burgfelsens würde er einen weiten Blick ins Rurtal haben. Der erdige Pfad war uneben. Lorenz passte auf, dass er nicht über einen Stein oder eine aus dem Boden ragende Wurzel stolperte. Bedächtig spazierte er an einer vielleicht achthundert Jahre alten Steinmauer entlang. Sie endete vor einer Baumgruppe, deren ineinander verschlungene Stämme wirkten wie von mächtigen Reptilien gewürgte Körper. Lorenz dachte an Bärbel, die darin vermutlich ein bekanntes Kunstwerk erkennen würde. Er nahm sich vor, ihr diese Stelle bald einmal zu zeigen. Vorsichtig ging er weiter. Erst als er am Felskopf angelangt war, wo ein Geländer den Pfad rechter Hand zum Abgrund hin schützte, wurde der Weg einfacher. Tief unten im Tal wand sich der Fluss, das dunkle Laub der bewaldeten Hügel vom Hellgrün der Wiesen trennend. Lorenz schaute auf Hetzingen mit seinen Campingplätzen, den Schüdderfelder Hof und auf die Orte Brück und Zerkall hinunter. Auf der gegenüberliegenden Höhe lagen Schmidt und Bergstein. Er strengte seine Augen an, um den Aussichtsturm auf dem alten Berensteiner Burghügel zu erkennen. Jedoch schien dieser Punkt zu weit für ihn entfernt zu sein, um Genaues erkennen zu können. Vermutlich war die Luft am Morgen noch zu diesig für einen klaren Blick, dachte er.

Zwischen den Bäumen ragten Mauerreste in den Steilhang hinein. Lorenz erinnerte sich, dass sie als Kinder bäuchlings über das in der Breite nur einen Backstein messende Bauwerk gerobbt waren, bis man am Ende nur noch Luft unter der Nase hatte und erschauernd in die Tiefe blickte. Mit ungläubigem Staunen betrachtete er die Mauer, die direkt bis zum Felssturz reichte und alles andere als stabil wirkte. Vielleicht waren die Steine damals noch fester gefügt oder er und die anderen Jungs waren einfach verrückt und unvorsichtig genug gewesen.

Lorenz ließ seinen Blick weiterschweifen, über die abschüssige Mauer hinweg auf die andere Seite des Taleinschnitts, wo bei Rath die Felsen von Kickley und Christinenley den Höhenzug säumten.

Das helle Klimpern von metallenen Karabinern und laute Rufe zeigten Lorenz an, dass Kletterer in der senkrechten Wand des Burgfelsens unterwegs waren. Es kam ihm der Gedanke, ob das Klettern in diesem Bereich überhaupt erlaubt war. Dann schüttelte er über sich selbst den Kopf und schalt sich einen alten verknöcherten Beamten. Vielleicht war viel wichtiger als die Genehmigung, dass sich die jungen Leute da unten zutrauten, diesen Felsen erklettern zu können. Lorenz hatte dies nie versucht. Seit seiner Kindheit hatte er immer wieder Menschen beobachtet, die ihre Geschicklichkeit und Kraft an dem schwierigen Eifeler Sandstein erprobten. Auch sein Pfleger Benny tat dies regelmäßig. Er fragte sich, warum er niemals ernsthaft in Erwägung gezogen hatte, es selbst einmal zu versuchen. Plötzlich war ein Bild vor seinem inneren Auge, so klar und deutlich, als wäre er fünfzig Jahre zurück in die Vergangenheit geworfen worden. Maria, noch sehr jung, vor einer Gruppe verwegen aussehender Männer, die sich mit Seil, Haken und Karabinern bewaffnet an die Ersteigung eines Felsenturmes machten. Das war im Effels gewesen, gar nicht weit vom Burgfelsen entfernt. Maria hatte gemeint, das wäre genau das Richtige für sie, man müsste es zumindest einmal ausprobieren. Lorenz hatte gelacht und sie nicht ernst genommen. Sie waren dann weitergegangen. Noch lange konnte man beim Spazierengehen das Klingen der an Fels schlagenden Karabiner hören. Über das Klettern hatten sie nie wieder gesprochen, soweit er sich erinnern konnte.

Lorenz folgte dem Weg, der sich an den Felsköpfen entlangschlängelte. Auch jetzt verfolgten ihn die Geräusche der Kletterer weiter. Plötzlich war Bärbel in seinem Kopf. Bärbel, die lebensfrohe, beinahe jugendlich wirkende Künstlerin. Bärbel, die hochgebildete Professorin. Bis heute war es ihm noch nie aufgefallen, dass sie trotz der völlig unterschiedlichen Lebenswege seiner Maria doch sehr ähnlich war. Beide waren auf ihre Art bescheiden, lebten scheinbar in ganz ähnlichem Milieu wie Lorenz selbst und waren dennoch viel wagemutiger und experimentierfreudiger als er. Daran konnten auch Kommissar Wollbrand und seine kriminellen Abenteuer der letzten Zeit nichts ändern. Er konnte sich heute seine Maria gut vorstellen bei dem Versuch, mit Seil und Haken in eine Felswand einzusteigen. So wie Bärbel einfach eine Rumba aufs Parkett legte, ohne daran zu denken, was die anderen tun oder sagen. Und er hätte mit ihr tanzen können, wenn er es nur gewollt hätte. Stattdessen hatte er Gustav das Feld überlassen. Gustav Brenner, der Geheimnisvolle. Gustavo, der feurige Tänzer. Gustav, der gebildete, weit gereiste, welterfahrene und undurchsichtige Freund. Sicher war er ein passenderer Partner für Bärbel als er, Lorenz, der pensionierte Beamte, der selten aus seiner Heimat herausgekommen war und nichts zu bieten hatte außer einigen Kenntnissen der Heimatgeschichte und einem Hang zur Kriminalistik. Der alt gewordene Lorenz, der nie mit Maria das Klettern versucht hatte. Vermutlich, und darüber hatte er noch nie ernsthaft nachgedacht, war es ein unverdientes Glück gewesen, dass Maria ihn geheiratet hatte und zweiundfünfzig Jahre bei ihm blieb, bis alle ihre Lebenskraft aufgebraucht war und der Krebs sie ihm weggenommen hatte.

Lorenz beschleunigte seinen Schritt. Zu der nach Westen gewandten Seite des Burgbergs reichten die wohltuenden Strahlen der Sonne zu dieser Tageszeit nicht. Die Luft war im Schatten immer noch recht kühl. So versuchte er sich durch schnelleres Gehen zu erwärmen. Vor ihm glänzte silbrig das Gipfelkreuz des Hager Turms.

»Rumba!« Lorenz schnaufte verächtlich und rammte seinen Gehstock vehement in den steinigen Grund. Er bog schwungvoll um einen Vorsprung, der aus der Felswand ragte und den Pfad zu einer scharfen Biegung zwang. Unversehens prallte er mit einem Mann zusammen, der gerade seinen Blick weit ins Tal hatte schweifen lassen und so auf den sich flott nähernden Gegenverkehr nicht gefasst gewesen war. Beide Spaziergänger verloren das Gleichgewicht.

»Verzeihung«, sagte der Mann, als er, auf dem Boden kniend, die erste Überraschung ob des plötzlichen Sturzes überwunden hatte.

»Ach was«, brummte Lorenz, der sich nach dem unkontrollierten Aufprall ebenfalls auf dem Boden wiederfand, zurück. »Ich hab nicht aufgepasst, meine Schuld.«

Dann bemühte er sich, wieder auf die Beine zu kommen. Der andere war bereits wieder aufgestanden und reichte Lorenz beide Hände zur Hilfe. Der nahm den starken Griff gerne an und sah, als er wieder aufrecht stand, in die Augen eines Mannes, der bestimmt um einiges älter war als er selbst.

»Ich danke Ihnen, Herr Kratz«, sagte er dann.

»Sie kennen mich?«, fragte Kratz verwundert zurück.

»Wir haben uns heute früh im Speisesaal der Seniorenresidenz kennengelernt. Das Treffen war recht kurz und von einem seltsamen Streit überschattet.«

»Ja, der Floto.« Kratz sah Lorenz freundlich und ruhig in die Augen. »Stimmt, ich erinnere mich natürlich. Wir sprachen kurz.« Dann reichte er Lorenz nochmals die Hand. »Jakob Kratz.«

Beinahe wäre Kommissar Wollbrand ein bissiger Kommentar darüber entfleucht, dass die nochmalige namentliche Vorstellung unnötig war, doch stattdessen antwortete Lorenz: »Angenehm, Lorenz Bertold.«

Er schüttelte die ihm dargebotene Hand und wunderte sich erneut über den festen Griff des Alten. Dann meinte er: »Sie scheinen ebenfalls vor dem Animationsprogramm Reißaus genommen zu haben. Das Wichtigste haben Sie also als Neuankömmling schon gelernt.«

Kratz lächelte still vor sich hin, entgegnete darauf jedoch nichts.

»Sagen Sie«, fuhr Lorenz fort. »Dafür, dass Sie hier neu sind, scheinen Sie sich aber hier sehr gut auszukennen. Diesen Weg findet nicht jeder so schnell.«

Kratz lächelte immer noch. »Ich bin hier geboren. Das mit dem Neuankömmling stimmt also nicht so ganz. Andererseits ...« Er brach den Satz ab, und das Lächeln verschwand aus seinem runzligen Gesicht. Lorenz wartete ab, ob der Alte den Gesprächsfaden wiederaufnehmen würde. Das tat dieser jedoch nicht. Stattdessen wandte er sich zum Gehen. »Verzeihen Sie«, sagte er dann. »Ich möchte meinen Spaziergang jetzt gerne fortsetzen.« Er nickte Lorenz noch einmal kurz zu und ging rasch davon.

Lorenz sah Kratz verwundert nach, bis dieser um die nächste Wegbiegung verschwunden war. Dann murmelte er: »Kommissar Wollbrand wusste nicht, was er von diesem komischen Kauz zu halten hatte, aber er war erfahren genug, um zu spüren, dass mit diesem Alten etwas nicht stimmte.«

Lorenz klopfte sich den Schmutz aus seiner Kleidung, nahm den Stock auf und setzte seinen Weg ebenfalls fort.

4. Kapitel

»So schlecht ist dieser Kaffee nun auch wieder nicht, Gustav.« Benny grinste den Alten an. »Klar ist dein edles Gebräu 'ne andere Nummer, aber dafür sitzen wir hier in der Sonne und lassen uns bedienen.«

Die Hausangestellte, die gerade den Kaffee serviert hatte, sah den jungen Pfleger grimmig an. Benny setzte sein Grinsen daraufhin auch in Richtung seiner Kollegin fort.

»Ein weiser Knabe, der so schnell zufrieden«, entgegnete Gustav.

»Sag mal, Benny«, schaltete sich Bärbel ein. »Hast du eigentlich am Sonntagnachmittag nichts Besseres zu tun, als mit uns altem Eisen hier im Garten zu sitzen?«

»Nö«, antwortete Benny kurz.

Lorenz betrachtete argwöhnisch seine Tasse. »Hat das vielleicht damit zu tun, dass dich deine russische Schönheit verlassen hat?«

»Ach, Opa Bertold«, seufzte Benny und vergaß für einen Moment sein Grinsen. »War doch klar, dass das mit der Elena nicht lange halten würde. Ihre Familie war ein bisschen zu stressig.«

Lorenz trank einen Schluck und meinte: »Na ja, es ist schon so was mit der Familie.« Er kippte den Rest seines Kaffees in hohem Bogen auf den Rasen und stand auf. »Besonders bei mir.«

Dann ging er dem Mann entgegen, der langsam auf sie zu kam und im Gehen, noch mehrere Meter von Lorenz entfernt, die Hand unsicher ausstreckte und sagte: »Hallo Papa.«

Lorenz wartete, bis sein Sohn nah genug an ihn herangetreten war, um seine ausgestreckte Hand ergreifen zu können.

»Tach, Junge.«

Bärbel, Gustav und Benny betrachteten den Gast neugierig. Sie warteten eine Zeit lang, wie sich Vater und Sohn nun verhalten würden – eine Zeit, die allen Anwesenden viel zu lange vorkam. Eine peinliche Stille breitete sich aus. Dann hielt es Bärbel nicht mehr aus. »Sie sind also Lorenz' Sohn. Freut mich, Sie kennenzulernen. Bärbel Müllenmeister.«

Dankbar lächelnd schüttelte der Mann ihr die Hand. »Stephan Bertold. Freut mich auch.«

»Das ist mal eine Überraschung«, meinte Lorenz. »Bist du allein?«

»Nein«, antwortete sein Sohn und wies hinter sich. »Rita hat mich nur vorgeschickt, damit ich mich nicht hinter ihr verstecken kann.«

»Hätte ich mir auch nicht vorstellen können, dass du ohne Verstärkung hier aufkreuzt.«

»Opa, habe ich dir eigentlich schon mal gesagt, dass du unmöglich bist?« Rita Bertold trat aus dem Schatten des Gebäudes und war mit einigen schnellen Schritten ihrer langen Beine bei Lorenz. Sie küsste ihn auf die Stirn.

»Mehrmals, mein Schatz«, antwortete Lorenz. »So oft, dass meine Freunde hier es auch schon wiederholen.«

»Hallo Frau Kommissarin«, grinste Benny. »Glauben Sie ihm nicht.«

»Dem kann ich nur beipflichten«, fügte Gustav hinzu. »Der alte Kauz hat gar keine Freunde.«

»Ach, jetzt seid ihr aber unmöglich!«, rief Bärbel aus. »Was soll denn Herr Bertold Junior denken.«

»Gar nichts, wie immer«, brummte Lorenz so leise, wie es sonst nur Kommissar Wollbrand tat.

Seine Enkeltochter tat so, als hätte sie nichts gehört. »Paul und Jessica kommen gleich nach, wenn sie einen Parkplatz gefunden haben. Gar nicht so einfach an einem Sonntag in Nideggen, wenn das Wetter so schön ist wie heute.«

»Ja«, bestätigte Lorenz und dachte dabei an die vielen Menschen, die ihm auf dem Rückweg von seinem Morgenspaziergang im Ort begegnet waren. »Heute wird der neue Bau am Zülpicher Tor befeiert, da und drumherum wird allerlei Spökes gemacht.«

»Stimmt!«, rief Bärbel aus. »Da wollten wir doch hingehen!«

»Vielleicht später«, meinte Lorenz.

»Aber wenn doch jetzt deine Familie hier ist, gehen wir vielleicht besser und lassen euch etwas in Ruhe«, schlug Gustav vor.

Lorenz wedelte mit seinem Stock vor Gustavs Nase herum. »Seid ihr des Teufels? Lasst mich ja nicht mit denen allein.«

Rita lachte. »So ist der Opa Bertold halt. Papa, willst du einen Kaffee? Hier braucht man nur einen Finger zu heben.«

»Ja, ein Kaffee wär gut«, meinte Stephan Bertold.

Benny sprang auf. »Ich kümmer mich drum.«

Lorenz setzte sich wieder auf seinen Gartenstuhl und wies seinen Sohn mit einem Wink seines Stockes an, ebenfalls Platz zu nehmen. Dann saßen sie schweigend da. Rita, Bärbel und Gustav hüteten sich, etwas zu sagen. Nach einer Weile kam Benny zurück, mit einer Kollegin im Schlepptau, die dem Besuch Kaffee servierte. Nach dem kurzzeitigen Klimpern des Porzellans kehrte wieder Stille ein.

Irgendwann sagte Lorenz: »Du bist grau geworden.«

Sein Sohn antwortete: »Genau wie du.«

»Stimmt.«

Man trank Kaffee, lauschte dem Zwitschern der Vögel, die in den hohen Bäumen saßen, und schwieg. Lorenz schaute über den Garten der Seniorenresidenz. Die Sonne schien warm, alles war hell und freundlich. Worüber sollte er mit

Stephan reden? Über Gerda? Sicher nicht. Über das Wetter? Das war nicht seine Art, war es nie gewesen. Sollte der Junge doch anfangen. Lorenz lehnte sich in seinem Stuhl zurück. Sein Blick fiel auf eine Bank, auf der Jakob Kratz saß. Offenbar wärmte sich der Alte in der Sonne. Oder wartete er auf jemanden? Lorenz wollte diesen Gedanken schon wieder verwerfen, als sich eine Person der Bank näherte. Es war eine Frau, noch recht jung, wie ihm schien. Sie setzte sich zu Kratz, und die beiden begannen ein angeregtes Gespräch. Lorenz hätte nur zu gerne gewusst, wer die Frau war und was die beiden zu besprechen hatten.

»Mein Junge, lass uns einen kleinen Spaziergang durch den Garten machen«, sagte Lorenz dann kurzentschlossen und stand auf. Stephan stellte überrascht seine Tasse ab und erhob sich ebenfalls. Lorenz schlenderte gemächlich davon, sein Sohn folgte ihm. Die anderen blieben zurück.

»Das ist doch schon mal ein Anfang«, meinte Rita erleichtert.

Gustav sah Lorenz nach, beobachtete, welchen Weg dieser einschlug, und wiegte bedächtig den Kopf hin und her. Bärbel folgte Gustavs Blick. Skeptisch verfolgte sie Lorenz' Weg durch den Garten, der ihn wie zufällig zu der Bank führte, auf der Kratz mit seinem Besuch saß. Als Lorenz nur wenige Schritte neben Kratz stehen blieb und sich niederkniete, als müsse er seinen Schuh zubinden, schüttelte sie den Kopf. »Na, ich weiß nicht.«

»Was weißt du nicht, Tante Bärbel?«

Bärbel drehte sich um. »Hallo, meine Süße!«, rief sie und begrüßte das Mädchen, das an den Tisch getreten war.

»Hallo zusammen«, sagte Paul Gedeck, der mit seiner Tochter eingetroffen war. Während er allen Anwesenden seine riesige Hand reichte, suchte er Lorenz. »Klappt das mit den beiden?«

Rita wies dorthin, wo Lorenz gerade auf dem Boden kniete und sein Sohn neben ihm stand. »Kann man noch nicht sagen.«

»Und?«, fragte Benny. »Wie geht's dem größten Kommissar der Aachener Kripo?« Paul schob seinen Zwei-Meter-Körper nah an Benny heran. »Ganz gut. Und was macht der verrückteste Altenpfleger Nideggens so? Übt er fleißig weiter mit seinen Stöckchen? Und immer noch mit der Russenmafia verlobt?«

Benny lachte. »Nee, das ist Geschichte. Die Kleine ist zwar heiß, aber das familiäre Umfeld eben auch.«

Paul erinnerte sich nur zu gut an das gemeinsame Abenteuer mit dem Vater von Bennys Liebschaft, dem Paten vom Rursee, bei dem sie alle ihr Leben riskiert hatten.

Dann setzte Benny hinzu: »Aber die Kunst des Kendo übe ich natürlich weiter, wenn du das mit dem ›Stöckchen‹ gemeint hast.«

Sie lachten, dann richteten sich ihre Blicke wieder auf Lorenz, der mittlerweile auch die Schnürsenkel seines zweiten Schuhs einer näheren Betrachtung unterzog. Angestrengt lauschte er dem Gespräch zwischen Jakob Kratz und der Besucherin. Die beiden sprachen sehr leise miteinander, beinahe flüsternd. Das regte Lorenz' Neugierde erst recht an. Er grummelte: »Die Art und Weise, wie die beiden miteinander sprachen, erhärtete die Annahme des alten Ermittlers, dass hier etwas Geheimnisvolles im Gange war.«

Doch so sehr er sich konzentrierte, er konnte kein Wort verstehen. Nur einmal, als Kratz kurz etwas lauter wurde, vernahm er: »Damit kommen die Schweine nicht durch!«

Die Frau legte beruhigend ihre Hand auf den Arm des Alten, der daraufhin seine Stimme wieder senkte. Lorenz fand, dass er lange genug an seinen Schuhen herumgefummelt hatte. Er stand auf und setzte seinen Weg fort, direkt an der Bank vorbei. Kratz sah ihn und schwieg. Das Gespräch wurde erst fortgesetzt, als sich Lorenz und sein Sohn bereits wieder in einiger Entfernung befanden. Nun war Lorenz sicher, dass er eine interessante Spur aufgenommen hatte. Schweigend ging er weiter.

Stephan Bertold merkte, dass sein Vater keine Unterhaltung in Gang bringen würde. So begann er: »Wie geht es dir denn hier so?«

»Gut.«

»Schön, dass du hier Freunde gefunden hast. Nette Leute.«

»Sehr nette.«

Wieder entstand eine längere Pause. Sie hatten das Ende des Gartens erreicht, und Lorenz schlug einen Bogen, der sie zurückführte.

»Papa, wir müssen sprechen.«

»Worüber?«

»Über Gerda. Rita sagte mir, du gibst mir immer noch die Schuld an ihrem – an dem, was damals geschehen ist.«

»Die alte Petze.«

»Bitte, Papa.«

Lorenz schwieg. Stephan versuchte es weiter: »Soll das denn immer so weitergehen?«

»Kann ich nicht sagen«, antwortete Lorenz. »Es gab ein Verbrechen, welches hätte verhindert werden können. Aber weder warst du der Täter noch ich. Was können wir also tun?«

»Ich weiß es nicht, Papa.«

Sie setzten ihren Spaziergang schweigend fort, bis sie wieder an ihrem Tisch angelangt waren.

»Hallo, mein Engel!«, rief Lorenz aus, als er Jessica sah. Das Mädchen lief ihm entgegen und begrüßte den Alten. Lorenz tat so, als wolle er sie hochheben, dann ließ er es aber.

»Ach du liebes bisschen, sag mal, wie alt bist du jetzt?«

»Zehn«, antwortete Jessica.

»Das gibt's doch nicht. Und schon so groß. Du wirst doch nicht etwa so riesig werden wollen wie dein Papa?«

»Nee«, meinte das Mädchen. »Höchstens so groß wie Rita.«

»Na, das reicht ja dann wohl auch.« Lorenz fuhr der Kleinen durch das schwarze Strubbelhaar. »Lass dir Zeit mit dem Großwerden. Damit handelt man sich 'ne Menge Schwierigkeiten ein.«

»Nicht zu viel verraten«, versetzte Paul. »Der Racker ist mir jetzt schon anstrengend genug.«

Lorenz trat zu Bärbel und Gustav, die beieinander saßen, und beugte sich zu ihnen herunter. Dann flüsterte er: »Der alte Kratz scheint nicht sonderlich gesellig. Aber im Moment bespricht er mit dieser Frau Dinge, die für uns sehr interessant sind. Offenbar haben sie gemeinsame Feinde. Wir sollten in Erfahrung bringen, wer diese Frau ist. Und wir müssen mehr über den alten Floto wissen. Was ist zwischen den beiden? Hier ist was im Gange.«

Dann erhob er sich wieder und sagte laut: »Wenn ihr das, was man hier einen Kaffee nennt, ausgetrunken habt, gehen wir vielleicht auf ein Stündchen in den Ort. Dann erzähle ich euch etwas über das Zülpicher Tor und die Nideggener Stadtmauer, und wenn ihr brav seid, gibt's auch ein Eis.«

5. Kapitel

Der Speisesaal der Seniorenresidenz Burgblick leerte sich zusehends. Die meisten hatten das Abendessen beendet und zogen sich zurück. Lorenz beobachtete den alten Floto, der alleine an einem Tisch saß und gedankenverloren in seinem Dessert herumstocherte. Irgendwann schob der Alte die Reste seines Mahls beiseite und erhob sich. Gestützt auf seinen Rollator verließ er den Speisesaal durch den Garteneingang. Lorenz stieß Bärbel an. »Los, dein Auftritt.«

Bärbel verzog die Mundwinkel. »Ich kann das nicht. Muss das denn sein?«

Lorenz schüttelte unwillig den Kopf. »Das haben wir doch besprochen. Wenn dieser Unsympath überhaupt mit jemandem spricht, dann mit dir. Gustav oder mir sagt der doch sowieso nix.«

»Da hat Kommissar Wollbrand recht«, stimmte Gustav zu. »Es ist doch auch nichts dabei, sich etwas mit einem Mitbewohner zu unterhalten.«

»Aber aushorchen ist was anderes«, grummelte Bärbel.

»Ach was«, versetzte Lorenz. »Frag ihn einfach, wie es ihm geht und warum der Neue so bös zu ihm war. Mit ein bisschen Anteilnahme, so wie du halt bist.« Er gab Bärbel noch einen Stups.

Sie stand zögernd auf und folgte dem Alten, der mit seinem Rollator noch nicht weit gekommen war.

Lorenz grinste Gustav an. »Ist sie nicht ein braves Mädchen? Bin mal gespannt, was sie herausbekommt.«

Bärbel verließ den Speisesaal und schlenderte scheinbar ziellos durch den Garten. Aus dem Augenwinkel beobachtete sie Floto, wie dieser seine Gehhilfe den Weg entlangschob.

Der Alte verließ das Gelände der Seniorenresidenz. Langsam trollte er sich Richtung Ortsausgang davon. Bärbel folgte ihm in respektvollem Abstand, bei jedem Schritt darüber nachdenkend, ob sie sich unauffällig genug bewegte. Sie war hierüber noch zu keinem Schluss gekommen, als eine Frau schnellen Schrittes an ihr vorüberrauschte und auffällig direkt auf Floto zusteuerte. Bärbel blieb unwillkürlich stehen, als die Frau Floto erreicht hatte und den Alten ohne Umschweife ansprach. Die beiden waren zu weit entfernt und sprachen auch zu leise, als dass Bärbel etwas hätte verstehen können. Jedoch wurde ihr schnell klar, dass die beiden keine Freunde waren. Floto stieß einen Fluch aus, und als die Frau weiter auf ihn einredete, hob er abwehrend eine Hand und winkte ab. Dann drehte er sich weg und schob seinen Rollator voran. Die Frau versperrte ihm den Weg und sagte noch etwas zu ihm. Das musste ihn endgültig aus der Fassung gebracht haben, denn nun rief er so laut aus, dass Bärbel ihn verstehen konnte: »Nichts habe ich damit zu tun. Gar nichts! Sag das der Judensau!«

Die Frau wandte sich kopfschüttelnd ab und ging davon. Jetzt erkannte Bärbel sie als diejenige, die sich am Nachmittag im Garten der Seniorenresidenz so eingehend mit dem alten Kratz unterhalten hatte. Während Bärbel ihr noch hinterhersah, hatte Floto eilig ein Mobiltelefon hervorgekramt. Bärbel ärgerte sich, dass sie eben nicht näher an die beiden herangetreten war und den Inhalt des Gesprächs nicht hatte verfolgen können. Nun versuchte sie diesen Fehler wettzumachen und die Distanz zu dem Alten zu verringern. Der hatte es offenbar sehr eilig, das Gespräch hastig flüsternd zu einem raschen Ende zu bringen. Als Bärbel näher kam, hatte er das Telefon bereits wieder weggesteckt.

Bärbel nahm all ihren Mut zusammen und sprach Floto so

unbeschwert, wie es ihr möglich war, an: »Guten Abend, Herr Floto. Ein kleiner Spaziergang nach dem Essen?«

»Was?«, antwortete dieser wenig freundlich.

Bärbel setzte ein Lächeln auf, das sie als gewinnend empfand. »Nun, ein wenig Bewegung an der frischen Luft fördert die Verdauung, will ich meinen.«

»Was geht Sie meine Verdauung an?«

Bärbels Lächeln wurde bemüht, das spürte sie deutlich. »Ach, natürlich gar nichts. Ich wollte mit Ihnen sicher kein Gespräch über Verdauung beginnen.«

»Dann lassen Sie's auch.«

Bärbel fühlte, wie sie der Mut verließ. Sie holte tief Luft, erinnerte sich an das, was Lorenz eben über ihr Einfühlungsvermögen gesagt hatte, und nahm Anlauf zu einem letzten Versuch: »Ich würde an Ihrer Stelle auch verärgert sein. Diese Frau eben hat Sie offenbar belästigt, genau wie kürzlich der seltsame Herr Kratz. Hat der was gegen Sie?«

Floto sah Bärbel mit einem so stechenden Blick an, dass ihr bange wurde. »Das geht Sie einen Scheißdreck an! Gehen Sie Ihrer Wege, ich habe noch einen Termin.«

Damit drehte er sich weg und schob seinen Rollator vorwärts. Bärbel wagte nicht, ihm weiter zu folgen oder noch ein Wort an den Alten zu richten. Sie eilte zurück zur Seniorenresidenz und hoffte, ihre unerfreuliche Gefühlslage wieder etwas beruhigen zu können, indem sie ihren Freunden das eben Erlebte berichtete.

6. Kapitel

Der alte Mann fluchte leise vor sich hin. Der Rollator holperte über das Kopfsteinpflaster und bereitete ihm große Mühe. Er hätte doch auf seinen Sohn hören und das Modell mit den extra großen Rädern nehmen sollen. Das sei für Nideggen und Umgebung besser geeignet, hatte Hermann gesagt. Wilhelm Floto hasste es, wenn sein Sohn recht hatte. Das kam jedoch beileibe nicht oft vor, dachte der Alte. Und wenn man ihn brauchte, war der Bengel sowieso nicht da. Das Geschäft und seine Freunde waren wichtiger als der alte Vater. Als wenn er, Wilhelm Floto, es nicht gewesen wäre, der das alles aufgebaut hatte. Vieles war den Bach runtergegangen, seit er zu alt fürs Tagesgeschäft war. Im Laden wie in der Politik. Heute waren doch nur noch Weicheier an der Macht. Den ganzen Wirrwarr, mit dem man sich heute herumschlagen musste, hatte es früher nicht gegeben.

»Weicheier, kommunistische«, zischte Floto, als er den Ort durch das alte, aus roten Sandsteinquadern gebaute Stadttor verließ. Hinter dem Zülpicher Tor bog er rechts ab und betrat das Gelände des alten Kurparks. Der hatte auch schon bessere Tage gesehen, erinnerte sich Floto. Früher, als in Deutschland noch Zucht und Ordnung herrschten, war der Kurpark von Bad Nideggen ein beliebtes Postkartenmotiv gewesen. Heute passierte man ein paar Glascontainer, neben denen Plastiktüten voller Müll standen, und sah auf verlorene Rasenstücke zwischen struppigen Waldfetzen, durchzogen von Spazierwegen. Floto konnte den in steilen Stufen hinabführenden Weg mit seinem Rollator nicht benutzen. Er nahm den etwas längeren Weg, entlang eines großen, schräg in den Hang gebauten Gebäudekomplexes. Auch diese Wohnanlage hatte früher gepflegter ausgesehen, wie er sich erinnerte. Hier gab es keine Stufen. Als er dieses Gebäude hinter sich gelassen hatte, wurde auch dieser Weg recht steil. Wieder fluchte er, als er merkte, wie sich die Gehhilfe selbstständig machen wollte. Der Alte musste die Bremse benutzen. Es dauerte eine Weile, bis er in die Senke hinabgestiegen war und der Pfad wieder flacher wurde. Nun wandte er sich nach links, wo der Weg schmaler wurde und zu den Felsen des Effels führte.

Mittlerweile war es dunkel geworden. Floto ging noch ein paar Schritte weiter, bis der Weg eine Biegung machte und von den Wohngebäuden aus nicht mehr einsehbar war. Hier wartete er. Der Fußmarsch hatte den alten Mann angestrengt. Sein Herz schlug heftig, und er war verschwitzt. Es war kühl zwischen den Bäumen. Floto hatte keine Jacke mitgenommen. Jetzt fror er. Niemand war unterwegs. Vereinzelt waren Vogelrufe zu hören. Die Nacht senkte sich über das Rurtal.

Floto sah auf seine Armbanduhr. Er konnte das Ziffernblatt nicht erkennen. Leise fluchend kramte er nach seinem Telefon, um mithilfe des beleuchteten Displays die Uhrzeit ablesen zu können. Er erstarrte in der Bewegung, als ihn jemand aus dem Dunkel ansprach: »Das können Sie stecken lassen. Ich bin da.«

Floto starrte angestrengt ins Dunkel. Eine Gestalt löste sich aus dem Dickicht und bewegte sich auf ihn zu.

»Wer sind Sie?«, fragte er. »Ich habe Thomas erwartet.«

»Thomas kann nicht kommen«, antwortete die Gestalt, die der Alte immer noch nicht erkennen konnte. »Er hat mich geschickt.«

»Was soll das?« Floto stützte sich auf seinen Rollator und reckte das Kinn vor. »Ich muss mit Thomas sprechen. Wo ist er? Ich habe eben mit ihm telefoniert. Er sagte, er würde das Problem lösen.«

»Das hat er schon, indem er mich geschickt hat«, kam die Antwort.

Ärger schoss in Floto hoch. Er wollte diesem Ärger durch einen Fluch Luft machen, doch er kam nicht mehr dazu. Ein Knüppel zischte aus dem Dunkel herab und landete krachend auf seinem Kopf. Mit einem hässlichen Knacken gab die Schädeldecke nach. Wilhelm Floto brach zusammen. Den zweiten und dritten Schlag nahm er bereits nicht mehr wahr. Der Alte war längst tot, als sich die Gestalt zu ihm hinunterbeugte, ein Messer zog und an ihm zu schneiden begann.

7. Kapitel

Lorenz öffnete die Augen. Er fühlte sich wach und ausgeschlafen. Daher überraschte es ihn, dass es in seinem Zimmer noch völlig dunkel war und die Uhr eine halbe Stunde nach Mitternacht anzeigte. Gerade einmal eine Stunde geschlafen, dachte er. Und mit diesem Gedanken kehrte die Müdigkeit zurück. Und die Erinnerungen, die ihn eben beim Einschlafen beschäftigt hatten. Er murmelte: »Es war wohl eher die innere Unruhe, die den alten Kommissar aus dem Schlaf gerissen und ihm Wachheit vorgetäuscht hatte.«

Lorenz erhob sich. Manchmal, wenn er in der Dunkelheit wach lag und seine Gedanken sich nicht ordnen wollten, reichte es, sich aufzurichten, und der Kopf fühlte sich irgendwie gleich etwas klarer an. Manchmal eben.

Halb eins in der Nacht. Es war die Stunde, in der Gerda im Kölner Hauptbahnhof saß und keinen Anschlusszug nach Düren mehr bekommen hatte. Hatte Stephan etwa nicht gesagt, er würde seine Schwester mit dem Auto dort abholen? Natürlich hatte er das. Und wie kam der Junge darauf, dass Lorenz selbst hatte fahren wollen?

Stephan war heute nach langer Zeit das erste Mal wieder bei ihm gewesen, und eigentlich hatten sie nicht miteinander gesprochen. Diese verfluchte Nacht, in der Gerda verschwand, stand zwischen ihnen wie eine Wand. Und nun schoss Lorenz ein Gedanke durch den Kopf, so klar, dass er sich wunderte, wieso er dafür so lange gebraucht hatte. Wenn er selbst mit dem Verschwinden seiner Tochter so sehr zu kämpfen hatte über so viele Jahre, war dann sein Sohn, der damals noch so jung war, nicht erst recht überfordert? Wie hatte Stephan überhaupt leben können mit dem Vorwurf des Vaters, für den Tod der Schwester verantwortlich zu sein? Der Alte brummte: »Kommissar Wollbrand konnte nicht fassen, für diesen logischen Schluss zwanzig Jahre gebraucht zu haben.« Lorenz schluckte. Sein Mund fühlte sich trocken an, ein schaler Geschmack lag ihm auf der Zunge. Er hatte großes Verlangen nach einer Tasse von Gustavs gutem Kaffee. Kurzentschlossen schwang er sich aus dem Bett, zog sich an und verließ sein Zimmer.

Auf dem Gang war es ruhig. Die Nachtbeleuchtung sorgte für ein spärliches Licht, welches so gerade die Orientierung ermöglichte. Lorenz schlug den Weg zu Gustav ein. Es war nicht unwahrscheinlich, dass der Freund zu dieser Stunde noch wach war. Und gegen einen nächtlichen Kaffeeklatsch hatte er sicher auch nichts einzuwenden. Als Lorenz vor Gustavs Zimmer stand und anklopfen wollte, bemerkte er sofort, dass die Tür nur angelehnt war. Vorsichtig trat er ein. Es brannte Licht, doch niemand war da. Lorenz ging durch das Wohnzimmer und betrat den Durchgang zu Gustavs Schlafzimmer. Auch dieses war leer, genauso wie das Bad. Lorenz flüsterte leise, so als müsste er befürchten, belauscht zu werden: »Kommissar Wollbrand hatte keine Ahnung, wo der alte Vogel steckte. Jedenfalls war er ausgeflogen.«

Dann verließ er Gustavs Wohnung und schloss die Tür hinter sich. Wo mochte er nur sein? Vielleicht hatte er an die Tanzveranstaltung anknüpfen und Bärbel einen Besuch abstatten wollen? Lorenz beschloss, der Sache auf den Grund zu gehen. Bärbel Müllenmeisters Apartment war nicht weit entfernt. Richtig einladend für eine nächtliche Stippvisite. Oder vielmehr ein Schäferstündchen. Er beschleunigte seinen Schritt und war bald am Ziel angekommen. Lorenz legte sein Ohr an Bärbels Tür und horchte. Er glaubte, leise Musik zu hören. Noch einen Moment zögerte er, dann holte er tief Luft und klopfte. Er wartete einen Moment. Dann hatte er das Gefühl, vielleicht zu zaghaft gewesen zu sein, und klopfte noch einmal, diesmal kräftiger. Wieder legte er sein Ohr an die Tür, um zu horchen, und zuckte erschrocken zurück, als geöffnet wurde. Bärbel stand da, noch vollständig in der Tageskleidung, und sah den späten Besucher überrascht an. »Lorenz«, sagte sie. »Was ist los?«

»Du bist noch auf?«

»Wie du siehst. Ich wollte aber gerade zu Bett gehen.«

»Bist du allein?«

Bärbel machte große Augen. »Was ist denn das für eine Frage?« Dann fügte sie hinzu: »Aber komm doch erst einmal herein.« Sie zog Lorenz am Ärmel über die Schwelle und schloss die Tür hinter ihm. »Nun?«

»Nun ja«, begann Lorenz. »Ich bin auf der Suche nach Gustav, und ich dachte, er wäre vielleicht bei dir.«

Bärbel lächelte. »Um diese Zeit? Eher nicht. Und wieso suchst du ihn überhaupt? Ist er nicht in seinem Apartment?«

»Nee, das ist es ja. Und seine Zimmertür stand auf.«

»Der Gustav ist doch ein Stromer«, meinte Bärbel. Und dann stutzte sie. »Er ist weggegangen und hat seine Tür offen gelassen?«

Lorenz nickte. »So sieht's aus. Vielleicht ist er mal wieder auf Extratour unterwegs.«

»Lass uns ihn suchen«, sagte Bärbel schnell. »Wer weiß, wo er landet, wenn er wieder schlafwandelt. Ich zieh mir nur rasch Schuhe an.«

Wenig später schlichen sie durch das Haus. Sie liefen, ständig auf der Hut vor der immer wachen Sibylle Klinkenberg, alle Gänge der Seniorenresidenz ab. Bald kamen sie zu dem Schluss, dass er das Gebäude verlassen haben musste. Sie holten sich aus ihren Zimmern warme Jacken und eilten ins Freie.

»Wo sollen wir nur mit der Suche beginnen?«, fragte Bärbel, als sie die dunklen, menschenleeren Gassen Nideggens vor sich hatten.

Lorenz erinnerte sich: »Einmal hab ich ihn am Marktplatz aufgesammelt. Lass uns zuerst dorthingehen, und dann sehen wir weiter.«

Die beiden gingen, so schnell es Lorenz möglich war, über die kopfsteingepflasterte Straße, vorbei an allerlei Geschäften, deren Auslagen sich vom bunten Treiben des Tages zu erholen schienen, vorbei am Rathaus bis zum Marktplatz. Im Zentrum beschattete ein alter Baum die Szenerie. Er ließ dem fahlen Mondlicht nur wenig Raum, sich hier auszubreiten. Hinter dem Baum plätscherte Wasser in einem Brunnen, dessen Korpus aus einer in Scheiben geschnittenen Kugel bestand. Dort, wo eine steinerne Einfassung das Wasserbecken umrundete, war die Silhouette einer Gestalt zu erkennen.

»Da sitzt er!«, rief Bärbel aus und lief über den Platz. Lorenz konnte so schnell nicht folgen. Doch er sah ebenso wie Bärbel, als sich die Gestalt erhob und ihnen entgegenblickte, dass es nicht Gustav war.

»Herr Kratz«, sagte Bärbel enttäuscht und überrascht zugleich. »Was machen Sie denn hier?«

Der Alte blickte sie einen Moment stumm an. Erst als Lorenz zu ihnen aufgeschlossen hatte, antwortete er: »Vielleicht etwas Ähnliches wie Sie, vermutlich jedoch etwas ganz anderes.«

Lorenz raunte leise: »Kommissar Wollbrand hatte in diesem Moment keine Lust auf rätselhafte Sprüche.« Und laut sagte er: »Meister, es ist mir gleich, was Sie hier tun. Jedoch gestatten Sie die Frage, und ich verbinde dies mit der inständigen Bitte um eine verständliche Antwort, ob Sie vielleicht unseren Freund Gustav Brenner gesehen haben?«

Bärbel fügte hinzu: »Bitte, Herr Kratz, der Gustav schlafwandelt ab und an, und wir möchten nicht, dass er hier in dunkler Nacht so herumläuft.«

Kratz lächelte. »Denken Sie nicht auch, dass das Schlafwandeln des Nachts hier wesentlich ungefährlicher ist als am Tage? Aber ich möchte Sie nicht ärgern: Ich begegnete Ihrem Freund in der Bewersgasse, hier gleich um die Ecke. Das ist noch gar nicht lange her.«

»Und?«, fragte Bärbel aufgeregt. »Was hat er gemacht? Hat er Sie erkannt? Hat er gesprochen?«

»Ich denke nicht, dass er mich erkannt hat. Ich sprach ihn an, und er murmelte etwas davon, dass diese Welt ein einsamer Ort sei und von Gott verlassen. Ich stimmte ihm zu und ging weiter.«

»Hier sind wohl alle ein bisschen meschugge«, brummte Lorenz. »Aber wenigstens hört sich das nach Gustav an.«

»Meschugge mag zutreffen, mein Lieber«, bestätigte Kratz. »Aber wenn Sie jetzt gehen, erwischen Sie Ihren Freund bestimmt noch innerhalb der nächsten fünf Minuten.«

»Sie wollen uns wohl loswerden«, versetzte Lorenz. »Aber sei es drum, komm Bärbel, lass uns gehen!«

Die beiden eilten weiter und suchten Gustav dort, wo der alte Kratz ihn zuletzt gesehen hatte. Sie liefen die Straße hinab Richtung Dürener Tor und bogen vorher links in die Bewersgasse ein. Dort fanden sie Gustav nicht, doch hatten sie dies auch gar nicht erwartet. An der nächsten Abbiegung stockten sie kurz. Lorenz vermutete, dass ein Schlafwandler sich eher abwärts bewegen würde, und wandte sich nach rechts. Wieder einem Gefühl folgend versuchten sie es anschließend nach links, wo die Straße in einem ruhigen Parkplatz endete. Es war sehr dunkel dort, und so hätten sie Gustav fast übersehen, der dort still auf einem großen Stein saß.

»Gustav!«, rief Bärbel erleichtert aus. »Da bist du ja!«

»Was macht ihr denn hier?« Gustav sah sie überrascht an.

Lorenz brummte: »Das scheint wohl die Frage der Woche zu sein.«

Bärbel fuhr ungerührt fort. »Wir haben uns Sorgen gemacht und dich gesucht. Deine Zimmertür stand offen, und keine Spur von dir.«

»Na so was«, gab Gustav zurück. »Wenn ich das nächste Mal schlafwandle, werde ich mein Apartment der Hausordnung gemäß verschließen.«

»Alberner Kerl«, sagte Bärbel und knuffte den Alten. »Ich bin froh, dass wir dich gefunden haben. Du hättest auch hier irgendwo den Hang hinunterpurzeln können.«

Gustav stand auf. »Ach was, ich laufe so schon vierundsiebzig Jahre herum. So schnell passiert mir nichts.«

Bärbel hakte sich zwischen Lorenz und Gustav ein, und die drei machten sich auf den Rückweg. Als sie den Marktplatz überquerten, durchbrach ein Martinshorn die Stille des nachtschlafenden Ortes. Ein weiteres Sirenenfahrzeug schien dem ersten zu folgen. Dann sahen sie blaue Lichter im Dunkel über den Dächern in den Nachthimmel zucken.

Lorenz wies voraus. »Es sieht aus, als hätte man unsere Flucht bemerkt und im Heim Ausbruchsalarm gegeben.«

Gustav meinte: »Nee, das ist noch weiter weg, kommt von jenseits der Stadtmauer.«

»Das will ich jetzt aber genau wissen!« Lorenz schritt schneller voran.

Gustav grinste Bärbel an. »Da haben wir es mal wieder. Kommissar Wollbrand wittert einen Tatort.«

Sie eilten die Zülpicher Straße hinauf und gingen durch das Stadttor. Laute Stimmen schallten vom alten Kurpark herauf.

Hektisch stocherten Lichtstrahlen wie lange Finger zwischen den Bäumen herum. Die drei suchten so schnell wie möglich den steilen Weg hinabzugelangen. Als sie sich dem Ausgangsort des Stimmen- und Lichtergewirrs genähert hatten, kam jemand, der eine stark strahlende Lampe in der Hand hielt, auf sie zu und leuchtete ihnen in die Gesichter.

»Gehen Sie weiter, hier gibt es nichts zu sehen!«, herrschte der Mann sie an.

Lorenz lachte und entgegnete: »Immer wenn man dies sagt, ist genau das Gegenteil der Fall.«

»Wer sind Sie überhaupt, und was wollen Sie hier?«, schnauzte der andere zurück und blendete Lorenz mit dem Strahl seiner Lampe.

Ein weiterer Mann trat auf sie zu. »Ach, lass mal, Kollege. Dat is der Opa Bertold. Der taucht immer auf, wenn in Nideggen wat passiert ist.«

»N'abend Willi«, knurrte Lorenz. »Was ist los?«

Willi Hurtz legte eine Hand auf Lorenz' Schulter. »Ihr seid mitten in der Nacht unterwegs, janz zufällig, wenn hier ein Toter im Park liegt. Und du fragst mich, wat los ist?«

Gustav schob sich neben die beiden. »Willi, du alter Dorfpolizist. Was soll das heißen, ein Toter im Park?«

Hurtz wies hinter sich, wo noch mehr Polizisten herumstanden. Bärbel spähte zwischen Lorenz und Gustav hindurch und hielt sich erschrocken die Hand vor den Mund. Dann rief sie: »Ist das nicht die Gehhilfe vom alten Floto?«

Willi Hurtz sah sie überrascht an. »Junge Frau, woran können Sie dat denn erkennen?«

Bärbel atmete einige Male tief durch, bevor sie antwortete. »Ich habe Herrn Floto nach dem Abendessen hier in dem Park spazieren sehen. Und daher habe ich direkt an den gedacht, als ich den Rollator dort habe liegen sehen.«

»Darüber müssen Sie mir mehr erzählen«, meinte der Polizist. Doch bevor er sich Bärbel widmen konnte, trafen weitere Personen ein.

Hurtz reichte einem Mann die Hand. »Ich heiße die Krippo Düren herzlich willkommen. Schön, dass ihr da seid, dat hier is mir zu gruselig.« Hurtz trat mit dem Kollegen der Kriminalpolizei zur Seite und besprach sich leise mit ihm.

Lorenz flüsterte Bärbel ins Ohr: »Pass auf, was du gleich erzählst. Denk dran, du hast den Floto nicht verfolgt, um ihm etwas zu entlocken, sondern ihr habt lediglich den gleichen Weg für einen Verdauungsspaziergang genommen.« Lorenz verstummte, als einer der neu eingetroffenen Kriminalbeamten auf sie zukam.

»Haben Sie den Toten gefunden?«

Noch bevor einer der drei antworten konnte, schälte sich eine Gestalt aus dem Dunkel, die sie bislang noch nicht bemerkt hatten. »Nein, das war ich.«

Jakob Kratz deutete eine Verbeugung an. »Ich fand den Toten.«

Lorenz betrachtete den Alten mit großen Augen und brummte in seinen Bart: »Kommissar Wollbrand hätte eigentlich nicht überrascht sein müssen, dass dieser alte Sonderling auch an einem nächtlichen Tatort auftauchte.«

Der Polizist beleuchtete das Gesicht des Alten mit einer Taschenlampe. »Wie ist Ihr Name?«

Kratz drehte sich halb weg, um nicht von der Lampe geblendet zu werden. »Junger Mann, ich habe meine Personalien bereits Ihren Kollegen, die etwas schneller als Sie hier waren, zum Besten gegeben. Und nehmen Sie erst einmal Ihr Blendwerkzeug weg!«

Hurtz trat hinzu. »Das ist Jakob Kratz, er ist Bewohner eines unserer vielen Seniorenheime und konnte nicht schlafen. Auf einem Spaziergang kam er vorbei und stolperte über die Leiche.«

»Danke, Herr Kollege, aber ich hätte dies lieber von dem Herrn selber gehört«, antwortete der Kripobeamte.

Willi Hurtz hob beschwichtigend die Hände und wollte noch etwas sagen. Doch er wurde abgelenkt vom Aufflammen mehrerer großer Scheinwerfer, die mittlerweile am Tatort aufgestellt worden waren und nun die Szenerie mit gleißendem Licht fluteten.

Jetzt erst sah Lorenz die Leiche. Wilhelm Floto lag quer über dem Weg. Der Boden war dunkel und feucht vom Blut, das aus einer großen Kopfwunde geflossen war. Im grellen Licht der Scheinwerfer fiel eine weitere Wunde auf, die mitten auf der Stirn des Toten ein seltsames Muster von geronnenem Blut zeigte. Lorenz bewegte sich reflexartig auf die Leiche zu. Mit wenigen Schritten war er herangetreten und beugte sich, noch ehe einer der anwesenden Polizisten reagieren konnte, herunter.

»Das gibt's doch nicht«, murmelte er leise. »So etwas hatte selbst der erfahrene Ermittler noch nie zu Gesicht bekommen.«

»Hey, was machen Sie da!« Ein Polizist eilte herbei und wollte Lorenz beiseiteschieben.

Auch Willi Hurtz trat schnell hinzu. »Nee, Opa Bertold – dat jeht jetzt wirklich zu weit.«

Lorenz warf noch einen schnellen Blick auf das Gesicht des Toten. Flotos Augen waren geschlossen. Am Scheitel und an einer Seite war der Schädel regelrecht zertrümmert, wodurch die rechte Gesichtshälfte deformiert wirkte und voller Blut war. So schrecklich dieser Anblick auch war – unweigerlich fiel einem die Stirn des Toten ins Auge. Dort befanden sich mehrere Schnitte, die alles andere als zufällig beigebracht wirkten. Doch bevor Lorenz dieses Muster genauer betrachten konnte, wurde er von der Leiche weggezerrt.

»Nicht so grob, meine Herren!«, rief Gustav aus und eilte herbei, um seinen Freund aus dem Griff der Polizisten zu befreien.

»Genau!«, mischte sich auch Bärbel ein. »Er ist doch nur neugierig. Herr Floto ist unser Hausgenosse!«

»Wir werden Sie dazu auch noch befragen«, antwortete der Kriminalbeamte. »Wir sind nämlich auch nur neugierig.«

»Brauchen Sie mich noch?«, fragte Kratz dazwischen. »Ich würde gerne versuchen, etwas zu schlafen.«

»Machen Sie Witze?«, versetzte der Kriminaler. »Solange ich keine vernünftige Antwort darauf habe, was Sie hier zu suchen hatten, gehen Sie nirgendwohin, außer aufs Revier, wenn's denn sein muss.«

»Das muss nicht sein«, versetzte Jakob Kratz ruhig. »Und was ich hier zu suchen hatte, war nichts als Ruhe. Und wie Sie sehen, ist diese hier wohl momentan nicht zu finden.«

»Ich dreh' durch«, wandte sich der Kriminalbeamte an Willi Hurtz. »Nideggen ist anscheinend ein Sammelbecken für verrückte Alte.«

»Das haben wir gehört«, murmelte Lorenz. »Auch das schrieb der greise Vater in sein Tagebuch.« Er drehte sich um und sah zu Bärbel, die leise in ihr Mobiltelefon sprach und es in diesem Moment zuklappte. »Mit wem telefonierst du?«

Bärbel lächelte. »Ich habe Benny angerufen. Der soll uns hier rausholen, bevor du dich mit den Beamten in die Wolle kriegst und den Rest der Nacht in einer Zelle verbringen musst.«

Gustav kicherte: »Das ist doch eine Erfahrung, die Kommissar Wollbrand noch in seiner Sammlung fehlt. Lassen wir's doch drauf ankommen.«

»Das hättest du wohl gerne!«, entrüstete sich Bärbel. »Der arme Lorenz, das würde eine Tortur werden!«

»Siehst du«, grinste Lorenz. »Sie hat nicht nur ein Herz für abgehalfterte Eintänzer, sondern auch für echte Männer.«

Mittlerweile hatten die Spezialisten der Mordkommission unter dem gleißenden Licht der Scheinwerfer ihre Arbeit an der Leiche aufgenommen. Bärbel drehte sich erschauernd zur Seite.

Willi Hurtz bemerkte dies und kam auf sie zu. »Wie war das eben, junge Frau?«, begann er. »Sie haben den Toten am Abend noch lebend hier gesehen? Wie kam es dazu?«

Lorenz murmelte: »Die Dame hat sicherlich nicht behauptet, einen lebenden Toten gesehen zu haben.«

Hurtz lachte. »Opa Bertold, nu halt ens die Luft an. Jetzt tu ich mit einem Zeugen sprechen.«

»Das ist richtig, Herr Hurtz«, antwortete Bärbel schnell, um keinen weiteren verbalen Schlagabtausch zwischen Lorenz und dem Polizisten aufkommen zu lassen. »Ich machte nach dem Abendessen einen Spaziergang und wählte diese Richtung. Da sah ich Floto, der offenbar den gleichen Weg genommen hatte.«

»Wann war das?«, schaltete sich der leitende Kriminalbeamte ein.

Bärbel überlegte kurz. »Das Abendessen war wie immer um neunzehn Uhr beendet. Ich denke, so gegen neunzehn Uhr fünfzehn werde ich den Floto hier gesehen haben.«

»Genau hier?«, fragte der Beamte weiter.

»Nein.« Bärbel zeigte den Hang hinauf in Richtung Straße. »Es war dort oben. Ich sah ihn, wie er den linken, weniger steilen Weg in den Park hinunterging. Ich wandte mich nach rechts und verlor ihn aus den Augen.«

Der Polizist machte sich Notizen. »Und weiter bemerkten Sie nichts? Andere Personen? Ungewöhnliches Verhalten des alten Mannes?«

Bärbel schüttelte den Kopf. »Nein, der Park war leer. Und ich kannte den Herrn Floto nicht gut genug, um zu wissen, was für ihn ein ungewöhnliches Verhalten darstellen würde. Er schob halt langsam seinen Rollator des Wegs.«

Der Beamte nickte. Dann wandte er sich an Gustav. »Und wer sind Sie? Was machen Sie hier?«

»Mein Name ist Gustav Brenner, und ich habe eben mit meinen Freunden einen Spaziergang gemacht. Da sahen wir das Blaulicht, hörten laute Stimmen und wurden neugierig.«

»Was heißt hier Spaziergang? Wissen Sie, wie spät es ist?«

Gustav grinste. »Nein, aber da es für Sie von Bedeutung zu sein scheint, können Sie es mir sicherlich sagen.«

Der Kriminalbeamte sah reflexartig auf seine Uhr, dann ärgerte er sich sichtlich darüber. »Guter Mann, es ist genau halb zwei in der Nacht. Wer geht um diese Zeit spazieren?«

»Wir?«, versetzte Lorenz trocken.

»Und ich auch«, bemerkte Kratz.

»Zu Ihnen komme ich jetzt sofort.« Der Polizist wirkte leicht genervt. »Sie sind also getrennt voneinander hier des Nachts herumspaziert und trafen sich just hier am Fundort einer Leiche.«

»Nicht ganz«, brummte Lorenz. »Der Herr Kratz machte diesen Platz zum Fundort, während wir erst durch Ihre Kollegen auf die Szenerie aufmerksam wurden und hinzustießen.«

»Ich fall vom Glauben ab«, murmelte der Kriminaler. Und lauter fügte er hinzu: »Ich denke, Sie begleiten mich allesamt nach Düren in mein Büro. Dann können wir das alles sauber und in Ruhe aufnehmen.«

»Aber was denn, das wird doch sicherlich nicht nötig sein.« Die trockene Stimme von Sibylle Klinkenberg schnarrte durch den Park. Die Heimleiterin trat näher und blickte aus der Höhe ihrer einsfünfundachtzig auf den eher klein gewachsenen Kommissar hinunter.

Der sah sie irritiert an. »Wer sind Sie denn jetzt schon wieder?«

Lorenz lachte. »Haben Sie die Bibel nicht gelesen? Da steht doch schon geschrieben: Eine lange Dürre wird kommen.«

Benny Bethge, der seiner Chefin auf dem Fuße gefolgt war, legte Lorenz lachend eine Hand auf die Schulter. »Opa Bertold, sei besser still, wenn Frau Klinkenberg dir hier heraushelfen will.«

Der Kriminalbeamte schüttelte energisch den Kopf. »Hier hilft keiner keinem heraus. Was ist das für ein Unsinn?«

Nun war es die Klinkenberg, die den Kopf schüttelte. »Mein lieber Herr Kommissar, Sie wollen doch, dass ich Sie ernst nehme. Dann geben Sie mir auch bitte die Gelegenheit dazu.«

»Was?«, fragte der so Angesprochene entgeistert.

Die Klinkenberg fuhr unbeirrt fort: »Diese Herrschaften wohnen in meiner Einrichtung und stehen unter meiner Obhut. Und heute Nacht nehmen Sie diese betagten Herrschaften nirgendwohin mit, das wäre ihrer Gesundheit nicht zuträglich.«

»Wollen Sie mir drohen?«, fragte der Polizist.

Sibylle Klinkenberg sah den Mann missbilligend an und intensivierte ihr Kopfschütteln. »Ich meinte nicht Ihre Gesundheit, sondern die meiner Schutzbefohlenen. Mein Name ist Sibylle Klinkenberg, ich leite die Seniorenresidenz Burgblick. Morgen früh können Sie uns gerne einen Besuch abstatten. Ab neun Uhr dreißig stehen Ihnen alle gerne für Fragen zur Verfügung, dafür verbürge ich mich.«

»In Gottes Namen«, seufzte der Beamte. »Nehmen Sie die Leute mit, ich habe zurzeit hier auch Besseres zu tun, als mich mit einer Horde nachtwandernder Senioren herumzuärgern.«

Ein Polizist kam auf ihn zu. »Chef, ich glaube, wir haben die Tatwaffe gefunden.« Der Mann hielt einen in Kunststofffolie gehüllten Knüppel in der Hand, an dem offensichtlich eine Menge Blut klebte.

Lorenz reckte seinen Kopf, um einen Blick darauf zu erhaschen. »Oha, hier kam es wohl knüppeldick.«

Gustav fügte hinzu: »Ja, sieht ganz so aus, als hätte der alte Floto sich hier nicht nur die Nacht um die Ohren geschlagen.«

»Jetzt reicht's!«, fauchte der Beamte. »Nehmen Sie die ganze Bande mit, ich knöpfe sie mir morgen früh der Reihe nach vor, das kann ich Ihnen versprechen!«

Benny zog Gustav und Lorenz fort. Bärbel schloss sich ihnen schnell an. Sibylle Klinkenberg nahm Jakob Kratz am Arm, und die ganze Gruppe entfernte sich vom Tatort.

Lorenz murmelte leise in seinen Bart: »Kommissar Wollbrand war von Anfang an klar gewesen, dass sich hier ein Kriminalfall anbahnte. Sein Instinkt hatte ihn nicht getrogen. Nun war er mal wieder mittendrin.«

8. Kapitel

Ein leises Knirschen von zermahlenen Kaffeebohnen begleitete die ruhig kreisenden Bewegungen, mit denen Gustav den Hebel seiner alten Mühle bediente.

»Soso«, meinte er. »Du wolltest also bei mir einen Kaffee trinken, fandest mich nicht vor und dachtest, ich sei bei Bärbel.«

»Lag doch nah«, brummte Lorenz. »Und da sind wir ja jetzt, du machst einen Kaffee, und alles ist in bester Ordnung, nur mit ein paar Stunden Verspätung vielleicht.«

»Alles in bester Ordnung?«, empörte sich Bärbel. »Der Floto ist tot. Jemand hat ihn erschlagen wie einen Straßenköter.«

»Vielleicht gar kein schlechter Vergleich.« Benny grinste. »Ich kann euch sagen, der Alte war eine echte Plage. Grob und blöd dazu. Aber immer in allem recht haben wollen. Um den alten Motzpatron ist's echt nicht schad.«

Bärbel schüttelte den Kopf. »Um jeden Menschen ist es schade. Erscheine er dir auch noch so gemein. Wenn jemand so ist, dann ist er verwirrt und vom Weg abgekommen.«

Der junge Pfleger zuckte die Schultern. »Mag schon sein.«

Gustav stand auf und füllte den gemahlenen Kaffee in einen Filter. »Dann muss er sich aber ganz schön weit verlaufen haben. Den mochte wirklich niemand.«

»Aber immerhin hat er einen Sohn. Vielleicht mochte der ihn«, warf Benny ein.

Lorenz horchte auf. »Ach, du kennst seinen Sohn? Kam der regelmäßig zu Besuch?«

»Wie man's nimmt. Der Floto hat ein Sanitätshaus, er beliefert das Heim mit speziellen Möbeln, Geräten und allerlei Kram. Wenn er was geliefert hatte, ging er meistens bei seinem Alten vorbei. Der Vater war, glaub ich, offiziell sogar noch der Chef von dem Laden. Oder Besitzer oder so.«

»Das ist interessant. Da haben wir doch einen ersten Ansatz für Ermittlungen«, meinte Lorenz. »Vielleicht war es der Sohn leid, dass sein grantiger Vater immer noch was zu bestimmen haben wollte, obwohl er immerhin schon ins Heim abgeschoben war.«

»Vielleicht ist aber Spur Nummer eins doch eher der alte Kratz«, warf Gustav ein, der gerade heißes Wasser auf das Kaffeepulver goss. »Er lag offensichtlich im Streit mit dem Ermordeten, und er findet den Toten zufällig des Nachts im Park.«

Lorenz kratzte sich nachdenklich seinen grauen Bürstenschnitt. »Das ist eine Version, die der Dürener Kripo vielleicht gefallen mag. Aber wir trafen den Alten, als wir dich nimmermüden Schlafwandler suchten, ruhig am Markt sitzend. Er hätte sofort danach in den Park gehen und dort umgehend den Floto erschlagen müssen. Und vergessen wir nicht, mit welcher Wucht der Schädel eingeschlagen wurde.«

»Kraft hat der Herr Kratz aber schon«, warf Benny ein. »Ich bin sein Pfleger, ich weiß, wovon ich spreche. Körperliche Hilfe braucht der nicht.«

»Das ist wahr«, meinte Bärbel. »Er hat einen enorm festen Händedruck und wirkt sehr energisch.«

»Da muss ich euch recht geben«, stimmte Lorenz zu. »Das ist mir auch schon aufgefallen. Also gut, er hätte vielleicht die Kraft gehabt, mit dem Knüppel zuzuschlagen. Aber ich möchte bezweifeln, dass die Zeit reichte, um nach unserem Zusammentreffen in den Park zu gehen, dort dem Floto aufzulauern und ihn zu erschlagen.«

»Vielleicht hatte er die Tat bereits begangen, als ihr ihn am Markt getroffen habt. Er ist die ganze Nacht unterwegs, hat alle Zeit der Welt, trifft den Floto, zieht ihm eins über und spaziert dann in die Ortsmitte, wo ihr ihn angetroffen habt.«

»Aber er sagte, er habe dich ein paar Minuten vorher im Ort getroffen«, erinnerte sich Bärbel. »Und zwar hinter dem Markt, vom Kurpark aus gesehen. Und seine Angaben bestätigten sich, sonst hätten wir dich nicht in dieser Richtung wenig später gefunden.«

Lorenz schüttelte den Kopf. »Das beweist doch gar nichts. Da könnte Floto schon eine Stunde tot gewesen sein.«

»Dann müssen wir abwarten, was die Polizei für einen Todeszeitpunkt ermittelt«, meinte Gustav und schenkte den fertigen Kaffee ein.

»Ganz genau«, stimmte Lorenz zu und schlürfte vorsichtig einen ersten Schluck. »Die Frage ist zunächst, wann traf Floto seinen Mörder?«

»Und er traf eine Menge Leute«, warf Bärbel ein. »Zuerst traf er, kaum dass er das Haus verlassen hatte und noch bevor ich ihn ansprechen konnte, diese Frau, die am Nachmittag den Herrn Kratz besucht hatte.«

»Nein!«, unterbrach Lorenz sie.

»Doch«, fuhr Bärbel fort. »Ich bin ja noch gar nicht dazu gekommen, euch zu berichten. Jetzt fällt es mir wieder ein. Die beiden stritten sich, ich weiß aber nicht, worum es ging. Dann ging die Frau weg, und ich habe Floto eingeholt. Ich habe wirklich versucht, eine Unterhaltung zu beginnen, aber er war sehr abweisend und meinte, er hätte noch einen Termin.«

»Also wollte er noch jemand treffen!«, rief Lorenz aus. »Wenn das keine Spur ist!«

Bärbel nickte erregt. »Jetzt müssten wir nur noch seine Handyanrufe überprüfen, dann hätten wir wirklich eine Spur.«

»Wieso?«, fragte Benny.

»Er hat nach dem Streit mit dieser Frau telefoniert. Wäre doch logisch, wenn das sein Termin gewesen wäre.«

»Ja, aber hallo!«, rief Lorenz aus. »Er hat einen Streit mit einer Frau, die in Kontakt zu dem alten Kratz steht, welcher wiederum offenbar eine Fehde mit Floto hat. Dann ruft er jemanden an, sagt, er hätte einen Termin, und ist wenig später tot. Das nenne ich eine Spur!«

»Ja, aber seine Anrufe wird die Polizei checken, da kriegen wir nicht die Nase dran«, meinte Benny. »Auch nicht über Rita, würde ich vermuten.«

Lorenz schnaubte durch die Nase. »Meine Enkeltochter würde sich lieber mit ihrer Dienstwaffe ein Loch in den Fuß schießen, als mir so etwas zu verraten.«

»Wenn wir jetzt wenigstens wüssten, worüber der alte Floto mit dieser Frau gestritten hat und wer diese Frau überhaupt ist«, warf Gustav ein.

»Das kriege ich raus«, meinte Benny. »Die muss sich angemeldet haben. Und die Klinkenberg selbst brachte den Besuch zu dem Alten. Das macht sie auch nicht immer.«

»Guter Ansatz.« Lorenz trank seine Tasse aus. »Aaah, und ein guter Kaffee. Und wenn ich es recht bedenke: Wenn sich diese Frau mit dem Floto gestritten hat – kann man denn flüsternd streiten? Bärbel, irgendetwas musst du doch gehört haben?«

»Ja, stimmt, gegen Ende ist er ziemlich laut geworden. Aber ich hab nicht kapiert, was er meinte, und es leider wieder vergessen.«

»Ach komm, altes Mädchen, versuch dich zu erinnern«, bat Lorenz. »Du bist doch fit hier oben.« Er tippte sich an die Schläfe.

Bärbel schüttelte den Kopf. »Du kannst mich totschlagen, ich weiß es nicht mehr.«

Lorenz grinste. »Nee, lass mal. Eine Leiche pro Nacht reicht uns völlig aus.«

Gustav meinte: »Nun lass sie mal ruhig nachdenken.«

Bärbel nippte an ihrem Kaffee. Die anderen warteten schweigend. Nach ein paar Sekunden sagte sie: »Aber ja. Keine Ahnung, was das für ein Zusammenhang war, aber er schimpfte über eine – Entschuldigung, er benutzte ein ekelhaftes Wort – er schimpfte über eine … Judensau.«

Lorenz verzog verächtlich einen Mundwinkel. »Das ist ein Ding! Wer benutzt denn solche widerwärtigen Worte?«

»Ein Nazi, würde ich sagen«, antwortete Gustav.

»Das passt zu dem Kotzbrocken«, bestätigte Benny. »Der hatte oft Sprüche drauf, dass sich einem die Fußnägel aufrollten.«

»So?«, fragte Lorenz. »Was denn zum Beispiel?«

Benny zuckte die Schultern. »Na, so Altnazisprüche eben. Kenne ich auch von meiner Oma – Gott hab sie selig. Einmal hat er über die schlechten Finanzen der Stadt gesprochen und gemeint, da müsste man eine Menge Juden erschlagen, um die Schulden zu tilgen.«

»Das ist ja widerwärtig.« Bärbel schüttelte sich.

Lorenz grinste freudlos. »Wie war das eben noch? Um jeden Menschen ist es schade?«

Bärbel seufzte und blieb die Antwort schuldig.

Lorenz fragte wieder: »Und was sagte er noch? Wen bezeichnete er als Judensau?«

Bärbel schüttelte nochmals den Kopf. »Nix. Keine Ahnung. Leider.«

Lorenz meinte: »Schon in Ordnung. Vielleicht fällt dir ja später noch etwas ein. Aber wie ekelhaft das, was der Ermordete von sich gab, auch sein mag, wir haben definitiv schon heiße Ansätze. Und ich würde einiges darauf wetten, dass dieser Heini von der Kripo, der uns morgen früh verhören will, davon noch meilenweit entfernt ist.«

»Aber wir müssen der Polizei doch alles sagen, was wir

wissen?« Bärbel war nicht überrascht, als die Männer daraufhin in schallendes Gelächter ausbrachen.

»Jaja, ich weiß«, seufzte sie resignierend. »Das wäre viel zu voreilig und würde Kommissar Wollbrand den Spaß verderben.«

»Sie lernt täglich dazu«, schmunzelte Lorenz. »Es ist wunderbar, so ein schlaues Mädchen im Team zu haben.« Und zu Gustav gewandt fragte er: »Hast du noch einen Kaffee? Nach zwei Tassen schlafe ich besser.«

9. Kapitel

Der allererste Sonnenstrahl suchte sich zaghaft einen Weg vom Horizont in das Grau des neuen Tages. Zeit für den Morgenappell, dachte der Alte. Er hatte die Vorhänge einen fingerbreiten Spalt aufgelassen, sodass das noch schwache Licht durch ihn hindurchsickerte wie durch einen Schlitz, der so ähnlich auch einmal zwischen den Brettern einer zugigen Holzhütte gewesen sein mochte. Und wie in jener Zeit, in der Jakob Kratz das Schlafen verlernt hatte, in der er Nacht für Nacht auf den nächsten Tag, auf den letzten Tag, wartete, so hatte er auch jetzt wach gelegen. Er hatte die vielen Schattierungen von Dunkelheit beobachtet, das Schwarz der Stunden nach Mitternacht, das Anthrazit des heranbrechenden Morgens, das fahle Aschgrau, das sich mehr und mehr rot färbt, bis der erste Sonnenstrahl das Spiel beendet und man gut daran tut, sich von dem Signal, das zum Appell ruft, nicht überraschen zu lassen. Die Männer in den Uniformen wissen, dass du noch Kraft hast, im Körper und im Geist, dass du dich und die Welt noch nicht aufgegeben hast. Und deshalb prügeln sie dich, wenn du die Baracke verlässt, noch im Halbschlaf, sie hetzen den Hund auf dich, damit sie sehen, wie schnell du laufen kannst. Oder sie prügeln jemand anderen an deiner Stelle, einen Kameraden, der weniger verträgt als du, jemanden, der die Schläge nicht mit seinem Hass auffangen kann, jemand, der bereits über den Hass hinaus erschöpft und gebrochen ist.

Jakob Kratz erhob sich aus dem Bett und trat ans Fenster. Nein, er hatte sich nicht brechen lassen. Er hatte sich nicht aufgegeben. Doch es war nicht die Hoffnung gewesen, die ihn am Leben gehalten hatte. Die Hoffnung hatte er in Theresienstadt bei seiner Familie zurückgelassen, als man ihn nach Treblinka brachte. Von dieser Zeit an lebte er nur noch vom Hass. Der unbändige Hass auf die Folterknechte und Mörder, die bar jedes Sinns die Hölle auf Erden beschworen hatten. Zu aufsässig war der junge Jakob gewesen, zu energisch, als dass er noch länger in Theresienstadt hätte bleiben dürfen. Dort durfte man an Krankheit, Kälte, Unterernährung oder Verzweiflung sterben. Doch Jakob Kratz war suspekt, ja gefährlich gewesen, ein jugendlicher Querdenker schon in Friedenszeiten, ein Aufrührer aus Sicht der Männer in Uniform. Stark und starrköpfig, wehrhaft. In Treblinka sollte er verrecken. Doch er tat ihnen diesen Gefallen nicht. Er blieb wach und am Leben. Jakob wartete nicht auf Gelegenheiten, die vielleicht nie kommen würden. Er war ein Mensch, der Gelegenheiten herbeiführte. Und es gab andere wie ihn. Erfahrene, zähe Soldaten. Kluge Organisatoren, die einen jungen, hasserfüllten Überlebenskämpfer gut einzusetzen wussten. Durch diesen Spalt zwischen zwei Brettern hatte er die Dunkelheit beobachtet, sie geradezu hinweggestarrt und das erste Licht herbeigezwungen. Er musste noch bis zum Nachmittag warten. Dieser Tag war fast so lang gewesen wie die vorangegangene Nacht. Doch es war nicht die erhoffte Befreiung gewesen. Nur der Auftakt für noch mehr Gewalt, noch mehr Tod.

Jakob Kratz schob die Vorhänge beiseite und sah hinaus. Ein leichter, durchsichtiger Nebelschleier lag zwischen den Hügeln. Die grünen Wälder und darin versprengt die roten Sandsteinfelsen Nideggens waren genauso schön wie damals, als er sie vor acht Jahrzehnten als Kind durchstreift hatte. Heimat war das. Eine Heimat, die ihn ausgestoßen hatte, zu der er nicht mehr gehören durfte. Die Rur floss dort unten durch das Tal, als sei nichts geschehen. So wie das

Wasser nicht hatte den Berg hinauffließen wollen, so wenig hatten die Nachbarn versucht zu verhindern, dass man ihn mit vielen anderen Nideggener Juden wie Vieh im Haus der Familie Schwarz zusammengepfercht und letztlich deportiert hatte. Die Namen seiner Eltern und Geschwister hatte er später, nach dem Krieg, in den Todeslisten gefunden. Er selbst hatte Treblinka überlebt und, nachdem man ihn nach dem misslungenen Aufstand von Treblinka halbtot geschlagen und weiter deportiert hatte, auch Sobibór.

Jakob schloss die Augen. Er konnte die vor seinem inneren Auge auftauchenden Bilder nicht mit dem in Übereinstimmung bringen, was er aus seinem behaglichen Zimmer der Seniorenresidenz sah. Seine starken Hände, die den Holzstiel fest umklammern, die matt schimmernde Schneide, wie sie in den fleischigen Rücken des SS-Scharführers eintaucht, das spritzende Blut, als er die Axt aus dem sich am Boden windenden Körper herausreißt, um noch einmal zuzuschlagen. Dann hinaus, nur schnell hinaus und durch die Bresche, die die Kameraden mit ihrem Fleisch in den Stacheldraht gerissen haben. Dann das Minenfeld, übersät mit zerrissenen Leibern.

Überlebt.

Jakob schüttelte müde den Kopf. Wozu überlebt? Gleich würden wieder Männer in Uniform kommen. Sie würden Fragen stellen. Was er in der Nacht am Waldrand gesucht hatte? Wie er im Dunkeln den Toten gefunden hatte? Oder ob er nicht gleich zugeben wollte, dass er den Knüppel geschwungen hatte? Worum war es in dem Streit mit Floto gegangen?

Die Sonne ging auf und machte sich daran, die feinen Nebelschleier zu vertreiben. Das Grün der bewaldeten Hügel wurde satter, der Himmel wurde des fahlen Graus überdrüssig und schmückte sich mit sanftem Kobaltblau. Jakob zog die Vorhänge ganz auf und beobachtete erstaunt, wie das Licht sein Zimmer in Besitz nahm. Niemand rief zum Morgenappell. Der Alte überlegte, ob es nicht angenehm wäre, sich noch etwas hinzulegen.

Der Frühstücksraum würde erst in zwei Stunden öffnen. Und jetzt war das Licht da.

10. Kapitel

Sie sind hier in meinem Haus, Herr Gerster.« Sibylle Klinkenbergs Stimme ließ keinen Widerspruch zu. »Sie können jeden unserer Hausgäste befragen oder meinetwegen auch verhören, aber ich werde dabei sein, Anwaltsallüren hin oder her!«

Hauptkommissar Gerster atmete hörbar aus. Dann holte er tief Luft, als wolle er eine heftige Entgegnung loswerden, nutzte jedoch seinen Atem im Wesentlichen für einen Seufzer und fügte hinzu: »Wie Sie wollen, Frau Klinkenberg. Hier wird niemand verhört, wir befragen lediglich Zeugen. Und wenn Sie dabei sein wollen und die Betroffenen nichts dagegen einzuwenden haben – von mir aus gerne.«

Die Heimleiterin lächelte nachsichtig. »Sehen Sie. Und was trinkt man bei der Kripo Düren während einer Befragung? Dürfen wir Ihnen und Ihrem Mitarbeiter Kaffee servieren?«

»Sehr gerne, Frau Klinkenberg«, antwortete Bruno Gerster und hatte das Gefühl, gerade einen Blick auf die Zeit nach seiner Pensionierung zu erhaschen. Sein Beruf hatte ihn rascher altern lassen, als ihm lieb war. Auch wenn er noch zehn Jahre Kriminaldienst vor sich hatte, sah er sich schon jeden Morgen hier in dieser Cafeteria sein Frühstück einnehmen. Obwohl er sich die Seniorenresidenz Burgblick vermutlich nicht würde leisten können, dachte er bitter. Da musste noch einmal eine Beförderung her. Die Bezüge eines Hauptkommissars, abzüglich der Belastung durch zwei geschiedene Frauen nebst jeweils einem gemeinsamen Kind, würden für einen solchen Ruhesitz kaum reichen. Gerster wischte diese Gedanken beiseite.

»Gut, Frau Klinkenberg, dann rufen Sie mir doch bitte einmal« – er sah auf seinen Notizblock – »den Herrn Kratz.«

Die Heimleiterin verließ den Tisch, an dem der Kriminalbeamte saß, und sprach mit dem Küchenpersonal. Eine Mitarbeiterin kam mit einer Kanne Kaffee und mehreren Tassen herbei. Während sie eindeckte, fragte Gerster seinen Assistenten: »Dieter, was haben wir bis jetzt über diesen Kratz?«

Kommissar Dieter Maus blätterte in seinen Notizen. »Er hat den toten Wilhelm Floto gefunden und uns umgehend per Handy benachrichtigt. Der Anruf ging gestern Nacht um acht Minuten nach eins ein. Herr Kratz wohnt hier, er hat ausgesagt, dass er nachts nicht gut schläft und oft spazieren geht.«

»Das ist alles?«

Maus zuckte die Schultern. »Mehr haben wir ihn nicht gefragt, und mehr sagte er von sich aus auch nicht. Dann kam diese« – er wurde sehr leise – »dieser lange Drachen und meinte, wir dürften ihn heute Morgen ausgiebig befragen.«

»Na, dann werden wir das mal tun«, meinte Gerster, während die Küchenangestellte leise kicherte.

»Was?«, fragte der Kommissar.

»Ach nichts«, erwiderte die Frau. »Ich meine, das mit dem langen Drachen ist nicht schlecht.« Dann wurde sie schnell wieder ernst und fragte: »Ist denn unser Herr Kratz Mordverdächtiger? Vielleicht weil er sich mit dem alten Floto gestritten hat?«

»Was denn?«, fragte Gerster. »Die beiden hatten Streit?«

»Ja«, antwortete die Frau und füllte zwei Kaffeetassen. »Genau hier, gestern Morgen beim Frühstück. Herr Kratz hatte seinen ersten Tag hier und bekam sich schon mit dem Floto in die Wolle. Milch?«

»Ja, äh – nein«, antwortete Gerster. »Was heißt, sie bekamen sich in die Wolle? Wurde er handgreiflich?«

»Nicht doch. Aber sie stritten sich, ich weiß nicht worüber, ich glaube, es ging nur darum, dass der Kratz den Floto am Buffet nicht vorlassen wollte, dann ging Herr Floto weg und Herr Kratz auch. Aber deswegen bringt man doch niemanden um, oder?«

»Weswegen?«

»Ja, weil der Floto sich beim Frühstücksbuffet vordrängeln wollte. Zucker?«

»Nein«, sagte Gerster. »Doch, Zucker schon. Ich nehme mir selbst welchen, danke.«

Die Frau lächelte und verließ den Tisch der Polizisten in Richtung Küche. Maus notierte fleißig. »Das ist schon heiß. Der Alte hat gestern seinen ersten Tag hier, fängt einen Streit mit einem anderen Alten an, und denselben Kerl findet er dann zufällig in der Nacht erschlagen im Wald.«

»Dann lass uns mal schauen, was der Alte zu erzählen hat.«

Sibylle Klinkenberg trat an den Tisch, gefolgt von Benny Bethge und Jakob Kratz.

Gerster wies auf einen Stuhl. »Bitte, Herr Kratz, setzen Sie sich doch. Wir haben ein paar Fragen, die wir in der Nacht am Tatort nicht stellen – äh, wollten.«

Als der Alte Platz genommen hatte, fragte der Kommissar: »Nur so fürs Protokoll: Wie ist Ihr vollständiger Name?«

Jakob nahm die Tasse, die die Klinkenberg ihm reichte, und antwortete: »Mein Name ist Jakob Israel Kratz.«

»Rufname Jakob?«, fragte Maus.

»Selbstverständlich.«

Jakob Kratz sah den Beamten kopfschüttelnd an. Gerster schaute erst den Alten an, dann Sibylle Klinkenberg und schließlich Benny. »Frau Klinkenberg«, sagte er dann. »Ich bin einverstanden, dass Sie sich dazusetzen, wenn ich Bewohner Ihres Hauses befrage – vorerst. Aber weitere Angestellte müssen doch nicht zugegen sein, oder?«

Benny hob die Hände. »Bin schon weg, Meister. Kein Problem, ich bin nur der Pfleger. Weiß nix, höre nix, sehe nix.« Grinsend verließ Benny den Speisesaal. Auf dem Flur traf er Lorenz, Gustav und Bärbel. »Der Kratz wird gerade vernommen«, meldete er. »Und ihr seid bestimmt auch gleich dran.«

»Wir haben aber nicht viel Zeit«, meinte Bärbel. »Ich hoffe, ihr habt unseren geplanten Ausflug zu den Rather Felsen nicht vergessen.«

»Wie könnten wir das«, brummte Lorenz. »Meine Füße tun jetzt schon weh, wenn ich daran denke.«

»Ach komm«, warf Gustav ein. »So alt bist du gar nicht. Nur faul.«

Benny lachte. »Wie auch immer. Ich hole euch dann heute Nachmittag so gegen vier am Restaurant *Zum Felsenrundgang* ab. Änderungen bitte per Handy.« Der junge Pfleger eilte davon.

Lorenz schwang seinen Gehstock. »Lasst uns noch ein zweites Frühstück einnehmen, sonst schaff ich die Tour nicht. Und dieser Kriposchlumpf will uns sicher auch schon sehen.« Er öffnete die Tür zum Frühstücksraum, der bis auf die Polizisten, Jakob Kratz und Sibylle Klinkenberg leer war.

»Bitte jetzt nicht«, meinte Maus. »Die Zeugenvernehmung ist noch nicht beendet.«

Lorenz kam näher und wies mit seinem Stock auf die Küche. »Junger Mann, ich habe Hunger, wohne in diesem Haus, und hier bekomme ich etwas zu essen. Wollen Sie mich ernsthaft an der Nahrungsaufnahme hindern?«

Bruno Gerster stöhnte auf und schüttelte den Kopf.

Jakob Kratz klopfte auf den Tisch und meinte: »Das trifft sich gut, denn ich fühle mich nicht sehr wohl. Ich habe eine durchwachte Nacht hinter mir und bin neunundachtzig Jahre alt.«

»Aber wir sind noch nicht fertig, Herr Kratz«, meinte Maus.

Die Klinkenberg stand auf. »Meine Herren, ich bin sicher, dass Herr Kratz Ihnen wieder gerne zur Verfügung stehen wird, sobald er sich besser fühlt. Nicht wahr?«

»Ja«, sagten Bruno Gerster und Jakob Kratz gleichzeitig. Der Alte stand auf und bot Lorenz seinen Stuhl an.

»Na wunderbar«, meinte Lorenz und setzte sich. Dann rief er in Richtung Küche: »Schätzchen, was ist denn noch Essbares an Bord?«

Aus der Küche kam die Antwort zurück: »Wir haben noch frische Croissants und Marmelade. Und Kaffee natürlich!«

Lorenz grinste. »Na dann mal her damit!« Und an die Polizisten gerichtet fügte er hinzu: »Meine Herren, wir erwarten Ihre Fragen.«

Bärbel und Gustav setzten sich dazu. Auch Sibylle Klinkenberg nahm wieder Platz. Jakob Kratz verabschiedete sich mit einer angedeuteten Verbeugung und verließ den Speisesaal.

»So«, sagte Hauptkommissar Gerster und atmete tief durch. »Sie sind also die seltsame Gesellschaft, die ebenfalls völlig zufällig des Nachts spazieren ging und uns am Tatort von der Arbeit abhalten wollte.«

Lorenz grinste vor sich hin: »Na, wenn das so einfach ist, Sie von der Arbeit abzuhalten, wird's damit nicht so weit her sein.«

Gerster stöhnte nochmals leise auf. »Lassen wir das. Dieter, was haben wir?«

Maus las seine Notizen vor: »Barbara Müllenmeister, Gustav Brenner, Lorenz Bertold, allesamt wohnhaft hier in der Seniorenresidenz Burgblick. Gustav Brenner schlafwandelte und wurde von den beiden anderen in Nideggen gefunden, anschließend folgten sie Geräuschen und dem Blaulicht, was sie zum Tatort führte.«

Gustav klatschte in die Hände. »Der Junge ist gut. Kann man sich den ausleihen?«

»Aber bitte, Herr Brenner«, tadelte Sibylle Klinkenberg. »Sie wollen doch, dass man Sie ernst nimmt. Dann geben Sie den Herren doch bitte die Gelegenheit dazu.«

»Wie auch immer«, meinte Gerster, der sichtlich ungeduldig wurde. »Kennen Sie den toten Wilhelm Floto?«

»Nur sehr flüchtig«, antwortete Lorenz. »Wir hatten mit dem nie großartig was zu tun. Schien außerdem ein Unsympath zu sein.«

»Warum?«

Da Lorenz schwieg, antwortete Gustav: »Einfach so. Er wirkte schroff und unfreundlich. Aber wie Lorenz schon sagte, wir hatten nicht wirklich Berührungspunkte.«

»Wie kann das sein?«, fragte Bruno Gerster. »So viele Menschen leben hier nun auch wieder nicht, dass man so gar nichts voneinander wissen könnte.«

»Sechsundvierzig ständige Hausbewohner plus Kurgäste«, warf Sibylle Klinkenberg ein.

Lorenz nahm den Faden auf: »Und es gibt halt verschiedene Gruppen. Da haben wir beispielsweise die Künstler oder auch die Tänzer.« Er sah Gustav durchdringend an. »Und der alte Floto war, soweit ich das sehe, in keiner Gruppe.«

»In der Tat beteiligte sich Herr Floto kaum an den vielfältig angebotenen Aktivitäten«, bestätigte die Heimleiterin.

»Nun gut«, meinte der Kommissar. »Der Mann war also eher Einzelgänger. Hatte er denn Feinde? Gab es Streit?«

Lorenz grinste. »Ich wette, das wissen Sie schon längst. Gestern beim Frühstück geriet er mit dem alten Kratz aneinander.«

»Worum ging's denn?«

Bärbel schaltete sich ein. »Ich wollte Herrn Floto vorlassen, da er ungehalten über die Wartezeit am Buffet schien. Herr Kratz hatte aber etwas dagegen. Dann verließen beide den

Saal. Mehr war da nicht. Also von einem Streit kann man da auch kaum reden.«

»Und sonst?«, fragte Bruno Gerster weiter. »Andere Streitigkeiten bemerkt? Wo doch der Ermordete auf alle einen grantigen Eindruck gemacht haben soll?«

»Ja«, bestätigte Bärbel. »Ich beobachtete gestern nach dem Abendessen ein Gespräch des Herrn Floto mit einer mir unbekannten Frau. Sie stritten, aber ich konnte nichts verstehen.«

»Ach ja.« Gerster horchte auf. »Sie sagten doch gestern Nacht schon, dass Sie dem Ermordeten gefolgt waren – so ...«

»Nach dem Abendessen, gegen neunzehn Uhr fünfzehn«, warf Kommissar Maus mit Blick auf seinen Notizblock ein.

»Nicht doch«, entgegnete Bärbel. »Wir hatten beide offenbar den gleichen Weg bei einem Spaziergang. Keineswegs folgte ich ihm.«

»Geschenkt«, meinte Gerster. »Kommen wir zu der Frau, die sich mit dem Ermordeten gestritten hat. Wer war sie?«

»Ich kenne sie nicht«, antwortete Bärbel. »Aber ich weiß, dass sie den Herrn Kratz am Nachmittag hier besucht hat.«

»Frau Wilke«, fiel Sibylle Klinkenberg ein. »Die Dame hieß Wilke und stattete unserem Herrn Kratz einen Besuch ab. Ich brachte sie persönlich in den Garten, wo sich Herr Kratz aufhielt.«

»Was wissen Sie über diese Frau Wilke?«, fragte Gerster.

»Gar nichts«, antwortete die Klinkenberg. »Ich habe die Dame nie zuvor gesehen. Sie kam zur Information, wo ich mich gerade aufhielt, meldete sich als Besuch für Herrn Kratz an und fragte nach seinem Aufenthaltsort. Darauf führte ich sie in den Garten. Ich musste sie Herrn Kratz nicht vorstellen, die beiden kannten sich. Ich entfernte mich.«

»Na, wenn das keine exakte Beschreibung eines Hergangs war«, grinste Lorenz. »Unsere Chefin!«

Die Klinkenberg schüttelte den Kopf, lächelte aber dabei.

Kommissar Gerster fragte weiter: »Und wo könnten wir diese Frau Wilke finden?«

»Das weiß ich nicht«, antwortete Sibylle Klinkenberg.

»Junger Mann, fragen Sie doch denjenigen, der diese Frau offenbar kennt«, meinte Lorenz.

»Vielen Dank«, erwiderte Gerster und ersparte sich ein neuerliches Aufstöhnen, welches er eigentlich als fällig empfand. »Gut, dass wir die weitere Vorgehensweise besprechen, ich wäre sonst kaum drauf gekommen.«

»Immer wieder gerne«, grinste Lorenz, die Ironie des Kommissars ignorierend. »War's das?«

»Für den Moment ja. Kann gut sein, dass wir bald noch einmal auf Sie zurückkommen.«

»Nichts dagegen«, erwiderte Lorenz. »Aber Sie sollten noch nicht gehen. Die Croissants sind nicht übel, wenn sie denn bald mal kommen.«

11. Kapitel

Bärbel stand mit geschultertem Rucksack im Eingangstor der Seniorenresidenz. Als Schutz vor der immer spürbarer brennenden Sonne hatte sie einen breitkrempigen weißen Strohhut aufgesetzt, der einen hübschen Kontrast zu ihrem kupferfarbenen Haar bildete. Lorenz setzte sich eine schmucklose, zerbeulte Kappe auf und wies auf den unbedeckten Schädel seines Freundes Gustav. »Bedecke er sein Haupt, mein Lieber, ansonsten könnte ihm die Sommersonne auch noch das letzte bisschen Verstand austrocknen.«

Gustav winkte ab. »Schon passiert, da besteht keine Gefahr mehr. Wenn ich noch ein wenig Restgrütze hätte, könnte man mich unmöglich zu diesem Wanderding überreden. Lasst uns losgehen, bevor mir klar wird, welchen Weg wir vor uns haben und ich mich auf mein sicheres Zimmer zurückflüchte.«

Lorenz schwang seinen Stock. »Und ich habe mir eben von diesem alten Pharisäer noch Faulheit vorwerfen lassen. Bevor ich mich aus lauter Willensschwäche anschließe und wir uns bei Bärbel einen Einlauf holen, sollten wir tatsächlich aufbrechen.«

»Oh, dann komme ich wohl zur Unzeit?« Lorenz' Sohn Stephan stand vor ihnen.

»Wie immer«, murmelte Lorenz leise. Laut sagte er: »Das ist aber eine Überraschung. Was führt dich hierher?«

Stephan Bertold lächelte. »Ach, weißt du, mein alter Vater wohnt hier, ich hatte gerade in Nideggen zu tun und dachte, ich könnte mal kurz Hallo sagen.«

»Na, dann: hallo«, erwiderte Lorenz. »Es passt leider gerade in der Tat nicht so gut, wir sind im Aufbruch begriffen. Kleine Wanderung.«

»Das ist schön. Wo soll's denn hingehen?«

»Felsenrundweg, nach Rath«, antwortete Bärbel.

»Ah ja, Christinenley. Sehr schöne Ecke. Aber von hier bis nach Rath ist der Fußweg doch nicht so spannend. Soll ich euch nicht bis zum Ortsrand fahren?«

Lorenz wollte zuerst reflexartig ablehnen, besann sich dann jedoch: »Gute Idee.«

»Warum nicht?«, meinte auch Gustav.

Nur Bärbel hatte einen Einwand: »Aber Lorenz, möchtest du nicht mit deinem Sohn sprechen? Gustav und ich könnten auch ohne dich eine Runde gehen.«

»Nix da«, brummte Lorenz. »Euch kann man nicht allein lassen.«

»Gut«, lenkte Bärbel ein. »Gegen so viel männlichen Altersstarrsinn komme ich ohnehin nicht an.«

»Nun denn«, meinte Stephan Bertold. »Mein Wagen steht auf dem Parkplatz am Zülpicher Tor.«

Wenig später lenkte Stephan in den Hirtzleyweg ein. Das kleine Sträßlein endete abrupt am Waldrand. Ein Pfad führte in Verlängerung der Straße zwischen dicht stehenden Bäumen hindurch und lud zur Erkundung des Waldes ein. Ein Schild wies auf das hier beginnende Naturschutzgebiet hin.

»Aaaah, geschafft«, stöhnte Lorenz, als er sich aus dem Wagen herausgekämpft hatte und wieder aufrecht stand. »Das ist ja beinahe so anstrengend wie Laufen.«

»Dem alten Knotterbär ist es aber auch überhaupt nicht recht zu machen«, spottete Gustav. »Wie man's macht, macht man's verkehrt.«

»Wem sagen Sie das«, seufzte Stephan.

Lorenz murmelte: »Kommissar Wollbrand war dankbar für die Anregungen, aber noch dankbarer war er, dieses Thema jetzt nicht vertiefen zu müssen.«

Er winkte seinem Sohn zum Abschied mit dem Gehstock zu und schritt forsch von dannen. Nach einigen Metern machte der Weg eine Biegung, und Lorenz verschwand zwischen den Bäumen. »Der Schatten ist sehr angenehm!«, hörten ihn die anderen rufen.

»Vielen Dank fürs Bringen«, sagte Bärbel und reichte Stephan Bertold die Hand. Dann fügte sie lächelnd hinzu: »Ihr Vater wird auch noch gesprächiger werden, seien Sie nur geduldig.«

Stephan nickte und erwiderte Bärbels Lächeln unsicher. Dann stieg er in seinen Wagen. Bärbel und Gustav folgten ihrem Freund in den Wald. Sie schlugen ein flottes Tempo an und hatten Lorenz bald eingeholt. Gemeinsam schlenderten sie dann gemütlich den Pfad entlang. Eichen und Buchen bildeten einen lichten Wald, standen recht weit auseinander und ließen viel Sonnenlicht auf den von roten Sandsteinbrocken und Kieseln übersäten Boden durch ihre Kronen scheinen. Rechts des Weges lagen große Felsbrocken da wie halbfertige Tische und Stühle, die ein Riese vor Urzeiten hatte liegen lassen. Linker Hand öffnete sich bald der Blick, wo eine von vielen Füßen ausgetretene Schneise bis auf einen Felskopf führte, an dem der Hang steil ins Tal abbrach. Bärbel stapfte den unbefestigten Weg hinunter und sagte: »Schaut mal, hier hat man eine schöne Aussicht!«

Lorenz rief zurück: »Lass mal, die Aussichten werden hier alle paar Schritte besser. Den Abstecher tu ich mir hier noch nicht an.«

Bärbel ging den Hang leichtfüßig wieder hinauf. Ein wenig außer Atem war sie doch, als sie die beiden Freunde, die auf dem Weg gewartet hatten, wieder erreichte. »Gut, ihr Faulpelze. Aber der Blick war trotzdem schön.«

Lorenz schritt weiter voran und gab das Tempo vor, um von Bärbel nicht allzu sehr ins Schwitzen gebracht zu werden. Der Pfad war in den Hang hinein gelegt worden. Am rechten Wegrand, wo es weiter bergauf ging, lagen die Wurzeln der Bäume frei, fingerten scheinbar ziellos durch die Luft und krallten sich schließlich, immer dünner werdend, doch in den Boden. Manche wanden sich noch ein Stück weit über den Weg, bis sie schließlich auch unter der Oberfläche verschwanden. Lorenz musste zweimal hinsehen, um eine Blindschleiche zu entdecken, die er vorher für eine Wurzel gehalten hatte, bis sie sich, von seinem Gehstock genötigt, ohne besondere Hast davonmachte.

»Wahrscheinlich war es doch der alte Kratz«, murmelte Lorenz und wunderte sich im selben Moment, dass er offenbar die ganze Zeit über den Mord nachgedacht hatte. Darum fügte er hinzu: »Kommissar Wollbrand konnte die Fakten drehen und wenden, wie er wollte, alles sprach für diese nahe liegende Variante. Doch sein Instinkt wies ihm eine andere Richtung.«

Gustav, der die letzten Worte vernommen hatte, sagte: »Vielleicht will der alte Spürhund nur, dass dieser Fall verzwickter ist, als er aussieht. Weil es sonst zu einfach und zu langweilig wäre.«

»Weiß nicht«, meinte Lorenz. »Es gibt zu viele Unbekannte. Der Kratz hatte keine Zeit, den Mord nach unserem Treffen zu begehen, und falls er ihn schon begangen hatte, als wir ihn trafen, war er zu ruhig dafür. So eiskalt ist er nicht, das haben wir beim Frühstück gesehen.«

Bärbel mischte sich ein: »Genau, und vergessen wir nicht den Streit, den Floto mit dieser Frau Wilke hatte, und sein letztes Telefonat. Und außerdem ist der Herr Kratz kein Mörder, das spüre ich.«

»Dein Gespür in allen Ehren«, sagte Lorenz. »Aber wir wissen auch, dass nahezu jeder Mensch in bestimmten Situationen in der Lage ist, einen anderen zu töten.«

»Und vielleicht war es ja auch kein Mord«, fiel Gustav ein.

»Sondern?«

Gustav zuckte mit den Schultern. »Ein eskalierender Streit. Meinetwegen Totschlag, aber nicht unbedingt ein beabsichtigter Mord aus niederen Motiven.«

Lorenz grinste. »Der Herr Verteidiger ist schon beim Plädoyer. So weit sind wir noch nicht, mein Lieber.«

»Aber wir sind so weit, dass wir lesen können, wo wir sind«, sagte Bärbel und wies auf ein Schild des Eifelvereins, das an einem Baum befestigt war. Sie las vor: »Josef-Schramm-Weg.«

Gustav lachte. »Also schön, die Dame will uns wohl sagen, dass wir jetzt genug kriminalisiert haben.«

»Nicht unbedingt«, verteidigte sich Bärbel. »Ich finde es halt nur interessant, wie dieser Weg hier heißt.«

Schweigend gingen sie weiter. Als sich der Weg wenig später gabelte, wählten sie den Abzweig nach links, der sie nah an die anderen Felsköpfe der Hügelkette heranführte.

»Jetzt kannst du die Aussicht genießen«, meinte Lorenz und wies ins Tal hinunter. Tief unten war ein Gehöft zu sehen, auf dessen Weiden Pferde standen. Auf der gegenüberliegenden Seite erhob sich der weithin sichtbare Turm der Nideggener Burg über die Baumwipfel. Als sie auf den Felskopf, der mit einem Geländer gesichert war, hinausgetreten waren und zur Seite blickten, sahen sie die Felsen der Christinenley, die wie Perlen an einer Schnur auf dem Bergrücken aufgereiht aus dem Wald ragten.

»Sollen wir hier ein Picknick machen?«, fragte Bärbel.

Lorenz antwortete: »Ich würde noch ein paar Minuten warten. Vom letzten Felsen aus hat man eine noch bessere Aussicht und mehr Platz auf dem Plateau. Ich meine, wenn es dir nichts ausmacht.«

Bärbel ließ ihr helles Lachen über die Felsen klingen. »Nein, mein lieber Lorenz. Ich halte es schon noch ein Weilchen aus. Und wenn wir gleich eine noch hübschere Aussicht beim Essen genießen können, lasse ich den Rucksack noch zu.«

Sie tranken einen Schluck Wasser und gingen dann weiter. Es wurde lichter. Viele Baumstämme lagen, bar ihrer Rinde, nackt auf dem Boden verstreut. Lorenz kamen sie vor wie die ausgebleichten Knochen riesenwüchsiger Waldbewohner. Und das waren sie ja auch, wie ihm einfiel. Er fühlte sich plötzlich müde und kraftlos. Vielleicht war es die Wärme, vielleicht hatte er auch in der vergangenen Nacht zu wenig geschlafen. Jedenfalls war Lorenz froh, als eine Bank am Wegesrand auftauchte und er sich setzen konnte. Er atmete durch und wischte sich den Schweiß von der Stirn.

Bärbel stand vor ihm und sah ihn prüfend an. »Du siehst etwas mitgenommen aus.«

Lorenz nickte. »Klar. Du musst es wissen, denn du hast mich ja schließlich auch mitgenommen.«

Gustav nahm neben Lorenz Platz. »Ich muss mich auch mal setzen. Bin schließlich der Älteste in der Runde.«

Bärbel wies auf die Gedenktafel, die hinter der Bank auf einem hoch aufragenden Metallgerüst angebracht worden war. »Ich kann das nicht lesen«, meinte sie. »Ist das für den Herrn Schramm, nach dem dieser Weg benannt ist?«

Lorenz schüttelte müde den Kopf. »Nee, auf dieser Tafel könntest du, wenn man das Ding nicht verrückterweise allzu weit über Kopfhöhe platziert hätte, nachlesen, dass hier vor vielen Jahren, noch vor dem Ersten Weltkrieg, ein Feuerwehrmann namens Heinrich Düster im Einsatz verbrannt ist.«

»Kommt mir bekannt vor«, meinte Gustav.

»Klar. In Nideggen ist eine Straße nach ihm benannt.«

Bärbel machte große Augen. »Woher weißt du das alles nur?«

Lorenz kraulte seinen grauen Bart, dann grinste er und antwortete: »Ich wusste es irgendwann mal und hab heute Morgen über diesen Weg ein bisschen Im Internet gestöbert. Hätte mich sonst sicher nicht an solche Details erinnert.« Dann stand er auf und meinte: »Von mir aus kann's weitergehen.«

Gustav erhob sich ebenfalls. »Mich fragt ja eh keiner.«

Sie folgten dem Pfad, der sich durch den Steilhang wand und immer wieder weite Blicke ins Rurtal bot.

Bärbel rief aus: »Schaut mal, man kann unsere Seniorenresidenz sehen!«

Die beiden Männer schauten angestrengt über die Felsen nach Nideggen hinüber, wo ihr Heim tatsächlich am Ortsrand zu sehen war.

Lorenz sagte: »Schaut mal, Frau Klinkenberg zieht sich gerade in ihrem Zimmer um – alle Wetter, hätte nicht gedacht, dass das lange Elend solche Dessous trägt.«

»Alberner Kerl«, erwiderte Bärbel und knuffte den Alten. »Das kannst du doch gar nicht sehen aus dieser Entfernung.«

Lorenz lachte. »Die Vorstellung ist in meinem Alter wichtiger als das Sehen, meine Liebe.«

Heiter folgten sie dem Pfad, bis sie an das von einem Geländer gesicherte Plateau des letzten großen Felsens gelangten. Hier setzten sie sich auf den warmen Sandstein und packten ihren Proviant aus. Bei Käsebroten und Äpfeln genossen sie das herrliche Panorama. Von Nideggen, seiner markanten Burg und der Kirche über die Felsen des Effels bis nach Schmidt und dem dortigen, auf der Höhe gelegenen und weithin sichtbaren Windpark reichte die Sicht. Tief unten lagen Brück und Zerkall, durch die sich windende Rur verbunden. In der Mitte des Felsplateaus befand sich eine kreisrunde, mit Wasser gefüllte Vertiefung. Lorenz fragte sich, wie dieses Loch wohl entstanden sein mochte. Er konnte sich nicht erinnern, ob es schon dort gewesen war, als er mit Maria zum ersten Mal an dieser Stelle gestanden hatte. Lorenz seufzte leise. Das war nun mehr als ein halbes Jahrhundert her. Wenn er die Augen schloss, die Sonne auf seiner Haut spürte und dem Wind lauschte, der über die Felsen strich und mit den Baumwipfeln spielte, schien alles wie damals. Er könnte jetzt auch gerade einmal zwanzig sein und mit seiner Freundin einen Sonntagsspaziergang unternehmen. Fesch ist sie anzuschauen in den sportlichen Hosen und den Wanderschuhen. Er hat große Lust, heute noch, wenn er sie abends nach Hause bringt, bei ihren Eltern um die Hand der Tochter anzuhalten. Und er weiß plötzlich, dass sie die Mutter seiner Kinder sein wird.

»Gehen wir noch zum Hindenburgtor?«

»Was?« Lorenz öffnete die Augen. Sie stand vor ihm, beschattete ihre Augen mit der Hand, trotz des großen Strohhutes.

»Maria?«

»Lorenz, was ist mit dir?« Bärbel sah ihn fragend an.

Lorenz wandte den Blick von ihr ab und sah in das Wasserloch. Er betrachtete sein Spiegelbild, als müsse er prüfen, ob er zwanzig oder vierundsiebzig Jahre alt war. Unter der zerbeulten Mütze sah er einen Vollbart, der auch wieder einmal gestutzt werden wollte. Die das Licht reflektierende Brille erschwerte den Blick auf ein Paar müder Augen, die unter einer runzligen Stirn blinzelten.

»Der in Ehren ergraute Ermittler stellte fest, dass er eher vierundsiebzig war«, murmelte er.

»Wo warst du gerade, mein Freund?«, fragte Gustav und

legte ihm eine Hand auf die Schulter. »Das unerlaubte geistige Entfernen vom Tatort ist eher meine Domäne, oder?«

»Schon gut«, meinte Lorenz. »Die Sonne hat mich träumen lassen. Vielleicht bin ich etwas müde.« Dann gab er sich einen Ruck und stand auf. »Hindenburgtor ist eine gute Idee. Das ist gar nicht weit von hier, und von dort kenne ich einen Weg durch den Wald zum Restaurant, wo Benny uns abholen wird.«

»Das hört sich doch wunderbar an«, sagte Bärbel. »Und im Wald ist mehr Schatten, das wird uns erfrischen.«

Tatsächlich erreichten sie das große Felsentor, in dessen Sandstein der Name des alten Reichspräsidenten eingraviert war, recht schnell. Jedoch war der Rückweg viel länger, als Lorenz es in Erinnerung hatte. Und so waren alle drei froh, als sie auf dem Kickleyweg den Wald verlassen hatten und im Restaurant *Zum Felsenrundgang* eingekehrt waren.

»Aah«, meinte Gustav, als er das kühle Bier angetrunken hatte. »So ein alkoholfreies Weizenbier hätte es schon immer geben müssen. Was wäre meiner Leber in den letzten sechzig Jahren nicht alles erspart geblieben!«

»Du trinkst doch gar keinen Alkohol, oder?«, fragte Bärbel.

»In den letzten Jahren nur noch sehr wenig, aber in den Jahrzehnten davor umso mehr.«

»Dann war unser Gustav also nicht immer so langweilig wie heute?« Benny Bethge trat an den Tisch der Freunde.

»Ach, unser agiler Hänfling ist da, um die klapprigen Senioren in den Bus zu tragen«, grinste Gustav. »Setz dich und trink was mit.«

»Geht nicht«, entgegnete Benny. »Frau Klinkenberg braucht das Auto gleich wieder für einen weiteren Transport.«

»So verdirbst du uns also den Abschluss unserer Tour«,

sagte Lorenz. »Hektik ist etwas, was wir alten Leutchen so gar nicht vertragen.«

»Aber spannende Neuigkeiten im aktuellen Mordfall schon, oder?« Benny stand grinsend da, wissend, dass er Opa Bertold jetzt gepackt hatte. Er wartete noch einen Moment.

»Ja, um Himmels Willen, spuck es aus!«, knurrte Lorenz.

»Ist ja schon gut. Eben ist diese Lisa Wilke verhaftet worden. Sie steht unter dem Verdacht, den alten Floto erschlagen zu haben.«

»Das glaub ich nicht«, meinte Bärbel.

»Aber wenn ich's sag: Die Bullen haben die Frau abgegriffen, als sie ins Nideggener Rathaus gehen wollte.«

»Nein, das meine ich nicht«, rief Bärbel. »Ich meine, diese Frau ist nie und nimmer die Mörderin. Das passt einfach nicht!«

Lorenz grinste und murmelte leise: »Kommissar Wollbrand hatte großen Spaß an seiner jugendlichen Assistentin. Aber ihre weibliche Intuition nahm er trotzdem ernst. Dieser Fall war noch weit von seiner Aufklärung entfernt, dessen war sich der erfahrene Ermittler sicher.«

12. Kapitel

Die Alten redeten immer noch aufgeregt über die neue Entwicklung, als Benny die Seitentür seines Transporters geschlossen und sich auf den Weg zurück zur Seniorenresidenz gemacht hatte. Sie brauchten nur wenige Minuten für die kurze Fahrt. Noch bevor sie das Heim erreicht hatten, klingelte Bennys Telefon. Er hielt den Wagen an und nahm das Gespräch an.

»Hallo Frau Klinkenberg«, sagte er und schnitt dabei Grimassen, die seine Wertschätzung gegenüber der Heimleiterin verdeutlichen sollten, in Richtung der anderen. In relativ langen Abständen, die Lorenz und den anderen anzeigten, wer in diesem Gespräch die wesentlichen Redeanteile hatte, sagte er: »Klaro.« … »Bin so gut wie da.« … »Heute noch erledigen. Selbstverständlich.« … »Bis gleich.« … »Jawoll.« … »Bis gleich.«

Dann steckte er sein Handy weg und meinte: »Die Chefin vermisst mich und den Transporter schon. Sie erwartet eine dringende Lieferung Krankenbetten vom Floto, und der kommt nicht wegen des Trauerfalls. Jetzt soll ich den Kram abholen.«

»Sehr gut!«, rief Lorenz aus. »Wir fahren zum Floto. Vielleicht erfahren wir aus erster Hand mehr über das persönliche Umfeld des Ermordeten.«

»Nix da!« Benny tippte mit dem Zeigefinger an die Schläfe. »Kommissar Wollbrand nehm ich dahin nicht mit. Die Klinkenberg reißt mir den Kopf ab. Außerdem muss ich euch sowieso rausschmeißen, sonst krieg ich die Betten nicht in den Transporter.«

»Verräter«, knurrte Lorenz. »Aber bitte, wenn du unbedingt unsere Ermittlungen behindern willst –, auch das schreibt der Opa Bertold in sein Tagebuch.«

Benny lachte. »Ach komm, was willst du auch von dem Floto?«

Lorenz brummte noch etwas in seinen Bart, was niemand verstehen konnte, aber alle nahmen an, dass Kommissar Wollbrand dem jungen Pfleger die Fähigkeit absprach, seine Ermittlungsmethodik beurteilen zu können.

Wenig später hatte Benny die Alten wohlbehalten am Eingang der Seniorenresidenz abgesetzt und war auf dem Weg zum Sanitätshaus Floto. Am Parkplatz hinter dem Geschäft angekommen, parkte er den Transporter und begann, die Sitze umzubauen, um Platz für die Lieferung zu schaffen. Während er im Wagen hantierte, nahm er aus dem Augenwinkel wahr, wie einige Männer aus dem Hinterausgang des Gebäudes traten. Einen kannte er. Es war Hermann Floto, der in der Tür stehen blieb und die anderen offenbar verabschiedete. Diese Männer kamen Benny nicht wie die typischen Kunden eines Sanitätshauses vor. Es waren junge Kerle mit kahl geschorenen Schädeln und kurzen, militärisch wirkenden Jacken. Sie lachten laut und stiegen in ein Auto ein, das neben Bennys Transporter stand. Als die Männer ihn sahen, grinste er ihnen zu und sagte laut: »Hallo!« Leise fügte er ein »Heil Hitler, Kameraden« hinzu. Die Gesichter der Typen und deren Kleidung, auf der streng dreinblickende Adler und der Markenname »Consdaple« zu sehen waren, sagten ihm genug. Benny war erleichtert, als die Männer davongefahren waren, ohne ihn weiter zu beachten. Und noch froher war er darüber, dass Opa Bertold nicht dabei war. Eine Begegnung dessen frechen Mundwerks mit solchen Typen hätte unangenehm werden können. Benny brummte etwas vor sich hin, fast so wie Kommissar Wollbrand es vielleicht getan hätte, und machte sich auf den Weg ins Geschäft.

13. Kapitel

Klara Bullinger strich eine Falte ihres Kostüms glatt und wies auf einen leeren Stuhl, der vor ihrem Schreibtisch auf Besucher wartete. »Bitte, Paul, setz dich doch.«

Der riesenhafte Mann, der in ihrem Büro stand, fuhr sich durch das auf drei Millimeter geschorene Haar. Seine Vorgesetzte wusste genau, dass er lieber stehen blieb, daher vermutete er nichts Angenehmes.

»Woran arbeitest du gerade, mein Lieber?

»Chefin, wenn du das fragst, werde ich sowieso abgezogen, egal welchen Fall ich gerade bearbeite. Außerdem liegt mein letzter Bericht vor dir.« Paul wies auf eine Kladde, die sauber geordnet neben anderen Papieren auf dem Tisch lag.

Klara Bullinger lächelte. »Du bist mein bester Ermittler, und momentan benötige ich einen erfahrenen Mann mit Fingerspitzengefühl.«

»Das ist nicht dasselbe«, versetzte Paul. »Aber da ich eh keine Chance habe – worum geht's?«

Die Bullinger lächelte noch gewinnender. »Eben erhielt unser Polizeipräsident einen Anruf von der amerikanischen Botschaft in Berlin. Es geht um eine amerikanische Staatsbürgerin, die sich zurzeit in Untersuchungshaft befindet. Und offenbar hat diese Frau einen Status, der aus Sicht unserer amerikanischen Freunde keinen Aufenthalt in einer Zelle zulässt.«

»Hört sich nicht so an, als ob das ein Job für mich wäre. Das ist doch eher was für den diplomatischen Dienst. Und, liebe Klara – bin ich diplomatisch?«

»Eher nicht, mein lieber Paul. Allerdings gibt es hier einige Besonderheiten. Diese Frau wurde von den Kollegen in Düren verhaftet. Sie steht im Verdacht, einen alten Herrn ermordet zu haben, der wohnhaft war in einer Einrichtung namens – Moment.« Klara Bullinger nahm einen Notizzettel zur Hand und las vor: »Seniorenresidenz Burgblick.«

Paul stöhnte auf. »Nicht doch.«

»Eben. Bei dem Ermordeten handelt es sich natürlich nicht um den Großvater deiner – Bekannten, jedoch habe ich mir gedacht, dass ich in diesem Falle jemanden vor Ort brauche, der – nun ja – das Umfeld der Tat kennt. Zudem sieht es so aus, als ob unser Dezernat den Fall übernehmen muss.«

»Sagt wer?«

»Unser Präsident. Das ist Diplomatie, musst du nicht verstehen.«

»Will ich auch gar nicht«, sagte Paul und stand auf. »Wer ist die Frau, und wo finde ich sie?«

Klara Bullinger überreichte ihm ein Blatt. »Hier stehen alle Informationen drauf. Sei nett zu der Dame und lote aus, was da Sache ist. In der Zwischenzeit telefoniere ich mit den Kollegen in Düren und avisiere dein Kommen, damit du freie Hand hast.«

»Da sollte ich mich wohl bedanken«, sagte Paul bereits im Hinausgehen.

14. Kapitel

Herr Bethge!« Sibylle Klinkenbergs Stimme fräste sich durch den Flur. »Benny!«

»Ja, ich bin hier, Frau Klinkenberg!«, rief Benny dienstbeflissen.

»Haben Sie die Betten mitgebracht? Schwester Inge braucht sofort eines davon in der Reha.«

Benny eilte durch den Gang und betrat das Büro der Heimleiterin, damit sie leiser mit ihm sprechen konnte und ihr durchdringendes Organ weniger nervig einsetzte. Der erste Teil des Plans gelang. Der zweite weniger.

»Benny«, pfiff die Klinkenberg ihn an, als er vor ihr stand. »Das Bett muss in die Reha, aber subito!«

»Bin schon unterwegs.« Benny drehte sich weg.

»Stop!«

Er hielt inne. »Was denn noch?«

»Sofort, und, ich meine damit wirklich sofort, begeben Sie sich auf das Zimmer des verstorbenen Herrn Floto. Seine Familie ist dabei, seine Sachen abzuholen. Sie helfen der Dame.«

»Ja, hat denn die Polizei das Zimmer schon freigegeben?«, fragte Benny. Das hätte er nicht tun sollen.

Wie von einer gewaltigen Sprungfeder angetrieben, schnellte der baumlange Körper der Heimleiterin empor, und ihre Stimme wurde noch schärfer. »Ich höre doch sofort heraus, Sie sind vergiftet von diesem kriminalisierenden Opa Bertold. Solche polizeilichen Erwägungen gehen in diesem Hause, wenn überhaupt, nur die Heimleitung etwas an!«

Benny duckte sich, als könne er die Worte über sich hinwegschießen lassen. »Alles klar, Frau Klinkenberg. Ich eile zu Schwester Inge, bringe ihr das Bett, dann eile ich zum Zimmer vom Floto, helfe Sachen tragen. Subito!«

Und bevor die Klinkenberg noch etwas sagen konnte, rannte er aus dem Büro und schloss vorsichtshalber eilig en passant die Tür.

Als er durch die Gänge der Seniorenresidenz eilte, hatte Benny das Gefühl, dass dieser Tag nicht mehr sein allerbester Freund werden würde. Dieser Eindruck verstärkte sich noch, als sich das Bett beim Transport durch das Haus sperriger als gedacht anstellte und er von Schwester Inge einen Rüffel erhielt, weil sie bereits ungeduldig auf ihn gewartet hatte. So erwartete der junge Pfleger auch nichts Gutes mehr, als er an der Zimmertür des alten Floto anklopfte und eintrat. Doch statt einer griesgrämigen, ältlichen Verwandten traf er in dem Zimmer eine hübsche junge Frau an, die er etwa auf sein eigenes Alter schätzte. Und als sie ihn lächelnd begrüßte, bat Benny den Tag im Stillen kurz um Entschuldigung.

»Hallo. Ich bin Anna.«

»Benny.«

Das Mädchen reichte ihm eine Hand, die sich warm und zart in die seine schmiegte. Der Druck war dennoch fest und entschlossen. »Ich hole die Sachen meines Großvaters ab«, sagte sie. »Hilfst du mir beim Packen?«

»Klaro. Gern.«

Es entstand eine kleine Pause. Benny sah sich im Zimmer nach persönlichen Habseligkeiten des Verstorbenen um und überlegte dabei angestrengt, was er sagen sollte. Dann durchzuckte es ihn heiß, und er spürte, wie er etwas rot wurde. »Ach so, mein Beileid übrigens«, sagte er schnell.

»Schon gut«, meinte Anna Floto leichthin. »Ich war nicht so eng mit meinem Opa.«

»Nicht?«, fragte Benny neugierig.

Anna schüttelte den Kopf. »Kanntest du ihn?«

»Ja klar, ich bin Pfleger hier.«

»Na, dann brauch ich dir wohl nicht zu erklären, dass er nicht der sympathische, liebe Opa war, den man sich so wünschen würde.«

Sie packte ein paar Bücher in einen Karton, der auf dem Tisch stand. Benny nickte wortlos. Da er nicht wusste, was er zu diesem Thema noch sagen sollte, kramte er ein paar Sachen aus dem Kleiderschrank. Dabei betrachtete er Anna Floto, die sich mit dem Bücherregal beschäftigte und ihn gerade nicht ansah, eingehend. Vielleicht war sie doch ein wenig älter als er, Benny schätzte sie bei näherer Betrachtung auf Mitte zwanzig. Sie war schlank und hatte lange Haare, die auffallend tiefschwarz gefärbt waren. Benny ging die üblichen Gruppen seiner Generation durch, die dazu passen mochten – Emos, vielleicht Gothics. Doch ihr Gesicht wirkte dafür weder blass genug noch war sie auffällig geschminkt. Dann fiel ihm ein Button auf, den sie an ihrer Jacke trug. Das Emblem war schwarz, weiß und rot und zeigte zwei wehende Flaggen in einem Kreis.

»Antifa?«, entfuhr es ihm spontan.

Anna sah ihn an und lächelte. »Kennst du die Antifaschistische Aktion?«

»Nicht wirklich. Ich weiß ungefähr, was die Antifa ist. Wundert mich ein bisschen, wenn ich das sagen darf.«

»Was meinst du? Dass ich in der Antifa engagiert bin?«

»Na ja«, meinte Benny und druckste ein wenig herum. »Dein Opa war eher vom anderen Lager, wenn ich das so sagen darf, und es könnte durchaus sein, dass dein Vater auch, also es geht mich wirklich nichts an ...«

»Oh doch, sag es nur, es geht auch dich etwas an, es geht jeden in diesem Scheißland etwas an!« Annas Stimme wurde nun scharf, und sie lächelte nicht mehr. »In meiner Familie gibt es braunes Gesocks, mein Opa war ein alter Nazi, mein Vater ist ein Neonazi, und ich bin froh um jeden, der das zum Kotzen findet!«

»Okay, schon gut. Ich wollte dich nicht aufregen. Ich hab auch was gegen die Braunen. Tut mir leid. Ist bestimmt nicht leicht für dich.«

Anna entspannte sich wieder und fuhr fort, die Kiste zu befüllen. »Stimmt, leicht ist das nicht. Aber seit ich nicht mehr zu Hause wohne, geht's schon viel besser. Hab mit meinem Alten nix mehr zu tun. Meine Mutter hat mich gebeten, Opas Sachen auszumisten. Schön, dass du mir hilfst.«

»Klar«, grinste Benny, der sehr erleichtert war, dass sie nicht weiter politisieren wollte. Und da er ein Typ war, der eine Gelegenheit beim Schopf zu packen wusste, fügte er hinzu: »Jederzeit gerne. Ich geb dir meine Handynummer, wenn du magst. Falls du noch mal Hilfe brauchst, ruf mich einfach an.«

Dann fiel ihm Opa Bertold ein und was dieser nun tun würde. Und so fragte er: »Du hast nicht zufällig 'ne Ahnung, wer deinem Opa an den Frack wollte?«

»Nee, nicht wirklich. Aber es wird wohl genug Leute gegeben haben, die einem Arschloch von Altnazi gerne eins überziehen wollten.«

»Vielleicht von der Antifa?«, fragte Benny weiter und biss sich gleich auf die Lippen.

Anna lachte laut auf. »Nee, das wüsste ich. Du sagst wohl immer, was du denkst?«

Benny machte ein unglückliches Gesicht. »Ja, leider.«

»Ist schon okay.« Anna kam auf ihn zu und legte ihm eine Hand auf die Schulter. »Das ist nicht das Schlechteste, glaub mir.«

Benny war ein wenig unwohl bei dieser Geste, und er blieb stocksteif stehen. Das Mädchen bemerkte dies und wandte sich mit einem Grinsen ab. »So, ich glaub, ich hab alles. Schnappst du dir die Kiste, dann nehm ich die Klamotten? Die Möbel gehören alle zum Zimmer, hab ich mir sagen lassen.«

»Stimmt«, bestätigte Benny und nahm den Karton mit Flotos Sachen in die Hand. »Bleibt nicht viel übrig, wenn so ein alter Mensch den Abgang macht, was?«

15. Kapitel

Paul betrat den spartanisch eingerichteten Raum, in dem eine Frau allein an einem Tisch saß und gelangweilt mit ihrem Haar spielte. Sie betrachtete den Zwei-Meter-Mann aufmerksam, sagte aber nichts und machte auch keine Anstalten, sich von ihrem Stuhl zu erheben.

Paul trat näher und reichte der Frau die Hand. »Hello«, sagte er. »My Name ist Paul Gedeck and I come from ...«

»Um Gottes Willen, lassen Sie stecken«, sagte die Frau und ergriff schnell seine ausgestreckte Rechte. »Sprechen wir deutsch, bevor Ihrer Zunge etwas Schlimmes geschieht.«

Erleichtert schüttelte Paul ihre Hand und zog seine dann zurück. Während er sich den freien Stuhl zurechtrückte und darauf Platz nahm, wunderte er sich über das völlig akzentfreie Deutsch der Amerikanerin.

»Lisa Wilke«, sagte diese. »Bitte nehmen Sie doch Platz. Aber nein – auf diesem Stuhl sitzt ja immer der mich verhörende Beamte, da lässt sich keiner bitten.«

»Aha«, sagte Paul, der es gewohnt war, in einem Verhörzimmer von seinen Gesprächspartnern angeblafft zu werden. Aber er hatte sich vorgenommen, sehr höflich zu sein. »Frau Wilke«, sagte er. »Ich bitte die Unannehmlichkeiten zu entschuldigen, die Ihnen vielleicht entstanden sind. Meine Dienststelle hat die Ermittlungen in einem Mordfall übernommen, in dem Sie bis dato als Hauptverdächtige gelten. Falls die hiesige Kriminalpolizei einen Verfahrensfehler begangen oder Sie unkorrekt behandelt haben sollte, lassen Sie es mich wissen.«

Lisa Wilke antwortete darauf nichts, sondern sah Paul nur interessiert an.

»So, das scheint nicht der Fall zu sein«, sprach Paul weiter. »Das freut mich. Vielleicht gestatten Sie mir zunächst die Frage, wie Sie zu Ihrem perfekten Deutsch kommen?«

»Ich bin in Bonn geboren«, antwortete Lisa Wilke. »Als dieses Dorf noch Hauptstadt Ihres kleinen Staates war. Meine Jugend habe ich in Deutschland verbracht, da meine Eltern im diplomatischen Dienst tätig waren. Nach meinem Studium begann ich für das OSI in Washington zu arbeiten.«

»OSI?«, fragte Paul. »Ist das die Spezialeinheit, die Geister jagt und im Fernsehen von Dan Aykroyd vorgestellt wird?«

»Sie sind ein Spaßvogel. Das Office of Special Investigations ist eine Abteilung des Justizministeriums. Ich ermittle hier in einer internationalen Angelegenheit, selbstverständlich mit Wissen und der Zusage jedweder Unterstützung der deutschen Behörden. Wenn man einmal von der hiesigen Polizei absieht.«

»Nun ja, Sie können kaum erwarten, dass jede Dienststelle in Deutschland Ihren Status kennt. Und Sie sind die letzte Person, mit der ein Mann vor dessen Ermordung lebend zusammen gesehen wurde.«

»Schon gut«, winkte Lisa Wilke ab. »Aber jetzt scheinen Sie im Bilde zu sein, und ich kann gehen, ja? Meine Zeit ist knapp bemessen, und Sie behindern meine Ermittlungen.«

Paul grinste. »Und Sie scheinen nicht zu verstehen, dass auch eine Mitarbeiterin der amerikanischen Justizbehörde in unserem Land eines Mordes verdächtigt werden darf. Und ich würde Sie durchaus davor warnen wollen, meine Ermittlungen zu behindern. Das mag ich mindestens ebenso wenig wie Sie.«

Lisa machte eine Handbewegung, die an die krallenbewehrte Pfote eine Katze erinnern sollte. »Miau.« Dann erwiderte sie Pauls Grinsen. »Der große Löwe hat gut gebrüllt.

Lässt er das blonde Mädchen trotzdem gehen? Sie gehört nämlich zu den Guten.«

»Behauptet sie.«

»Miau.«

Paul hob und senkte seine muskulösen Schultern, als sei er schmerzhaft verspannt. »Lernt man das in der – OSI? Erst mal die Krallen zeigen und dann auf Schmusekurs gehen?«

»Ich agiere immer so, wie ich am schnellsten zum Ziel komme. Und mein Ziel ist es momentan, dieses Gebäude sofort verlassen und meine Arbeit weiterführen zu können.«

»Und damit wir das hier schnell abwickeln können, erklären Sie mir doch bitte, was Sie mit dem alten Herrn kurz vor dessen Ermordung zu besprechen hatten. Und mit dem anderen alten Herrn aus derselben Seniorenresidenz.«

»Ach Paul«, sagte Lisa Wilke leise. »Ich darf Sie doch Paul nennen? Das habe ich Ihren Kollegen alles schon erklärt. Floto war ein Kontakt, den ich im Rahmen meiner Ermittlungen aufgesucht habe. Er ist ein Bekannter von Jakob Kratz, der ebenfalls ein wichtiger Zeuge für mich ist. Ich hatte diesbezüglich übrigens Amtshilfe über die Staatsanwaltschaft Aachen beantragt und auch eine Zusage erhalten. Und ich möchte gar nicht erst die formale Erwirkung meiner Immunität betreiben, sondern hoffe auf Ihre Kooperation.«

»Da ich mit den Ermittlungen im Mordfall Floto betraut bin, werden wir wohl kooperieren – Lisa, wenn ich Sie so nennen darf.«

»Bitte gern, wenn wir jetzt endlich gehen könnten?«

»Okay.« Paul stand auf. »Bitte warten Sie noch eine Minute, ich kläre noch die Formalitäten mit dem leitenden Kollegen, dauert nicht lange.« Dann trat er aus dem Raum, vor dessen Tür außen ein uniformierter Beamter postiert war.

»Wo finde ich Hauptkommissar Gerster?«

»Bin schon da«, antwortete Bruno Gerster, der gerade in den Gang einbog. Er reichte Paul die Hand. »Hab schon gehört, Sie nehmen mir den Fall und die Hauptverdächtige weg.« Dabei grinste er, um zu zeigen, dass er damit nicht das geringste Problem hatte.

»Mach ich gar nicht gern«, erwiderte Paul.

Gerster warf einen Blick in den Verhörraum, dann schloss er die Tür. »Ich glaube ohnehin nicht daran, dass diese Amerikanerin den Alten erschlagen hat. Aber trotzdem lügt sie wie gedruckt. Oder besser gesagt, sie macht ihren hübschen Mund nicht auf.«

»Was haben Sie herausgefunden, was ich noch nicht im Bericht nachlesen kann?«, fragte Paul.

»Wir haben das Mobiltelefon des Ermordeten ausgewertet. Der letzte Anruf, wenige Stunden vor dem vermutlichen Todeszeitpunkt, galt einem gewissen Thomas Kellermann. Er ist Stadtrat in Nideggen. Das war der Tote übrigens vor Jahren auch. Habe mit dem Mann gesprochen, er hat ein bestätigtes Alibi. Hat ausgesagt, dass der Floto ihn dringend habe sprechen wollen und nervös gewesen sei, aber Kellermann habe keine Zeit für ein Treffen gehabt. Das ist wenig, aber leider zurzeit unsere beste Spur. Abgesehen von der Lady da drin.«

»Hat sie euch etwas von ihren Ermittlungen erzählt?«

Bruno Gerster schüttelte den Kopf. »Sie sagt nichts darüber, und sie hat Rückendeckung von ganz oben. Habe vom LKA einen Rüffel bekommen, ich solle dies respektieren.« Er tippte sich an die Schläfe. »So kann man doch keinen Mord aufklären. Aber das ist jetzt Ihre Sache. Nehmen Sie die Lady mit. Ich wünsche Ihnen viel Glück.«

Paul nickte. »Danke, kann ich brauchen. Kann ich auf Sie zählen, wenn ich hier vor Ort Unterstützung benötige?«

Gerster zuckte mit den Achseln. »Schwer zu sagen. Ich

habe einen Berg Akten und zwei aktuelle Fälle auf dem Tisch, und man hat mir bedeutet, dass ich nicht mehr zuständig bin. Rufen Sie mich an, wenn Sie mich brauchen.«

Paul reichte Gerster die Hand. »Alles klar, vielen Dank.« Dann öffnete er die Tür zum Verhörraum. »Na dann mal raus hier, Tigerin. Sie können es doch kaum erwarten, Ihre Ermittlungen wieder aufzunehmen!«

Eine halbe Stunde später lenkte Paul seinen Dienstwagen durch das Eingangsportal der Seniorenresidenz Burgblick. Lisa Wilke hatte mittlerweile aufgehört, sich darüber zu beschweren, dass er sie begleitete, um mit Jakob Kratz zu sprechen. Paul parkte vor dem Haupteingang und stieg aus. Eine sehr alte Dame kam langsam auf ihn zu. »Junger Mann, hier können Sie aber nicht stehen bleiben.«

»Doch, kann ich«, sagte Paul lächelnd. »Ich bin von der Polizei. Ich darf überall stehen bleiben.«

Die Alte sah an Paul hoch und schüttelte den Kopf. »Nee, das stimmt nicht. Sie tragen keine Uniform, und das Auto ist auch nicht richtig.«

»So was brauch ich nicht, Mütterchen«, grinste Paul und zeigte ihr das Holster, in dem seine Walther P99 steckte. Er zog die Waffe halb heraus, sodass die Frau sie sehen konnte. Sie hielt sich die Hand vor den Mund und lachte. »Nee, das gibt's doch nicht.« Kopfschüttelnd und leise vor sich hin kichernd ging die Alte weiter.

Lisa Wilke sah der Frau noch verwundert nach, als Paul bereits in das Gebäude eingetreten war.

Lorenz streckte seine müden Beine aus. Die Nachmittagssonne schien mild in den Garten der Seniorenresidenz. So machte es nichts aus, dass er eben nach dem Duschen vergessen hatte, seine Haare trocken zu föhnen. Der lange Spaziergang steckte ihm in den Knochen, und er wusste, dass er es am nächsten Tag erst so richtig spüren würde. Doch die Schmerzen in seinen überlasteten Beinen interessierten ihn im Moment überhaupt nicht. Seine Aufmerksamkeit, die er durch das Recken seiner Glieder in der Sonne zu verbergen suchte, richtete sich ganz und gar auf den alten Mann, der ruhigen Schrittes die parkähnliche Anlage durchmaß. Jakob Kratz schien nichts um sich herum wahrzunehmen, doch Lorenz hatte das Gefühl, dass dieser Alte ebenso unauffällig aufmerksam war wie er selbst. Darum murmelte er leise: »Der erfahrene Ermittler hatte ein untrügliches Gespür dafür, wenn er auf einen Menschen traf, der ebenso hellwach war wie er selbst.«

Und so wunderte sich Lorenz auch nicht, als Jakob Kratz aus seiner scheinbaren Versunkenheit auftauchte und die beiden Personen scharf musterte, die aus dem Schatten des Gebäudes traten und auf ihn zusteuerten. Lorenz erkannte sofort die riesenhafte Gestalt von Paul Gedeck, dem Freund seiner Enkelin. Und auch die Frau, die ihn begleitete, hatte er schon einmal gesehen. Er wusste, dass es sich um die wegen Mordverdachts verhaftete Lisa Wilke handelte, die offensichtlich schon wieder auf freiem Fuß war. Lorenz drehte sich weg, um nicht von Paul erkannt zu werden. Als die beiden den alten Kratz erreicht und ein Gespräch mit ihm begonnen hatten, stand Lorenz auf und trat hinter einen Baum. So konnte er aus seiner Deckung heraus beobachten, wie die drei den Garten verließen und ins Haus gingen. Lorenz war sicher, dass das Zimmer des Alten ihr Ziel war, und folgte ihnen vorsichtig.

»Kommissar Wollbrand wusste, dass er nun hoch konzentriert würde zu Werke gehen müssen, um diese Chance nicht zu versaubeuteln.«

Er ging langsam in den Wohntrakt der Seniorenresidenz und steuerte den Bereich an, in dem er das Domizil Jakob Kratz' wusste. Als er das Zimmer erreicht hatte, legte er ein Ohr an die Tür und lauschte angestrengt. Und tatsächlich konnte er leise, aber deutlich ein Gespräch vernehmen, welches sich dort entspann.

»Sie müssen verstehen, dass ich nur wegen Herrn Kratz hier sein kann«, hörte er eine Frauenstimme sagen. »Ohne ihn habe ich wenig Chancen, vor Ort etwas Belastbares gegen die Nazis zu ermitteln.«

»Aber Sie beide sind bislang die einzigen Verdächtigen im Fall Floto. Die Buchstaben M und T, die auf der Stirn des Toten eingeritzt waren, sind nach Meinung des LKA ein Hinweis auf einen Täter mit jüdischem Hintergrund.«

Lorenz erkannte Pauls Stimme. Dann die des alten Kratz: »Das ist Unsinn. ›Meth‹ in die Stirn eines Toten zu ritzen, und dann auch noch in lateinischen Buchstaben, das würde keinem Juden einfallen. Wer so was glaubt, hat keine Ahnung.«

»Das müssen Sie mir genauer erklären. Einen Moment bitte.«

Lorenz horchte auf. Was war auf der Stirn des Toten zu lesen gewesen, und warum unterbrach Paul das Gespräch? Einer plötzlichen Ahnung folgend, wandte sich Lorenz schnell von der Tür ab. Diese wurde jedoch in diesem Moment auch schon aufgerissen. Bevor Lorenz ein paar Schritte gehen konnte, hatte Paul ihn gestellt. »Lorenz!«

»Paul, was für eine Überraschung.« Lorenz versuchte ein Grinsen. »Was machst du denn hier?«

»Ich befürchte, dasselbe wie du. Nur ist es mein Job, im Gegensatz zu dir. Versuch gar nicht erst so zu tun, als habe Kommissar Wollbrand nicht gelauscht!«

»Na gut, der weise Ermittler weiß, wann er aufgeflogen ist«, brummte Lorenz. »Wie hast du mich entdeckt?«

»Gar nicht«, antwortete Paul. »Es war nur so eine Idee. Eine reine Vorsichtsmaßnahme. Nennen wir es eine glückliche Intuition.«

»Ich nenne es gemeines Glück.«

Lisa Wilke und Jakob Kratz traten auf den Gang. »Was gibt's?«, fragte Lisa.

»Gar nichts«, meinte Paul. »Dieser Herr hätte beinahe etwas von unserem Gespräch belauscht, aber er ist schon so gut wie weg.«

»Ich geh ja schon«, maulte Lorenz. »Ich bin vielleicht alt und klapprig, aber ich weiß immerhin noch, wann ich unerwünscht bin.« Mit diesen Worten zog er ab, gar nicht einmal allzu unzufrieden mit dem, was er hatte aufschnappen können.

16. Kapitel

Ihr glaubt ja nicht, was ich Spannendes erfahren habe!« Benny strahlte die Freunde an, als er in Bärbels Apartment trat.

Gustav grinste: »Stimmt, wir glauben es nicht.«

Lorenz meinte: »Das passt ja wunderbar, ich wollte gerade auch erzählen, was ich herausgefunden habe.«

Bärbel lachte. »Wer macht also jetzt den Anfang?«

»Ich natürlich!«, rief Benny. »Ich bin der Jüngste und habe am wenigsten Geduld.«

»Wo der Knabe recht hat, hat er recht«, meinte Gustav. »Erzähl.«

»Also«, begann Benny. »Ich war doch bei dem Floto, um die Betten abzuholen. Und da sah ich ein paar Typen bei ihm, die definitiv Neonazis waren!«

Bärbel fragte: »Woran hast du das erkannt? Hatten die Hakenkreuze an der Kleidung oder so etwas?«

Benny schüttelte den Kopf. »Nee, die machen das heute anders. Die tragen Sachen, an denen sich das braune Gesocks sofort erkennt, aber so nette alte Leute wie ihr oft eben nicht. Diese Jungs trugen Bomberjacken der Marke Consdaple.«

»Wie jetzt?« Bärbel blickte ratlos drein.

»Siehste!« Der junge Pfleger sah triumphierend in die Runde. »Bei euch funktioniert das also auch. Bestimmte Dinge muss man heutzutage wissen. Consdaple ist eine von Nazis erfundene Marke. Wenn du das zum Beispiel auf der Brust stehen hast und trägst deine Jacke offen, dann kann man nur die mittleren Buchstaben lesen, und die sind NSDAP.«

»Das ist ja krank«, meinte Bärbel.

Lorenz sagte: »Aha, genau wie sein Vater also ist der jüngere Floto auch Nazi. Das wundert mich nicht wirklich.

Und das waren die Neuigkeiten?«

»Nee, passt mal auf, das Fette kommt erst noch. Danach war die Anna, also die Tochter vom Floto, also die Enkelin vom toten Floto, hier im Heim, und ich hab ihr geholfen, die Sachen ihres Opas zusammenzupacken. Und die ist bei der Antifa!«

»Was ist das denn jetzt schon wieder?«, fragte Bärbel.

»Nee, wat süß, ihr wisst ja wirklich gar nix von der bösen Welt da draußen. Das sind antifaschistische Aktivisten, die meisten genauso bekloppt wie die Neonazis, nur linksherum«, erklärte Benny. »Und die Anna hasst ihren Vater und findet es gerecht, dass jemand ihren Opa weggekloppt hat!«

»Das passt zu meinen Informationen«, sagte Lorenz. »Ich habe nämlich erfahren, dass der alte Kratz Jude ist und dieser Lisa Wilke helfen soll. Und diese Frau ist eine amerikanische Nazijägerin, wenn ich das richtig verstanden habe. Und schon wieder auf freiem Fuß.«

»Ach, deshalb heißt der Kratz mit zweitem Vornamen Israel«, meinte Benny.

»Woher weißt du das denn?«

Benny tippte sich an die Stirn. »Ich hab halt altersbedingt noch ein gutes Gedächtnis. Ich war doch dabei, als die Polizei hier zuletzt mit dem Kratz gesprochen hat. Und da nannte der seinen vollen Namen. Jakob Israel Kratz.«

»Das ist erstaunlich.« Lorenz kraulte sich nachdenklich den Bart. »Israel ist der Zweitname, den die Nazis damals den Juden zwangsweise in den Pass geschrieben haben. Die Frauen hießen Sara, die Männer Israel. Es ist doch sehr verwunderlich, dass jemand diesen Zwangsnamen anschließend behält.«

»Das hat bestimmt eine Bedeutung«, grübelte Bärbel. »Dieser Herr Kratz ist ein außergewöhnlicher Mensch. Das spürt man.«

»Das mag sein«, bestätigte Lorenz. »Aber ich habe noch

mehr erfahren: Die Schnittwunden, die der alte Floto auf der Stirn hatte, waren nicht zufällig, sondern sie bildeten die Buchstaben M und T. Und Kratz sagte, es sei unsinnig, dass ein Jude das Wort ›Meth‹ auf die Stirn dieses Mannes geschrieben haben soll. Das glaubt die Polizei nämlich.«

Gustav fragte: »Was soll das denn jetzt schon wieder? Ist Met nicht eine Art Honigwein?«

»Aber nicht in diesem Kontext«, antwortete Lorenz. »Ich hab natürlich gleich im Internet danach gesucht. ›Meth‹ ist hebräisch und wird übersetzt mit ›Tod‹. Und da im Hebräischen keine Vokale geschrieben werden, bedeutet MT eben Tod.«

»Aber das könnte demnach doch ein Jude geschrieben haben?«, meinte Benny. »Wer sonst, außer Opa Bertold natürlich, weiß denn so was?«

Lorenz grinste. »Ich weiß das auch nur aus Wikipedia. Und seltsam ist natürlich, dass die lateinischen und nicht die hebräischen Buchstaben benutzt wurden. Vermutlich meinte Kratz deshalb, dass ein Jude so etwas nicht tun würde.«

»Zudem es ohnehin blödsinnig ist, ohne Not so eine Spur zu hinterlassen«, ergänzte Gustav.

»Es sei denn, man will bewusst eine Spur legen«, meinte Bärbel.

»Die dann natürlich falsch ist«, kommentierte Lorenz. »Das ist alles sehr seltsam. Wir werden mal ein offenes Wort mit diesem Jakob Israel Kratz reden müssen. Das dürfte aufschlussreich sein.«

»Das denke ich auch«, meinte Gustav. »Würde mich nicht wundern, wenn der alte Floto während des Dritten Reiches einiges auf sein Kerbholz geschnitzt hat. Wenn eine Nazijägerin aus Amerika hier aufkreuzt und mit einem deutschen Juden zusammenarbeitet, hat das sicherlich mit dem Tod eines Altnazis wie Floto zu tun. Zumal, wie wir wissen, die beiden sich kannten und sich offenbar nicht riechen konnten. Nicht weiter verwunderlich nach allem, was wir jetzt schon wissen. Es wundert mich aber schon ein wenig, dass sowohl Kratz als auch Wilke auf freiem Fuß sind.«

»Unser lieber Paul steckt mit denen zusammen«, meinte Lorenz. »Der hat da offenbar die Hand drauf.«

»Ach, daher weißt du das alles«, sagte Bärbel.

»Nicht so, wie du denkst«, entgegnete Lorenz. »Ich habe die drei belauscht, und als Paul mich entdeckt hat, war Schluss mit lustig. Freiwillig sagt der Herr Kriminalhauptkommissar mir nämlich gerade mal gar nix.«

Benny lachte. »Ist doch logisch. Sonst würde Rita ihm den Hosenboden strammziehen. Und nicht auf die nette Art.«

Lorenz winkte ab. »Wie dem auch sei. Wir haben eine Menge Spuren. Mit den Neonazis und den Linken und dem, was die jungen Leute heutzutage so machen, kenn ich mich grad mal gar nicht aus. Aber ich kenne jemanden, der uns da vielleicht helfen kann.«

»Und wer wäre das?«, fragte Bärbel.

»Ich kenne einen Pfarrer, den Werner Friesdorf aus Kommern, der als Schulseelsorger in einem Internat in Füssenich arbeitet. Der kennt sich damit aus. Glaub ich zumindest, wenn ich mich an unser letztes Gespräch erinnere. Da wusste er etwas über jüdische Friedhöfe in der Eifel und über Antisemitismus bei Jugendlichen. Den werde ich mal wieder besuchen. Kann sowieso nicht schaden.«

Eine Pause entstand, in der keiner den Faden weiterspinnen wollte.

Schließlich stand Lorenz auf und reckte sich. »Kinder, ich bin müd. Und irgendwie auch ein bisschen kraftlos.«

Bärbel erhob sich ebenfalls und legte einen Arm um ihn. Es kam Lorenz so vor, als wolle sie ihn küssen. Er zog seinen

Kopf zurück und löste sich aus Bärbels leichter Umarmung. Sie spürte seine Zurückhaltung und sah ihn fragend an. »Was ist los?«

Lorenz meinte: »Bist du da bei Gustav nicht besser aufgehoben?«

Bärbel schaute ihn überrascht an. »Wie meinst du das?«

Lorenz druckste herum. Er merkte, dass er etwas nicht unbedingt Sinnvolles gesagt hatte. »Ich meine, so mit – ach, du weißt doch, was ich meine, oder etwa nicht?«

Gustav, Bärbel und Lorenz schauten sich gegenseitig an. Es wäre vielleicht eine peinliche Stille entstanden, hätte Benny nicht laut aufgelacht und gesagt: »Opa Bertold, du bist schon ein komischer Kauz! Wenn du das meinst, was ich denke, das du meinst, dann ist Gustav sicher nicht so empfänglich für Bärbels Umarmung, wie du vermutlich meinst.«

Lorenz brummte: »Was redest du denn für einen Unsinn, Junge?«

Bärbel legte wieder einen Arm um ihn. »Benny meint in seinem jugendlichen Leichtsinn, dass du nicht eifersüchtig sein musst wegen Gustav und mir.«

»Wieso eifersüchtig? Auf das Tangotanzpaar?«

Gustav lachte leise. »Ach komm, alter Junge. Du kannst lügen ohne rot zu werden, wenn es um Kommissar Wollbrand geht. Aber bei den persönlichen Dingen eines gewissen Lorenz Bertold stellst du dich ziemlich unbeholfen an.«

»Ach, geht mir doch weg«, sagte Lorenz und versuchte sich wieder Bärbels Nähe zu entziehen.

Gustav sprach weiter: »Was Benny dir zu sagen versuchte, lieber Lorenz, ist doch nur, dass Bärbel und ich Freunde sind, aber niemals mehr sein können, weil ich in meinem ganzen Leben noch nie etwas mit Frauen anfangen konnte. Verstehst du?«

Lorenz zuckte hilflos mit den Achseln. »Was redet ihr denn

plötzlich für ein seltsames Zeug daher?«

Gustav trat nah an ihn heran. »Alter Junge, wir haben alle bemerkt, dass du etwas für Bärbel empfindest, was vielleicht etwas über Freundschaft hinausgeht. Und klar führst du dich manchmal auf wie ein eifersüchtiger alter Gockel. Und ich bin schwul, verstehst du?«

Lorenz sah zu Boden und antwortete nicht. Es war ihm gar nicht wohl in seiner Haut. Er fragte sich, was Kommissar Wollbrand wohl in diesem Moment gesagt oder getan hätte. Aber der erfahrene Ermittler, dem nichts Menschliches fremd war, hatte momentan offenbar Urlaub. Daher knurrte Lorenz: »Klar, in Ordnung, du bist schwul. Musste ich das wissen?«

Benny lachte wieder. »Nee, nur dass ich es wusste und Bärbel und wer weiß noch alles. Nur du hast für so was einfach keinen Sinn.«

»Ja und? Ich bin halt ein alter Esel.«

Bärbel lächelte ihn an und meinte: »Aber nein. Es ist wohl nur so, dass Homosexualität in deinem Lebensumfeld nie ein Thema war.«

Gustav ergänzte: »Aber das ändert auch überhaupt nichts. Es spielt gar keine Rolle, ob ich schwul bin oder nicht. Jedenfalls sollte es für dich keine Rolle spielen.«

Lorenz holte tief Luft und sagte: »Ach, lasst mich da nur mal eine Nacht drüber schlafen. Ich ärgere mich vielleicht nur darüber, dass hier alle Bescheid wissen, nur ich nicht.«

»Das mag sein, mein lieber Freund«, meinte Gustav. »Und du hast uns auch ein gutes Stichwort gegeben – wir sollten uns alle aufs Ohr legen. Wir haben spannende Dinge erfahren, und wie ich Kommissar Wollbrand kenne, wird es in den nächsten Tagen viel zu ermitteln geben. Da möchte ich gerne ausgeschlafen sein.«

»Das ist ein Wort«, stimmte Benny zu. »Ich muss um fünf Uhr

raus, da sollte ich eigentlich jetzt schon längst im Bett sein.«

»So sei es denn«, meinte Lorenz und begab sich zur Tür. »Ich wünsche euch eine gute Nacht.«

Er schloss die Tür, ohne sich noch einmal nach den Freunden umzusehen, und schlurfte langsam den Gang hinunter. Lorenz war alt genug, um zu wissen, dass die letzten Minuten etwas zu viel für ihn gewesen waren. Die Geschehnisse um den Mord an dem alten Floto waren das eine, aber dass seine Beziehung zu Bärbel, die ihm selbst nicht ganz klar war, so plötzlich zum Thema des Gespräches geworden war, und dann auch noch die Homosexualität seines Freundes Gustav – das war eindeutig mehr, als er auf die Schnelle verarbeiten konnte. Und warum hatten alle das gewusst? Fehlte ihm eine Antenne für so etwas? Benny hatte sich über seine Unfähigkeit, das Offensichtliche zu erkennen, amüsiert. Lorenz konnte dem Jungen noch nicht einmal böse sein, obwohl so etwas wie Ärger in ihm aufstieg. Während er sich seinem Zimmer näherte, drängte sich ihm eine Frage immer mehr auf: Wie würde er Gustav morgen beim Frühstück begegnen? Konnte er mit seinem Freund jetzt noch so umgehen wie bisher? Und als Lorenz seine Zimmertür öffnete, schalt er sich selbst einen Narren. Was wäre schon anders? Er konnte doch auch mit Bärbel befreundet sein, oder etwa nicht?

»Ach Maria«, murmelte er, während er sich auszog. »Mit dir war alles so einfach. Warum hast du mich allein gelassen?«

17. Kapitel

Sie können doch nicht einfach hier hereinplatzen!«

Einer der rund einem Dutzend Anwesenden hatte sich von seinem Stuhl erhoben und starrte Paul und Lisa erregt an. Paul schob seine riesenhafte Gestalt ganz in den Raum hinein und zeigte seinen Ausweis. »Mein lieber Stadtrat, Sie sehen doch, dass wir das können. Mein Name ist Gedeck, Kripo Aachen, und das hier« – er zeigte auf seine Begleitung, die noch in der Tür stand – »ist meine Kollegin Lisa Wilke vom US-amerikanischen Justizministerium. Wir ermitteln im Mordfall Floto.«

Der Stadtrat ging um den Besprechungstisch herum auf Paul zu. »Ich dachte, Kommissar Gerster aus Düren ist der leitende Ermittler?« Dann fügte er hinzu: »Mein Name ist Kellermann.«

»Ach ja, Sie sprachen bereits mit Kollege Gerster. Es macht Ihnen sicher nichts aus, hier im Kreise Ihrer Kollegen nochmals zu erläutern, warum jemand, der Sie abends anruft, wenig später erschlagen wird, nur einen Steinwurf vom Rathaus entfernt.«

Im Sitzungssaal des Nideggener Rathauses breitete sich Schweigen aus. Es dauerte einige Sekunden, bis sich Kellermann wieder an Paul wandte, nun mit deutlich ruhigerer Stimme. »Entschuldigung, muss das hier in diesem Kreise besprochen werden? Der Tod des armen Wilhelm hat uns alle sehr getroffen, er war lange Zeit Mitglied des Stadtrates, aber wenn Sie mich als Zeuge vernehmen wollen, gehört das doch eher nicht hierher.«

Lisa Wilke schob sich neben Paul. »Wir sind hier, weil wir mit Ihnen allen über Wilhelm Floto sprechen möchten.«

»Was macht denn eigentlich eine Amerikanerin bei diesen Ermittlungen?«, fragte ein anderer, jüngerer Mann. Dann stellte er sich vor: »Entschuldigung, mein Name ist Drechsler.«

Paul antwortete: »Frau Wilke ist hier auf Einladung der Staatsanwaltschaft Aachen. Ihre Ermittlungen sind vertraulich und gehen Sie nichts an, stehen jedoch vielleicht im Zusammenhang mit dem Mord an Wilhelm Floto.«

»So, vielleicht«, meinte Kellermann. »Sie wissen es also nicht.«

»Sehr scharfsinnig«, versetzte Paul. »Sagen Sie, wo waren Sie am Sonntagabend gegen zwanzig Uhr?«

»Das fragen Sie mich doch nur, weil Wilhelm mich angerufen hat. Das war noch vor sieben, wenn ich mich recht erinnere. Er wollte mich dringend sprechen, ich hatte jedoch keine Zeit, da ich zu Hause Gäste erwartete.«

»Was wollte er denn?«, fragte Lisa.

»Das sagte er nicht. Er war sehr erregt, verriet aber nicht warum. Er wolle es persönlich mit mir besprechen, und ich sagte ihm, dann müsse er bis zum nächsten Tag warten.«

»Da war es aber zu spät«, sagte Paul.

»Ja, und das tut mir aufrichtig leid. Aber ich habe keine Ahnung, warum er mich sprechen wollte. Und wenn sein mir unbekanntes Anliegen der Grund für seinen Tod sein sollte, kann ich Ihnen leider nicht helfen.«

Drechsler ergänzte: »Aber wir sichern Ihnen selbstverständlich unsere volle Unterstützung zu. Herr Floto war viele Jahre im Stadtrat tätig. Nideggen hat ihm viel zu verdanken.«

»Da bin ich sicher«, meinte Lisa. »Wussten Sie, dass er während des Dritten Reiches Mitglied der NSDAP und maßgeblich an der Deportation der Nideggener Juden beteiligt war?«

»Um Gottes Willen, nein!«, stieß eine Frau hervor. »Ist das sicher?«

»Sehr sicher«, bestätigte Lisa. »Er unterhielt bis zu seinem Tod Beziehungen zu Altnazis wie Neonazis. Haben Sie hier niemals etwas von seiner politischen Gesinnung gemerkt?«

»Niemals«, schüttelte ein anderer, älterer Herr den Kopf. »Gestatten, Josef Weihrauch. Ich war einige Jahre gemeinsam mit ihm hier tätig und Parteigenosse der CDU. Er war ein unbescholtenes Mitglied im Stadtrat, und ich habe nie Äußerungen von ihm gehört, die sich nach einer braunen Gesinnung angehört hätten.«

»Andererseits«, meldete sich die Frau, welche sich eben so entsetzt hatte, wieder zu Wort, »hätten wir doch die Gedenktafel, die an die Nideggener Juden erinnert, vielleicht ohne den Floto einige Jahre früher angebracht, oder?«

Kellermann schüttelte energisch den Kopf. »Aber meine liebe Frau Schütte, dabei ging es aber nie um die Frage, ob die Gedenktafel angebracht wird, sondern Wilhelm hatte seinerzeit Bedenken gegen das Wie und Wo. Und damit war er auch nicht allein.«

»Aber trotzdem«, sagte die Frau und schwieg dann.

»Welche Funktionen hatte Floto denn hier?«, fragte Paul.

Kellermann antwortete: »Er war zuletzt Leiter des Ausschusses für Bau, Planung, Denkmal und Umwelt und auch Mitglied im Hauptausschuss. Früher auch in diversen anderen Gremien.«

»Also jemand, der wusste, was hier politisch vor sich ging«, schloss Lisa.

»Könnte man so sagen«, antwortete Drechsler.

»Nun gut.« Paul wandte sich zur Tür. »Wir wollen Ihre kostbare Arbeitszeit nicht über Gebühr in Anspruch nehmen.« Als er den Ausgang beinahe erreicht hatte, drehte sich Paul nochmals um. »Ach, Herr Kellermann – noch eine Frage: Sind Ihre Gäste am Sonntagabend gekommen?«

»Ja, und ich gebe Ihnen gerne eine Liste der Namen, wenn ich ein Alibi brauchen sollte, Herr Kommissar.«

»Hauptkommissar, um genau zu sein. Und ja, die Liste hätte ich gerne – mit der jeweiligen Uhrzeit des Eintreffens und wann die Leute Ihr Haus wieder verlassen haben – wenn es nichts ausmacht.« Mit diesen Worten war Paul hinaus. Lisa Wilke folgte ihm und schloss die Tür hinter ihnen.

Als sie hinausgingen, meinte Lisa: »Sie haben diesen Kellermann ja ganz schön rangenommen. Kommt er denn tatsächlich als Tatverdächtiger infrage?«

»Kaum«, antwortete Paul. »Sein Alibi scheint in Ordnung. Aber Politiker, ob in Berlin, Düsseldorf oder Nideggen, haben für mich alle Dreck am Stecken. Jeder weiß mehr, als er sagt, und wenn diese Leute etwas sagen, verstehen sie nicht allzu viel davon.«

»Und was haben wir jetzt?«, fragte Lisa.

»Erst einmal habe ich großen Hunger. Und was den Kreis der möglichen Täter angeht, ist dieser verdammt klein. Und ob es Ihnen nun gefällt oder nicht: Der einzige plausible Verdächtige ist momentan Ihr Freund Jakob Kratz. Er ist einer der wenigen überlebenden Nideggener Juden und muss einen Hass auf alle Nazis haben. Ich an seiner Stelle hätte den Floto wahrscheinlich auch erschlagen.«

18. Kapitel

Die dunkle Limousine rollte leise auf den Parkplatz des Sanitätshauses Floto. Der Mann, der auf dem Beifahrersitz gesessen hatte, sagte dem Fahrer im Weggehen: »Warte hier, es wird nicht lange dauern.«

Er musste nicht klingeln, denn er war schon erwartet worden.

»Heil Hitler, Kamerad«, wurde er an der Tür von Hermann Floto begrüßt.

»Guten Abend, Hermann«, sagte Albert Finkel und trat ein. Er ging den Flur entlang bis zu dem Büroraum, in dem Floto seinen Arbeitsplatz hatte. Er war nicht das erste Mal in diesen Räumen und kannte sich aus. »Hermann, bist du allein?«

»Klar, Albert«, antwortete Floto. »Es ist schon nach acht. Um diese Zeit sind alle Mitarbeiter längst weg. Sogar meine Frau, die geht jetzt jeden Abend in die Kirche und betet für meinen Vater, stell dir das vor. Ich weiß, das muss ich ihr austreiben, denn ...«

»Lass nur«, unterbrach Albert Finkel ihn und machte eine wegwerfende Handbewegung. »Mit solchen Nebengeräuschen solltest du dich nicht abgeben. Nicht in diesen Zeiten, in denen wir mehr denn je zur Wachsamkeit aufgerufen sind.«

»Wem sagst du das, Kamerad«, antwortete Floto. »Mein Vater wurde erschlagen wie ein Hund. Diesen Judensäuen werden wir das Handwerk legen. Ich darf doch auf die Hilfe der Kameradschaft zählen?«

»Zunächst einmal möchte ich dir im Namen der Partei und der Kameradschaft Aachener Land unser Beileid aussprechen. Dein Vater war ein Vorbild für viele. Sein Tod wird nicht ungesühnt bleiben, dessen sei versichert.«

»Das will ich meinen«, sagte Floto und entnahm einem kleinen Kühlschrank zwei Flaschen Bier. »Seine Mörder müssen zur Rechenschaft gezogen werden. Die Polizei jagt immer die Falschen, und die Behörden sind ohnehin alle von Juden und Kanaken unterwandert. Wenn ein deutscher Veteran nicht mal mehr auf unseren Straßen sicher ist, wem kannst du dann noch trauen?«

»Wir können nur uns selbst trauen«, entgegnete Finkel. »Ich versichere dir, die NPD steht für ein Deutschland, in dem so etwas nicht mehr passiert. Aber bis es so weit ist, muss noch viel Disziplin aufgebracht werden. Auch von dir, Hermann.«

»Selbstverständlich«, meinte Floto und drückte Albert Finkel eine Flasche in die Hand. Die beiden prosteten sich zu. Floto nahm einen langen Zug, während Finkel die Flasche nach einem kleinen Schluck wieder von den Lippen nahm. »Disziplin bewahren, heißt in dieser Situation Ruhe bewahren, Hermann«, fuhr Finkel fort. »Ich muss dich ermahnen, keine voreiligen Aktionen durchzuführen, die der Sache schaden könnten.«

»Was meinst du?«, fragte Floto. »Einen Mörderjuden zu richten, das ist doch im Sinne unserer Sache.«

»Du hast doch keine Ahnung, Kamerad. Ich versichere dir, es gibt übergeordnete Interessen, die uns zwingen, jetzt kein weiteres Aufsehen zu erregen. Es wird Gerechtigkeit walten, aber wir haben Geschäfte zu erledigen, die strategisches Denken erfordern. Jetzt ist nicht die Zeit für Aktionen auf der Straße!«

»Aber ich will den Mörder meines Vaters bestraft wissen«, fuhr Floto auf. »Und ich muss mein Erbe sichern. Da schnüffelt eine Amerikanerin herum, die stellt dumme Fragen, und ich werde ...«

Wieder unterbrach Finkel ihn jäh. »Verdammt, Kamerad!

Ich befehle dir, im Sinne einer höheren Logik Ruhe zu bewahren und uns an einer Sache arbeiten zu lassen, die größer ist als das, was dir so vorschwebt. Und denke daran: Der Führer musste die SA zerschlagen, weil deren Mitglieder der Größe der Bewegung nicht gerecht wurden. Ich will nicht auf dich verzichten müssen!«

Floto sah Finkel verwundert an. »Warum solltest du, Kamerad?«, fragte er verwirrt. »Partei und Kameradschaft können auf mich zählen, das weißt du doch. Kann ich umgekehrt auch auf deine Hilfe bauen?«

»Kamerad, dessen sei gewiss.« Albert Finkel stand auf und legte Floto eine Hand auf die Schulter. »Ich möchte mich nur vergewissern, dass du nicht unbeabsichtigt übergeordnete Pläne störst. Wenn die Zeit gekommen ist, stehen wir alle in einer Kampflinie, Seite an Seite, Kamerad!«

Finkel klopfte Hermann Floto nochmals nachdrücklich auf die Schulter, dann verließ er das Büro und ging zum Ausgang. An der Tür reichte er Floto die Hand. Dieser erhob den Arm zum Hitlergruß, während Finkel zum Auto zurückging und einstieg. Als der Wagen vom Hof gerollt war, zog Floto sein Mobiltelefon aus der Tasche. Er tippte eine Kurzwahl. Als sich jemand meldete, sagte er: »Treffen in dreißig Minuten bei mir. Wir haben eine Jagd auf Mörderjuden vorzubereiten!«

Er ging ins Büro zurück und nahm einen Schluck Bier. Nachdenklich betrachtete er die zweite Flasche, die auf dem Tisch stand. Sie war noch so gut wie voll. »Verdammte Scheiße, was denkt der Finkel sich?«, stieß er ärgerlich hervor. Einer plötzlichen Gefühlsregung folgend, packte er die Flasche und schleuderte sie gegen die Wand. Das Glas zersprang, und Bierschaum zischte durch den Raum. Daraufhin fluchte er so laut, dass er nicht wahrnahm, wie sich eine

Gestalt vorsichtig aus dem Dunkel eines Nebenzimmers löste und das Haus verließ.

Anna Floto schlüpfte unbemerkt auf die Straße und lief leichtfüßig davon. Hinter der nächsten Kreuzung hatte sie ihren Roller geparkt. Sie startete den Motor und fuhr los. Es begann zu regnen, doch das machte der jungen Frau nichts aus. Sie hatte keinen weiten Weg vor sich.

19. Kapitel

Bruno Gerster schaltete den Scheibenwischer ein. Die alten Wischblätter zogen Schlieren auf der Windschutzscheibe seines Wagens. Als der Regen dichter wurde und mehr Wasser reinigend über die Scheibe floss, verbesserte sich die Sicht. Der Kommissar sah auf die Uhr. Es war fast neun. Er hatte wieder viel zu lange im Büro gesessen und an überfälligen Berichten geschrieben. Doch zu Hause wartete niemand auf ihn. Er kramte in seiner Tasche und förderte einen Zettel hervor. Darauf hatte er eine Adresse notiert. Sie lag nicht auf dem Weg nach Hause, aber das war Gerster gleichgültig. Er fuhr durch das abendliche Düren. Im Dunklen und bei Regen sah die Stadt noch grauer und trostloser aus, als sie es ohnehin war. Der Kommissar durchquerte einen kleinen Kreisverkehr, vollmundig »Europaplatz« benannt, damit verließ er die City. Wenig später tauchte Niederau auf, er fuhr wie immer zu schnell und wurde am Seniorenhaus Marienkloster geblitzt. Er zeigte dem Starenkasten seinen Mittelfinger. Dann fuhr er durch Kreuzau, und wenig später öffnete sich die Landstraße endlich in Richtung Nideggen. Hier, wo links und rechts der Straße keine Häuser mehr standen, wirkte der Regen sofort freundlicher und das Dunkel der hereinbrechenden Nacht weniger bedrohlich. Die Straßen der Stadt rochen umso mehr nach Unrat und Verbrechen, je später der Abend wurde. Hier draußen erschien alles friedlicher. Gerster fuhr langsamer, ließ das Fenster herab und sog die regenfeuchte Landluft ein. Er dachte, dass man dies häufiger machen müsste. Einfach mal nach Dienstschluss rausfahren, der Fernseher vermisst mich nicht.

Kurz vor Nideggen bog er ab. Dort lag ein Neubaugebiet.

Brachliegende Parzellen, Rohbauten und fertige Häuser wechselten sich ab. Vor einer allein stehenden großen Villa, deren geschmacklosen Stilmix Bruno Gerster im Dunkel nur erahnen konnte, hielt er an. Er warf die Tür zu, lief zum Eingang und klingelte. Einige Sekunden geschah nichts. Das ganze Haus war innen hell erleuchtet. Es musste jemand da sein. Gerster klingelte nochmals. Dann hörte er Schritte, die sich der Tür näherten. Jemand öffnete.

»N'abend, Herr Kellermann.«

Thomas Kellermann sah den Kommissar überrascht an. »Herr – Gerster. Guten Abend.«

»Entschuldigen Sie die späte Störung. Ich wollte gerade nach Hause, da kam mir eine Sache in den Sinn, die ich Sie gerne noch fragen wollte. Dauert nur eine Minute. Darf ich reinkommen?«

Kellermann zögerte einen Moment, doch der Regen wurde immer stärker, und es erschien ihm zu unhöflich, den Polizisten vor der Tür stehen zu lassen. Gerster trat ein. Ohne eine weitere Einladung abzuwarten, schritt er voran und betrat ein hell erleuchtetes Zimmer. Der Stadtrat hatte Gäste. Bruno Gerster sah sich um. Als sich seine Augen an das grelle Licht gewöhnt hatten, zog er überrascht eine Augenbraue hoch. Dann sagte er: »Dich kenn' ich doch! Was machst du denn hier?«

Der Kommissar sah die Bewegung des Mannes. Er wusste auch, dass der Kerl nicht unter die Jacke griff, um ein Taschentuch zu suchen. Trotzdem hatte er seine Hand noch nicht einmal in die Nähe seiner Dienstwaffe gebracht, als der Schuss losging.

20. Kapitel

Anna Floto schlüpfte durch die geöffnete Tür ins Innere der winzigen Wohnung. Der junge Mann, der ihr geöffnet hatte, fuhr ihr durch das Haar. »Anna, du bist ja völlig durchnässt!«

»Macht nix!«, rief sie und entledigte sich im Gehen ihrer Jacke, indem sie sie einfach fallen ließ, genau wie ihren Helm. Das machte nichts weiter aus, denn der Boden des Zimmers war sowieso mit allerhand Kram vollständig bedeckt. »Ich will nur kurz heiß duschen. Die Fahrt war ganz schön kalt.«

»Das geht nicht!« Der Mann lief hinter ihr her. »Ich hab momentan kein heißes Wasser. Irgendwas mit dem Boiler oder so.«

Anna dreht sich um. »Ach, Nihil. Das Ding war doch schon seit Wochen dabei, den Geist aufzugeben. Hast du nicht mit dem Vermieter gesprochen?«

Nihil Wedding grinste. »Der fette Kapitalist kann mich am Arsch lecken. Wozu brauche ich heißes Wasser? Einmal die Woche gehe ich schwimmen, und Zähneputzen geht auch kalt.«

Anna kam lächelnd auf ihn zu. »Soso, und wenn ich komme und mir kalt ist? Wie kriegst du mich jetzt warm?«

»Weiß nicht«, antwortete Nihil. »Vielleicht, indem du mir bei diesen Flugblättern hilfst. Die Aktion wegen des Aufmarsches der KAL am nächsten Wochenende in Stolberg, du weißt schon.«

Anna schüttelte den Kopf. »Spinner!«

Nihil Wedding lächelte. »Natürlich weiß ich, wie ich dich wärmen könnte. Schön, dass du da bist.« Er machte seinerseits einen Schritt auf Anna zu.

Die wich jedoch zurück. »Lass mal, deswegen bin ich nicht da. Es gibt ein Problem.«

»Was denn?«

»Ich habe eben meinen Alten belauscht. Der hatte Besuch von dem NPD-Schwein Finkel. Hab nicht alles verstanden, aber die scheinen Zoff zu haben. Und dann, als der Finkel weg war, hat mein Alter seine Kumpels angerufen und was davon gesagt, dass sie Juden jagen wollen.«

»Scheiße«, kommentierte Nihil Wedding. »Das darf doch nicht wahr sein. Weißt du, um wen es geht?«

»Nee. Aber er sagt was von Mörderjuden. Vielleicht hat das was mit dem Tod von Opa zu tun.«

»Ganz bestimmt. Welche Mörder sollten denn sonst gemeint sein? Offenbar glauben die Nazis, dein Opa wurde von Juden umgebracht.«

»Wär das so unwahrscheinlich?«

»Nee, und gerecht wär es außerdem.«

»Und jetzt?«

Nihil Wedding fummelte nachdenklich in seinem Haar herum. »Das stinkt nach großem Ärger.«

Anna sagte: »Wir werden Hilfe brauchen.«

»Was meinst du?«, fragte Nihil.

»Ich meine jemanden, der sich nicht nur mit Flugblattaktionen und Kunst gegen Rechts auskennt.«

Nihil kniff die Augen zusammen. »Du sprichst von den harten Jungs?«

Anna nickte. »Ich denke, wir sollten Kalle anrufen.«

Nihil Wedding trat nah an Anna heran und nahm sie in den Arm. »Das stinkt nach gewaltig großem Ärger.«

21. Kapitel

Gustav schreckte hoch. Hatte er schon geschlafen? Er sah auf die Uhr – halb zwei in der Nacht. Vor sich, auf dem kleinen Tisch, stand die Kaffeemühle. Sie enthielt Bohnen, die darauf warteten, gemahlen zu werden. Gustav versuchte sich zu erinnern. Hatte er einen Kaffee trinken wollen? War Lorenz nicht eben noch zu Besuch bei ihm gewesen? Er wusste es nicht mehr.

Der Alte schüttelte den Kopf und seufzte. Dann griff er zur Mühle und klemmte sie zwischen den Knien ein. Er begann den Hebel zu drehen. Seit vielen Jahren tat er dies mit immer derselben Bewegung, in immer gleicher Geschwindigkeit. Nur erschien es ihm diesmal anstrengender als sonst. Dann spürte er den Druck an seinen Schläfen. Bald wurde ein heftiger Kopfschmerz daraus, der mehr und mehr anschwoll. Gustav versuchte die Kaffeemühle auf den Tisch zu stellen. Er streckte die Arme aus und wollte sich erheben. Der Schmerz in seinem Kopf wurde immer stärker. Seine Hände öffneten sich, und die Mühle fiel zu Boden. Der Alte bemerkte dies nicht. Er hörte nichts außer dem Schlag seines Herzens und dem dumpfen Widerhall dieses Pochens hinter seiner Stirn. Der Schmerz brannte in seinen Augenhöhlen. Gustav schloss die Lider und wartete einige Herzschläge, ob sich etwas verändern würde.

Der Schmerz schien tatsächlich nachzulassen. Er öffnete die Augen wieder. Die Welt hatte sich verändert. Alle Dinge, die ihn umgeben hatten, waren verschwunden und hatten eine konturlose weiße Leere hinterlassen. Das Herz blieb ihm stehen. Der Kopfschmerz war nun ebenso verschwunden wie alles andere.

Gustav horchte. War jemand zu hören? Oder irgendetwas? Eine tiefe Gewissheit breitete sich in ihm aus: Er war allein. In diesem Moment wurde ihm klar, dass, falls es jemals Menschen oder Dinge außer ihm gegeben hatte, all dies sich restlos aufgelöst hatte. Oder hatte er nur geträumt, dass es außer ihm und dieser endlosen Leere etwas anderes gegeben hatte?

Jetzt erinnerte er sich wieder. Er war eingeschlafen und hatte geträumt. Von einem Zimmer, einer alten Kaffeemühle und Menschen, die er einmal zu kennen geglaubt hatte. Doch nun war er erwacht. Die Welt war leer. Es gab niemanden außer ihm selbst.

Gustav stand auf. Schritt für Schritt bewegte er sich durch diesen raumlosen Zustand. Ihm war schwindlig. Er stolperte. Kurz spürte er einen Widerstand, dann ging es weiter. Seine Füße suchten Halt im weißen Nichts. Wieder stolperte er, aber er fiel nicht. Wohin hätte er auch fallen sollen.

»Herr Brenner«, sagte die alte Dame, die von der Nachtschwester unterwegs zu ihrem Zimmer war und auf dem Flur um diese Zeit niemanden mehr erwartet hatte. »Herr Brenner, guten Abend.«

Gustav antwortete nicht. Nichts ließ darauf schließen, dass er die Frau überhaupt wahrgenommen hatte. Kopfschüttelnd sah sie ihm nach, bis er den nächsten Gang erreicht hatte und aus ihrem Blickfeld verschwand.

Gustav fror plötzlich. Kühl und klamm fühlte sich das weiße Nichts an. Er rieb sich die Arme. Auch diese waren feucht. »Was ist das für eine verdammte Scheiße«, murmelte er. Der Alte wusste, dass er es nur sagte, um den Klang einer menschlichen Stimme zu hören. »Das ist doch eine gottverlassene Welt.«

Dann vernahm er das Rauschen. Dieses Geräusch entstammte nicht seinem eigenen Innern. Da war etwas. Es wurde lauter. Gustav bildete sich ein, dass sich aus diesem Rauschen Worte formen wollten.

»Was?«, fragte er in das Nichts hinein. »Mama? Bist du das?«

Gustav wusste nicht, warum er das fragte. Hatte er denn überhaupt jemals eine Mutter gehabt? Er konnte sich nicht erinnern. Doch da waren diese Worte gewesen. Etwas Tröstendes, Beruhigendes hatte in diesen Worten gelegen, ein Klang, der fremd und doch so vertraut schien. Wie eine Sprache, die man nie gelernt hat und deren Worte man dennoch versteht.

Gustav rieb sich die Augen. Das Weiß schien sich aufzulösen, als würde es von einem schwarzen Loch eingesaugt. Es wurde dunkel. Gustav versuchte, in diesem Dunkel, das ihn plötzlich umgab, etwas wahrzunehmen. Gab es da etwas zu erkennen? Konturen schälten sich aus dem Nichts. Er blinzelte. Dann sah er ein Gesicht vor sich. Ein altes Gesicht, voller Runzeln, und ein Augenpaar, das ihn musterte und dessen Blick fest auf ihm ruhte.

»Was?«

Jakob Kratz lächelte. »Ich sagte – nein, diese Welt ist nicht von Gott verlassen, auch wenn es uns so erscheinen mag. Menschlichkeit, das ist es, was wir oft so schmerzlich vermissen.«

»Herr Kratz«, sagte Gustav. »Wo sind wir?«

»In Nideggen, mein lieber Herr Brenner. In Nideggen. Wo sonst?«

Gustav schaute sich um. Er stand mit dem alten Jakob Kratz am Waldrand, nahe der Seniorenresidenz. Es regnete, und ihm war kalt. Nun wusste er, dass es schon wieder einmal geschehen war. »Wundern Sie sich bitte nicht, Herr Kratz. Manchmal gehe ich herum und bin dabei nicht ganz bei Sinnen.«

Kratz legte ihm eine Hand auf die Schulter. »Ich weiß. Wir sind uns zuletzt schon einmal nachts begegnet.« Dann stockte er plötzlich. Nachdenklich blickte er Gustav ins Gesicht. Dann sagte er: »Jetzt erinnere ich mich auch wieder. Gustav Brenner. Natürlich. Aus Zerkall?«

Gustav zuckte zusammen. »Kennen wir uns?«

Der Alte lächelte. »Du warst damals noch zu klein. Und es waren schwere Zeiten. Wir waren Nachbarn.«

»Wieso? Ich dachte, Sie stammen von hier, aus Nideggen?«

»So ist es. Und wie gesagt, wir waren Nachbarn. Du wurdest zu deinen Großeltern nach Zerkall gebracht, als es schwierig wurde.«

»Was soll das heißen?«, fragte Gustav.

»Entschuldigung«, sagte Jakob Kratz. »Ich kann dir nicht mehr erzählen. Es wäre nicht gut – im Moment.«

»Quatsch!«, rief Gustav aus. »Reden Sie nicht in Rätseln!«

Kratz schüttelte den Kopf. »Ich habe gelernt, dass manche Dinge wohlbedacht ausgesprochen werden müssen. Ich habe schon zu viel gesagt. Es tut mir leid.«

Der Alte wandte sich ab. Als er ein paar Schritte gemacht hatte, drehte er sich noch einmal zu Gustav um. »Du solltest zurückgehen. Es ist kalt, und du bist nicht richtig angezogen.« Dann ging er weiter und war bald im Dunkel verschwunden.

Gustav spürte, dass es besser war, Kratz nicht zu folgen, obwohl es ihn danach verlangte, mehr von dem Alten zu erfahren. Doch Kratz hatte recht: Es war kalt, und er fror. Gustav atmete tief durch und machte sich auf den Weg zurück zur Seniorenresidenz. Obwohl er ahnte, dass er in dieser Nacht keinen Schlaf mehr finden würde.

22. Kapitel

Kommissar Bruno Gerster hielt seine Dienstwaffe fest umklammert. Seine Augen waren weit geöffnet, er schien an die Decke zu starren. So, wie er auf dem Boden lag, war das kleine Einschussloch in seiner Brust kaum zu erkennen. Die große Blutlache, die sich unter ihm gebildet hatte, war dem Betrachter erst erklärlich, wenn man die faustgroße Austrittswunde in seinem Rücken gesehen hatte.

Willi Hurtz schüttelte bekümmert den Kopf. »Nee, Frau Bertold«, sagte er. »Wir hatten ja schon Kummer genug hier in Nideggen. Aber ein toter Polizist, dat is mir zu viel!«

Rita Bertold wies auf Thomas Kellermann, der wenige Meter von der Leiche entfernt ebenfalls auf dem Boden lag. »Ganz zu schweigen von einem toten Stadtrat.«

Willi Hurtz winkte ab. »Da sagen Sie was. Ich bin froh, dass ich nur ein einfacher Dorfpolizist bin. Schön, dass Sie so schnell kommen konnten. Die paar Stunden hier mit der Spurensicherung und der Kripo haben mir gereicht, jetzt übernehmen Sie doch hier, oder?«

Rita nickte. »Sonst wäre ich nicht hier. Ein toter Polizist, ein toter Stadtrat, dazu noch der Mord letzten Sonntag, das ist entschieden zu viel für einen kleinen Kurort wie Nideggen. Meine Soko übernimmt hier.«

Hurtz grinste freudlos. »Weiß nicht, ob der Leiter der Ermittlungen sich da freut.«

Rita sah zum Eingang und entgegnete: »Wenn man vom Teufel spricht.«

Paul trat ins Haus und setzte den Satz fort: »Dann hat man den Schwanz meist schon in der Hand!«

Er gab Rita einen flüchtigen Kuss, reichte Willi Hurtz die

Hand und betrachtete die beiden Leichen. »Was für eine verdammte Scheiße«, sagte er.

»Du kommst spät«, meinte Rita.

»Ich musste noch eine Amerikanerin loswerden, die zum Verrecken gern mitgekommen wäre.«

Paul trat näher an den toten Bruno Gerster heran. »Verdammt schade. Schien mir ein netter Kerl zu sein. Ein toter Kollege war das Letzte, was ich hier sehen wollte.«

»Was glaubst du, hat er hier gewollt?«

»Weiß nicht. Ich hatte von ihm den Mord an dem alten Wilhelm Floto übernommen, er war eigentlich raus. Er hatte mir angeboten, mich weiter zu unterstützen, aber ich wusste nicht, dass er den Kellermann noch mal sprechen wollte.«

Rita zog die Augenbrauen hoch. »Was heißt das? Setz mich mal ins Bild.«

»Gerster hatte Kellermann befragt, weil der ermordete Floto ihn kurz vor seinem Tod angerufen hatte. Ohne Ergebnis. Auch ich habe gestern noch mit Kellermann gesprochen, habe ihn etwas unter Druck gesetzt. Er hatte ein Alibi für den Sonntagabend. Ich wusste nicht, dass Gerster den Kellermann zu Hause besuchen wollte.«

»Wir prüfen gerade die letzten Protokolle und die Notizen von Gerster«, sagte Ritas rechte Hand, Kriminalhauptmeister Bernhard Schmitz. »Bis jetzt kein Hinweis, was er hier wollte. Aber wir haben auch gerade erst angefangen.«

»Okay«, meinte Rita. »Was sind die ersten Vermutungen bezüglich des Tathergangs? Ist es das, wonach es aussieht?«

»Davon kann man wohl ausgehen«, bemerkte ein Spezialist der Forensik. »Natürlich untersuchen wir das noch genau, aber vermutlich hat Herr Gerster dem Hausherrn mit seiner Dienstwaffe in den Kopf geschossen. Anschließend wurde dem Kommissar dann aus einer anderen Waffe in die

Brust geschossen. Das Projektil hat den Oberkörper durchschlagen und ist in der Wand stecken geblieben.«

»Gut, die Details wird die Ballistik klären«, sagte Rita. »Wer einen Polizisten erschießt, benutzt seine Waffe dabei kaum zum ersten Mal.«

»Das mit der Ballistik ist nicht ganz so einfach«, kommentierte Bernhard Schmitz. »Das Projektil wurde aus der Wand entfernt. Dazu wurde wahrscheinlich ein normales Küchenmesser benutzt, welches wir auf dem Boden gefunden haben.«

»Verdammt«, sagte Paul. »Wer ist so abgebrüht, einen Menschen zu erschießen und anschließend daran zu denken, die Munition zu suchen und zu entfernen? Vermutlich ist auch die Hülse nicht aufzufinden?«

»So ist es«, bestätigte Schmitz. »Das war ein Profi.«

»Na, dann wird der Dorfpolizist nicht mehr gebraucht«, meinte Willi Hurtz. »Ihr macht dat schon.«

Rita sagte: »Herr Hurtz, Sie tun immer dümmer, als Sie sind. Wir könnten Sie im Team brauchen. Sie kennen sich hier besser aus als jeder andere.«

Willi Hurtz schüttelte den Kopf. »Nee, Frau Bertold. Da fragen Sie mal besser Ihren Opa. Der wird die Ermittlungen schon aufgenommen haben, da bin ich mir sicher.«

»Ich leider auch«, murmelte Rita leise. »Ich auch.«

23. Kapitel

Kommissar Wollbrand spürte an diesem Abend besonders deutlich, dass er nicht mehr der Jüngste war.«

Lorenz tippte sehr langsam auf der Tastatur seines Computers herum und verfolgte argwöhnisch, wie die Buchstaben auf dem Bildschirm erschienen. Als er den Satz geschrieben sah, fragte er sich, warum sein in Ehren ergrauter Ermittler so missmutig war. Der Tag war verregnet gewesen, es war gar nicht richtig hell geworden. Viel zu kalt für Juli. Und das Bein tat ihm weh, vermutlich auch wegen des Wetters. Das mochte als Grund für eine kleine Depression herhalten. Andererseits war die Meldung von der Ermordung eines Dürener Kriminalpolizisten und des Stadtrats Kellermann in dessen Haus in Nideggen wie eine Bombe eingeschlagen. Eigentlich müsste er jetzt mit seinen Freunden zusammensitzen und diskutieren, was die Hintergründe dieses aufsehenerregenden Doppelmordes sein mochten und ob es einen Zusammenhang mit der Ermordung des alten Floto gab.

»Natürlich gibt es den«, knurrte Lorenz und stand auf. Er ging ein paar Schritte im Raum umher. Abgesehen von dem bläulichen Schimmer, der von dem Computerbildschirm ausging, war es dunkel. Lorenz trat ans Fenster. Nichts zu sehen. Die Scheibe reflektierte das wenige Licht, das im Zimmer flimmerte, und verwehrte ihm den Blick in den abendlichen Wald. Er schirmte das Glas und seine Augen mit beiden Händen ab. Das Rurtal hüllte sich in abweisendes Dunkel. Kaum hoben sich die Wipfel der hohen Bäume vom schwarzen Himmel ab. Lorenz gab sich einen Ruck und ging zum Schreibtisch zurück. Er setzte sich hin und schrieb, wobei er die Worte leise vor sich hin murmelte: »Wollbrand wusste, dass er immer mehr Probleme bekam, sich in neuen Situationen zurechtzufinden, je älter er wurde. Und es war durchaus neu für ihn, dass der einzige Freund, den er in den letzten Monaten gefunden hatte, schwul war.«

Lorenz speicherte den Text ab, dann löschte er den letzten Satz wieder und stand auf. »Verdammt noch eins«, fluchte er. Warum musste Gustav schwul sein? Und warum war das wichtig? Dann fiel Lorenz ein, dass Gustav nicht der einzige Freund war, den er in der Seniorenresidenz gefunden hatte. Da war Bärbel, die lebenslustige, charmante Künstlerin. Aber sie war eine Frau. Konnte man eine Frau als Freund bezeichnen? Als Maria noch lebte, hatte Lorenz nur mit Frauen zu tun gehabt als Bekannte seiner Ehefrau oder früher als Arbeitskolleginnen. Aber eine Frau als Freund? War es dann nicht eine Freundin, und hatte das dann nicht immer etwas zu tun mit dem Gedanken, dass aus einer solchen Beziehung zwangsläufig mehr wurde oder dass man sich, wenn es nicht mehr sein konnte, wieder aus den Augen verlor?

Und Gustav? War der alte Schlafwandler, wenn er Männer liebte, nicht ebenso zu behandeln wie eine Freundin? Und war er nicht das einzige Hindernis für eine nähere Beziehung zu Bärbel gewesen? Nun fiel er als Konkurrent um die Gunst der schönen Künstlerin aus. Jetzt gab es keine Entschuldigung mehr für ihn, es nicht bei ihr zu versuchen.

Lorenz schüttelte unwillig den Kopf. Das erschien ihm alles als purer Unsinn. Aber er konnte sich einfach keinen Reim auf solche Dinge machen. Wieder setzte er sich hin und schrieb: »Der Alte hatte sich mit diesen sexuellen Thematiken niemals beschäftigen müssen.« Dann betrachtete er den Text, stellte fest, dass die beiden letzten Sätze überhaupt nicht zusammenpassten, und löschte das zuletzt Geschriebene wieder. Was hatten sexuelle Beziehungen schon damit zu tun, dass man sich manchmal alt und verbraucht fühlte?

Er beschloss, Kommissar Wollbrand mit diesem Unfug nicht zu belasten. Der erfahrene Ermittler war gewiss viel zu abgebrüht, um sich von solchen Dingen wie schwulen Freunden ablenken zu lassen. Wollbrand war sicherlich nichts Menschliches fremd. Und das war vielleicht das Problem. Lorenz war eben doch nicht wie Kommissar Wollbrand. Ihm war das alles sehr fremd. Über fünfzig Jahre war er verheiratet gewesen, und Beziehungen zu anderen Frauen waren immer sehr einfach gewesen. Nachbarinnen, Arbeitskolleginnen, Marias Kaffeekränzchen. Und dass es schwule Männer gab, wusste er eigentlich nur aus dem Fernsehen. Homosexualität war wie eine exotische Krankheit, die es in seiner Welt nicht gab. Und dass diese Männer, wenn sie über siebzig Jahre zählten, immer noch schwul waren, wollte ihm gar nicht in den Kopf. Aber er kam sich kindisch vor, als er sich bei dem Gedanken ertappte, dass man das Schwulsein mit dem Erreichen eines bestimmten Alters ablegte. So wie er ja auch gedacht hatte, dass man ohnehin, wenn man schon im Altersheim lebte, überhaupt keine Sexualität mehr hatte, erst recht keine – verkehrte. Aber Gustav war doch ein vernünftiger Kerl, gebildet, dabei ehrlich, geradeaus und humorvoll. Wie konnte an dem Freund dann andererseits etwas so verkehrt sein? Hätte er sich nicht irgendwie dagegen behandeln lassen können?

Lorenz beschloss, Gustav einfach einmal zu fragen, was es mit alldem auf sich hatte. Sicher, das würde er tun. Irgendwann.

24. Kapitel

Obwohl der Alte wusste, dass es zwecklos war, hatte er wieder einmal versucht zu schlafen. Die Nachttischlampe warf ein schummriges Licht auf das Bett. Die Uhr zeigte, fast so, als wolle sie einen alten Kinderreim abzählen, die Ziffern eins, zwei, drei. Jakob Kratz wischte sich den Schweiß von der Stirn. Viele Jahre war es her, dass er zu dieser nächtlichen Stunde nicht wach gewesen war. Es kam ihm so vor, als hätte er seit jenen Nächten in Treblinka überhaupt nicht mehr geschlafen. Wie kannst du schlafen, dachte er, wenn du weißt, dass die Mörder von ihren Frauen träumen oder vom Endsieg? Wie kannst du deinen Geist beruhigen und die Augen schließen, wenn der morgige Tag neue Folter bringt, neue Erniedrigungen? Der Alte konnte sich nicht einmal mehr erinnern, wie viele Varianten des Selbstbetrugs er angewendet hatte, um die Hoffnung nicht zu verlieren. Gott wird alle Verbrecher strafen, der Aufstand wird gelingen, die Alliierten werden uns befreien, ich werde nach Hause zurückkehren und die Familie und die alten Freunde wiedersehen.

Nichts von alldem war eingetroffen. Und doch lebte er. Fast hatte er sogar geglaubt, er sei in die Heimat zurückgekehrt. Was für eine Illusion. Wie konnte das Heimat sein, wenn man von den Nachbarn verraten und vertrieben worden war? Die Heimat war ihm mit allen Wurzeln aus dem Herzen gerissen worden.

Eins, zwei, drei – die andern sind vorbei.

Rips, raps, raus – du bist draus.

Es gab keine Familie mehr. Und keine Freunde.

Was will ich nur hier, fragte sich Jakob Kratz und stand auf. Im Spiegel der Garderobe betrachtete er seinen nackten Körper. Welk und verbraucht war er, bedeckt mit zahlreichen alten Narben. Und doch spürte er immer noch diese unaufhaltsame Kraft in sich, fast so, als sei er immer noch der junge Mann, der in einer zugigen Baracke auf den Morgen wartete, zu allem bereit, erfüllt von einem übermächtigen Hass, der ihm die Macht verleihen sollte, alle Mörder totzuschlagen. Langsam begann Jakob sich anzukleiden. Sein Werk war nicht getan, der Weg noch nicht zu Ende. Der alte Hass – zu was war er noch nütze? Er hatte ihn nicht leben, nur überleben lassen. Zäh, wie er war, hatte er all die Verbrecher überdauert. Und die, die er noch angetroffen hatte, waren zumeist sabbernde, zittrige Greise gewesen, die niemand mehr zur Rechenschaft ziehen mochte. Aber es gab Ausnahmen. Menschen, die wie er einen starken Antrieb hatten, weiterzumachen, die vielleicht sogar mehr mit ihm gemeinsam hatten, als ihm lieb war.

Jakob sah seinem Spiegelbild in die Augen. Er wusste längst, was dies war – der alte und ewig sich erneuernde Hass, der keine Ruhe gab, der ihn antrieb, der ihn nicht schlafen und auch nicht sterben ließ.

Der Alte bückte sich leise ächzend und band seine Schuhe zu. Er warf noch einen Blick auf die Uhr. Kurz vor zwei. Dann zog er eine Jacke über und verließ das Zimmer. Er ging langsam, aber unbeirrt den Flur entlang, der direkt zum Haupteingang führte. Dort sah ihn die Nachtschwester mit großen Augen an. Noch erstaunter war der Blick der Heimleiterin Sibylle Klinkenberg.

»Guten Abend, Herr Kratz«, sagte sie. »Ich wollte gerade ins Bett gehen. Und wohin wollen Sie, wenn ich fragen darf?«

»Mir wurde bereits berichtet«, entgegnete Jakob, »dass Sie großen Wert darauf legen, über den Verbleib Ihrer Schützlinge möglichst gut informiert zu sein. Sobald ich weiß, wohin ich gehen will, verrate ich es Ihnen gerne.«

Er ging weiter und hatte den Ausgang erreicht. Sibylle Klinkenberg rief ihm nach: »Herr Kratz – bitte passen Sie auf sich auf!«

Der Alte nickte ihr freundlich zu und verließ das Gebäude. Er schlenderte über das Kopfsteinpflaster und schlug den Weg zum Kurpark ein. Als er diesen erreicht und den Schein der Straßenlaternen hinter sich gelassen hatte, wurde es sehr dunkel. Der Himmel war wolkenverhangen. Weder Mond noch Sterne spendeten Licht. Der schmale Pfad, der zwischen den Bäumen zu den Felsen des Effels führte, war kaum zu erahnen. Jakob wählte seine Schritte mit der Sicherheit des erfahrenen Nachtwanderers. Hin und wieder knackte unter seinen Schuhen ein Ast, den er nicht gesehen hatte. Ab und an raschelte es im Gebüsch neben oder hinter ihm. Der Alte drehte sich nicht um, und er fürchtete sich nicht. Er kannte die Geräusche der Nacht, sie waren ihm vertraut. Jakob wusste, dass man sie auch am Tage hören könnte, würden sie nicht vom Lärm geschäftiger Menschen und ihrer Maschinen überdeckt. Deshalb kam ihm die Nacht auch so viel ehrlicher vor als der Tag. Vielleicht war dies auch der Grund, warum er seit Treblinka nachts nicht mehr schlafen konnte. Wenn kein Schleier zwischen ihm und dem Grauen war, wie konnte er dann die Augen schließen und zur Ruhe kommen? Nicht die Angst war es, die ihm den Schlaf verwehrte – vielmehr das Wissen um all die schrecklichen Dinge, die einem Menschen, der sie nicht erlebt hat, sicher die größte Angst bereiten könnten.

Jakob ging weiter, unbeirrt und ruhig. Als er den ersten Felsen erreichte, hielt er inne und lehnte sich an den rauen Sandstein an. Er berührte die feuchte, kühle Oberfläche mit seiner Wange. Diese Felsen waren so viel älter als er selbst. Er kannte sie seit seiner frühesten Kindheit. Sie rochen etwas nach Erde, auch nach den Flechten, die auf ihnen wuchsen, und nach etwas anderem, was der Stein selbst sein mochte, vielleicht etwas wie der Atem dieses Landes mit seinen Wassern, bewaldeten Hügeln und Felsen. Der Atem von etwas, das einmal seine Heimat gewesen war. Jakob fuhr langsam mit den Händen über den Sandstein. Er spürte, wie seine Haut sanft geschliffen wurde, und wie einzelne feine Körner sich vom Fels lösten und an seinen Fingerkuppen haften blieben. Es regte sich etwas in ihm, als wollten sich seine Augen gleich mit Tränen füllen. Doch der Alte wusste, dass dies nicht geschehen würde. Dieser Felsen und er, sie waren beide Kinder der Nordeifel, rau und hart. Jakob atmete tief durch und löste sich vom Stein. Er trat auf den Pfad zurück und setzte seinen Weg fort. Vielleicht würde er nach Zerkall hinuntergehen, dort wo Kall und Rur, die Flüsse seiner Heimat, sich vereinigten.

Die Nacht war noch lang.

25. Kapitel

Wie schon sehr oft in seinem Leben, war Jakob Kratz auch an diesem Morgen Zeuge des ersten Sonnenstrahls, der über Nideggen aufleuchtete, um kurz darauf wieder von der immer noch dichten Wolkendecke verschluckt zu werden. Jakob hielt inne. Seine Beine schmerzten. Er fragte sich, wie lange er noch seine schlaflosen Nächte auf diese Weise würde bewältigen können. Ein unwohles Gefühl beschlich ihn. Und es war etwa nicht die Sorge darum, wie er in Zukunft seine Nächte gestalten sollte. Ein untrüglicher Instinkt sagte ihm, dass er beobachtet wurde. Mochte sein, dass der Wind ihm ein ungewöhnliches Geräusch zugetragen hatte. Vielleicht hatte er sogar aus den Augenwinkeln eine verräterische Bewegung wahrgenommen. Jedenfalls war er nicht mehr überrascht, als ein paar Männer aus dem Wald heraustraten und mit grimmigen Mienen auf ihn zukamen. Der Alte fasste in seine Tasche.

Hermann Floto brüllte ihn an: »Lass die Hände, wo wir sie sehen können, du Judensau!«

Jakob entgegnete ruhig: »Guten Morgen, meine Herren. Warum so nervös? Haben Sie etwa Angst vor einem alten Mann?«

Floto lachte heiser auf. »Angst vor dir? Wir werden dir zeigen, was Angst ist!«

Jakob schüttelte traurig den Kopf. »Mein Junge, du glaubst doch wohl nicht wirklich, dass ich Theresienstadt, Treblinka und Sobibór überlebt habe, um jetzt hier vor euch verwirrten Hampelmännern Angst zu bekommen?«

Floto stutzte einen Augenblick, dann gab er seinen Begleitern einen Wink. Die Männer kamen Jakob langsam näher.

Der Alte beobachtete sie. Er sah Baseballschläger, Schlagringe und Messer in ihren Händen.

»Es gibt in Deutschland keinen Platz für Abschaum wie dich«, eiferte Floto weiter. »Du hättest in Israel bleiben sollen oder wo immer deinesgleichen geduldet wird. Aber vor allem hättest du meinen Vater nicht töten dürfen. Mörderjude!«

Jakob musterte Floto scharf. »Du bist also der Sohn vom alten Floto? Hätte ich mir doch denken können. Der Apfel fällt nicht weit vom Stamm. Und warum glaubst du, ich hätte deinen Vater ermordet? Wenn ich mir deine Jungs, die du mitgebracht hast, so anschaue – die erschlagen doch lieber einen alten Mann für zehn Euro, als eine Stunde ehrlicher Arbeit nachzugehen.«

»Das reicht«, stieß Floto hervor. »Macht ihn fertig!«

»Das reicht allerdings!« Dieser Ruf kam aus dem Rücken der Männer, die sich irritiert umdrehten. Es traten weitere Gestalten aus dem Wald. Einer dieser Männer rief Hermann Floto zu: »Floto, du und deine Straßenschläger, ihr macht jetzt ganz schnell, dass ihr hier wegkommt! Wir wollen in unserem schönen Nideggen keine Neonazis, die ehrenwerte Männer bedrohen!«

»Scheiße, mir reicht's«, brüllte Floto. »Los, klatschen wir die linken Schweine auf!« Er schwang seinen Baseballschläger und ging rasch auf die Neuankömmlinge zu. Seine Männer folgten ihm. Jakob Kratz betrachtete erstaunt, wie die beiden Gruppen aufeinander losgingen. Eine wilde Schlägerei entbrannte. Ein Messer blitzte auf, und der erste Mann ging zu Boden. Da peitschte ein Schuss auf. Die Kämpfenden hielten inne und sahen, wie Lisa Wilke mit einer Pistole im Anschlag neben Jakob trat. »Schluss mit dem Unsinn!«, rief sie laut.

Die Männer erstarrten kurz, dann rannten alle davon. Nur ein Mann blieb neben seinem verletzten Kumpanen stehen.

Der sagte zu Lisa: »Gut, dass Sie da sind, Frau Wilke. Wenn wir Schusswaffen einsetzen könnten, wäre das hier anders verlaufen.«

Lisa Wilke antwortete: »Herr Drechsler, ich bin überrascht. Was macht ein Stadtrat in einer solchen Prügelei?«

Henry Drechsler kniete neben dem verletzten Mann nieder. »Wir haben ein Auge auf die Neonazis. Ich hatte befürchtet, dass der Floto seinen Vater rächen will. Deshalb haben wir aufgepasst.«

Lisa und Jakob traten näher. Lisa beugte sich herunter und untersuchte die Verletzung des Mannes, der leise stöhnend am Boden lag. Sie zog den Gürtel von ihrer Jeans und band den blutenden Oberarm des Mannes ab. »Halb so wild«, sagte sie dann. »Muss aber trotzdem rasch behandelt werden.«

Jakob holte sein Mobiltelefon hervor und wählte die Notrufnummer. Nach dem Gespräch meinte er: »Hätte nicht gedacht, dass du so schnell kommen kannst.«

Lisa grinste. »Was für einen Sinn hätte die Kurzwahl sonst gehabt?« Dann betrachtete sie den Verletzten näher. Sie sah einen Button auf dessen Jacke: »Antifa?«

»Sie kennen uns?«, fragte der Mann.

»Nicht wirklich«, meinte Lisa. »Sie haben mit den Autonomen Linken in Deutschland zu tun?«

»Oh nein«, sagte Henry Drechsler schnell. »Die Antifaschistische Aktion ist sicher politisch linksgerichtet, aber die Autonomen sind eher Krawallmacher. Wir dagegen achten einfach nur darauf, dass die gewalttätigen Neonazis in unserem Land nicht die Oberhand gewinnen. Und wir schützen Menschen wie Herrn Kratz.«

»Das ist ja sehr nett von Ihnen«, meinte Jakob. »Ich hoffe, Sie empfinden es nicht als unhöflich, wenn ich Ihnen sage, dass ich um diese Art von Hilfe nicht gebeten habe.«

Der Verletzte antwortete: »Dankbarkeit haben wir auch von jemandem wie Ihnen nicht erwartet.«

Drechsler lachte auf und legte dem Mann eine Hand auf die Schulter. »Na ja, lehn dich mal zurück, mit einem Loch im Arm sollte man nicht sprechen.«

Wenig später war die Ambulanz da, die den Verletzten behandelte. Und kurz darauf traf auch Paul Gedeck mit dem Nideggener Kollegen Willi Hurtz ein.

Paul trat zu Lisa. »Was ist denn hier los? Wäre schön gewesen, wenn Sie mich angerufen hätten und ich das hier nicht eher zufällig hätte mitbekommen müssen.«

»Guten Morgen, Paul«, entgegnete die Amerikanerin. »Ich dachte, es würde keinen Sinn machen, Sie aus Aachen herzubeordern.«

»Ich komme nicht aus Aachen. Habe mich hier einquartiert, nach dem Doppelmord.«

»Oh ja, was für eine schreckliche Sache«, sagte Henry Drechsler, der von der Ambulanz zu ihnen getreten war.

»Ach, noch ein Stadtrat«, kommentierte Paul. »Die Politiker in Nideggen scheinen mir sehr praktisch engagiert zu sein. Was machen Sie hier?«

»Ich hatte mit ein paar Freunden ein wachsames Auge auf die Gegend, und so konnten wir glücklicherweise einen Übergriff von Neonazis auf Herrn Kratz abwehren.«

»Hm«, brummte Paul und ging zur Ambulanz, wo Willi Hurtz bereits mit dem Verletzten sprach. Wenig später kehrte er zurück: »Herr Drechsler, Herr Hurtz wird Ihnen gleich noch ein paar Fragen stellen. Zunächst würde ich gerne Herrn Kratz nach Hause bringen.«

Er gab Jakob und Lisa einen Wink, ihn zu begleiten. »Lisa, sind Sie zu Fuß hier?«

Sie grinste. »Wofür halten Sie mich, mein lieber Paul?«

»Stimmt«, sagte er. »Das wäre sehr unamerikanisch. Fahren Sie uns also zur Seniorenresidenz?«

Jakob schüttelte den Kopf. »Mich fragt hier niemand? Aber falls es doch von Interesse ist: Ich bin müde, und meine Beine schmerzen. Ich würde gerne gefahren werden.«

26. Kapitel

Benny begann gerade, sich Gedanken über die Art und Weise zu machen, wie er seinen Feierabend zu verbringen gedachte, als sein Mobiltelefon klingelte. Seine Laune stieg sprunghaft an, als sich die sympathische Stimme der jungen Anna Floto meldete. Seine aufkeimenden Hoffnungen erhielten zwar einen Dämpfer, als er erfuhr, dass das Mädchen auf der Suche nach Informationen war, die den morgendlichen Kampf um den Heimbewohner Kratz betrafen, und es missfiel ihm auch, dass sie davon sprach, der Seniorenresidenz mit ihrem Freund einen Besuch abzustatten. Jedoch wurde er andererseits von einer nagenden Neugierde gepackt, als er erfuhr, was Anna ihrerseits von ihrem Vater wusste und warum sie in dem Altenheim mehr zu erfahren hoffte.

Und so waren eine halbe Stunde später nicht nur Benny, sondern auch Lorenz, Gustav und Bärbel höchst gespannt auf das Eintreffen der jungen Frau. Die Freunde saßen in Bärbels Apartment zusammen, welches das geräumigste ihrer Domizile war. Bärbel hatte ihre Staffelei und die halbfertigen Bilder beiseitegeräumt. Die Senioren staunten nicht schlecht, als Anna Floto in Begleitung zwei junger Männer ins Zimmer trat.

»Hallo«, sagte der eine, dessen bunt gefärbtes Haar lang auf seinen Rücken fiel. »Ich bin Nihil Wedding.«

»Und ich bin Kalle«, sagte der zweite, der auffällig groß und breit war. Der Kerl hätte Lorenz an Paul Gedeck erinnern können, hätte er nicht statt des kurz geschorenen blonden Haares einen tiefschwarzen Wischmopp auf dem Kopf getragen, der ihm bis in die Augen hing und so verdeckte, wohin er blickte. Kalle war, ebenso wie Anna, vollständig in Schwarz gekleidet, wogegen Nihil Wedding mit seinem verkleckstem Maleranzug und den bunten Haaren wie eine wandelnde Farbpalette wirkte.

»Hallo Leute«, sagte Benny. »Hier sind Bärbel Müllenmeister, Gustav Brenner und Opa Bertold. Wenn ihr was wissen wollt, was den Herrn Kratz betrifft oder was hier herum so alles passiert, dann seid ihr hier richtig.«

Lorenz sagte: »Wir haben gehört, heute Morgen hat es einen Kampf gegeben um den alten Kratz?«

»Ja«, antwortete Anna. »Mein Vater, der leider ein Nazi ist, hält diesen Kratz für den Mörder meines Opas. Er und seine Schlägertruppe wollten ihm was antun, aber es kamen andere Leute dazu, die das verhindert haben. Benny sagte, Sie wissen vielleicht etwas darüber.«

Lorenz kraulte nachdenklich seinen Bart. »Nun, Kratz ist Jude, er hatte Streit mit deinem Großvater. Leider wissen wir immer noch nicht, worum es da genau ging, aber wir denken, es liegt in der Vergangenheit. Die beiden sind ungefähr im selben Alter. Dein Opa hat sich vermutlich damals an der Judenverfolgung beteiligt, und Kratz kennt ihn. Wir werden uns mit ihm noch unterhalten, bislang hat er sich dem entzogen.«

»Mit ihm muss ich unbedingt sprechen«, sagte Kalle. »Wenn er ein Holocaust-Überlebender ist, wird er unsere Sache sicher unterstützen.«

»Ach so«, meinte Gustav. »Und was ist diese – Sache?«

Der junge Mann fixierte Gustav scharf. »Wir sind im Geiste des Schwurs von Buchenwald angetreten, um den Faschismus mit seinen Wurzeln zu vernichten. In unseren Reihen stehen viele, die den damaligen Naziterror überlebt haben. Doch wir Jungen sind heute gefragt, uns für die Zerschlagung des braunen Pöbels einzusetzen. Dieser Kampf braucht starke Köpfe genauso wie starke Arme.«

»Und Sie sind eher der starke Arm, darf ich annehmen«,

meinte Bärbel. »Gewalt erzeugt doch immer nur noch mehr Gewalt, das macht mir Angst.«

»Junge Frau«, erwiderte Kalle. »Wenn wir unser Ziel erreicht haben, brauchen Sie keine Angst mehr zu haben. Versuchen Sie mal, mit den Kotköpfen von den braunen Kameradschaften zu sprechen! Die haben nur Scheiße im Schädel, und die muss man ihnen herausprügeln, alles andere verstehen die nicht!«

»Nun mal langsam«, brummte Lorenz. »Ruhig Blut – wir haben hier schon drei Morde in wenigen Tagen, und heute Morgen wäre fast ein weiterer Mensch ums Leben gekommen. Mal ehrlich – habt ihr etwas mit dem Tod des alten Floto zu tun?«

»Nicht doch«, beeilte sich Nihil Wedding zu sagen. »Wir sind doch keine Mörder – und außerdem war der Kerl trotzdem Annas Opa.«

»Leider«, ergänzte Kalle. »Ich würde es nicht bereuen, wenn ich den alten Nazi geplättet hätte. Aber ich bin heute erst aus Krefeld angereist.«

Bärbel wandte sich Anna zu. »Mein liebes Mädchen, das muss doch schlimm für dich sein, deinen Vater als Feind zu betrachten.«

»Früher schon, als ich noch bei meinen Eltern gewohnt habe. Dann hat meine Mutter eine kleine Bude für mich organisiert. Das war das Einzige, was sie je für mich getan hat. Ansonsten hält sie zu meinem Vater.«

»Aus Angst?«, fragte Bärbel.

»Vielleicht. Aber auch aus Dummheit. Ich glaube, so falsch findet sie das nicht, was er tut. Sie kauft ihm sogar Klamotten bei Thor Steinar. Aber wenn sie Angst um mich hatte und mich deshalb aus seinem Dunstkreis raushaben wollte, rechne ich ihr das an.«

»Wie kommen wir jetzt weiter, Herrschaften?«, drängte Kalle. »Ich brauche Informationen. Wie heißt dieser Kratz mit vollem Namen? Vielleicht erfahre ich etwas über ihn. Und was genau ist heute Morgen passiert?«

Lorenz antwortete: »Der Mann heißt Jakob Israel Kratz. Was heute geschehen ist, erfahre ich noch. Ich habe Verbindungen zur Ermittlungsleitung der Kriminalpolizei.«

»Nicht schlecht«, meinte Kalle. »Wäre aber besser, uns nicht zu erwähnen. Nicht, dass wir etwas zu verbergen hätten, aber …«

»Schon verstanden«, antwortete Lorenz. »Ich erzähle der Polizei nicht mehr, als die wissen müssen, um mir helfen zu können.«

»Cleverer Opa«, grinste Kalle. »Okay, dann machen wir uns mal vom Acker. Wir bleiben in Kontakt.« Er wandte sich zur Tür. Anna und Nihil folgten ihm.

Als die drei fort waren, atmete Gustav hörbar ein und wieder aus. »Mein lieber Herr Gesangsverein. Das sind mir ja ein paar Früchtchen.«

»Nicht wahr?«, grinste Benny. »Ganz schön gemischter Dreier. Und das mit dem Schwur von Buchenwald – huh –, das ist strange.«

»Dem werde ich mal nachgehen«, meinte Lorenz und stand auf. »Das muss ich recherchieren.«

»Warte«, sagte Bärbel. »Lass uns noch ein bisschen sprechen.«

»Nee danke, jetzt nicht«, antwortete Lorenz. »Später.« Er winkte den anderen kurz zu und verließ das Apartment.

Wie so oft in den letzten Tagen fühlte er sich müde. Vielleicht lag es ja am Wetter. Viel zu kühl für die Jahreszeit. Lorenz schlurfte den Flur entlang bis zu seinem Zimmer. Vielleicht brauchte er nur etwas mehr Ruhe als gewöhnlich. Auch sein Bein schmerzte wieder. Er betrat sein Domizil, ging sofort zu seinem Bett und legte sich hin. Eine Zeit lang starrte er an die Decke, ohne einen klaren Gedanken verfolgen zu können. Sein Verhältnis zu Gustav und Bärbel, die Ereignisse der letzten Tage und die jungen Leute, die er gerade kennengelernt hatte, schwirrten in seinem Kopf herum. Ärgerlich schloss Lorenz die Augen und versuchte, Ordnung in seine Gedanken zu bringen. Er murmelte leise: »Kommissar Wollbrand war erfahren genug, um zu wissen, dass er verwirrt war, und er wusste auch warum, wenn er ehrlich war.« Und so konzentrierte Lorenz sich zunächst auf Gustav. Dessen Homosexualität machte ihm mehr zu schaffen, als ihm lieb war. Von solchen Dingen hatte er nicht die allergeringste Ahnung. Bis jetzt musste er das auch nicht, doch nun war es ein Teil seines Lebens geworden. Er wusste, dass er nicht viele Freunde hatte und dass er sich ein Leben in der Seniorenresidenz ohne Gustav und Bärbel nicht mehr vorstellen mochte. Also würde er damit klarkommen müssen. Erneut nahm er sich vor, mit Gustav darüber zu sprechen. Er konnte davor nicht weglaufen, und er schämte sich auch, das spürte der Alte deutlich, für seine Feigheit. Und Bärbel – seine Beziehung zu ihr war ihm auch nicht klar. Doch diesen Gedanken schüttelte er gleich unwillig ab. Er war vierundsiebzig Jahre alt und Witwer. Was gab es da noch zu überlegen? Lieber wandte er sich den jungen Leuten von der – wie hatte Benny es genannt? – Antifa zu. Mit solchen Leuten hatte er noch nie gesprochen. Besonders dieser Kalle war ganz offensichtlich sehr gewaltbereit. Konnte das der richtige Weg sein, mit diesen Neonazis umzugehen? Gewalt gegen Gewalt? Das konnte doch nicht richtig sein, da hatte Bärbel bestimmt recht. Aber andererseits, wie war das damals gewesen? Er war 1937 geboren, zu spät um das Dritte Reich bewusst mit einer politischen Meinung zu erleben.

Lorenz musste lächeln. Er sah seinen Vater, wie er den kleinen Volksempfänger einschaltete, die Goebbelsschnauze, wie er das Gerät nannte. Dabei sich selbst, wie er mit Hitlergruß im Wohnzimmer stand, als die Stimme des Führers aus dem kleinen Lautsprecher schallte. Er hatte als fünf- oder sechsjähriger Junge nichts verstanden, außer dass er zu einem starken Volk gehörte, dem der Sieg über alles mögliche Böse bestimmt war. Und das konnte ja nicht das Schlechteste sein. Der Vater war in den Vierzigerjahren schon zu alt für den Kriegseinsatz gewesen oder auch wegen einer Verwundung aus dem Ersten Weltkrieg nicht mehr tauglich, so genau wusste Lorenz das gar nicht. Erstaunlich eigentlich, befand er. Auch erinnerte er sich jetzt erst wieder, dass sein Onkel, der ältere Bruder seines Vaters, der ständig bei ihnen zu Hause saß, eine Uniform trug, obwohl auch er doch gar nicht Soldat war. Und die Gespräche, die immer einen ganz anderen Klang hatten, wenn der Onkel da war. Er hatte sich nie gefragt warum. Oder warum der Onkel sich immer so schrecklich aufregte, wenn er mit einem lauten »Heil Hitler!« ihre Wohnung betrat und sein Vater mit einem schnell und fahrig gesprochenen »Drei Liter« antwortete.

Lorenz seufzte. Wie so viele hatte auch er nicht wirklich nachgedacht. Gut, damals war er zu jung gewesen. Aber auch später hatte er dies nicht nachgeholt. Wenn er jetzt diese jungen Leute hörte, die keine Skrupel zu haben schienen, gegen Neonazis Gewalt anzuwenden, kam er ins Grübeln. Was wäre denn gewesen, wenn man den braunen Pöbel auf der Straße härter bekämpft hätte, bevor er die Staatsgewalt an sich riss? Was, wenn man vor 1933 die Nazis erbarmungslos verprügelt, ja totgeschlagen hätte, wo immer sie ihre Hassprediger in Stellung bringen wollten? Der demokratische Staat war offenbar zu schwach oder zu nachgiebig gewesen. Zum Dank schafften die Nazis ihn ab, als sie sich von einem eher unbedeutenden Haufen politischer Wirrköpfe und Schlägertrupps zu einer mächtigen Partei gemausert hatten. Hätten der verheerende Weltkrieg und der Holocaust verhindert werden können? Oder wären dann nur andere Hassprediger an die Macht gekommen, andere Prügelknechte? Hätte er, ein paar Jahre früher geboren, den Mut zur Gewalt aufgebracht, den diese jungen Leute heute hatten und der den meisten Deutschen damals wie heute fehlte? Oder war und ist dieser Weg immer falsch?

Lorenz gab sich einen Ruck und erhob sich aus dem Bett. Er ging zum Computer und schaltete ihn ein. Während sich das Gerät surrend und piepsend zur Benutzung vorbereitete, murmelte Lorenz: »Der alte Kommissar wusste, er würde Hilfe brauchen. Zu viele Fragen, die er alleine nicht würde beantworten können.«

Dann öffnete er das Email-Programm, welches Rita ihm erklärt hatte. Dort fand er auch die Adresse des Pfarrers Friesdorf, den er schon seit Tagen hatte kontaktieren wollen. Konzentriert tippte er eine Nachricht, und mit jedem Klick auf der Tastatur erstarkte in Lorenz das Gefühl, endlich wieder wach und aktiv zu werden. Er spürte, wie seine Zuversicht wuchs, die Initiative in diesem Fall übernehmen zu können. Faschisten oder Antifaschisten, sie alle sollten nicht glauben, ihre Rechnung ohne Opa Bertold machen zu können.

27. Kapitel

Das Mobiltelefon klingelte, gleichzeitig ließ der Vibrationsalarm das Gerät auf dem Nachttisch leicht umherhüpfen, wobei es klackend gegen den Lauf der Pistole stieß, die dort abgelegt worden war.

Das Klingeln schwoll an, wurde immer lauter, um dann kurz innezuhalten und nach einer Pause wieder mit dem nervenden Crescendo zu beginnen.

»Mach, dass das aufhört«, ließ sich ein Brummen unter der Bettdecke vernehmen.

»Das ist doch deins«, brummte jemand zurück.

Dann kam eine Hand unter der Decke hervor, tappte suchend herum und fand schließlich das Telefon. Der Hand folgte ein Blondschopf, dessen zerwühlte Mähne keinen Blick auf das darunter verborgene Gesicht freigab, und dann wurde das Telefon zwischen die langen Haare geschoben.

»Hallo, Rita Bertold.«

Eine Pause entstand, in der Rita dem Anrufer zuhörte. Dann sagte sie: »Okay, das ist interessant. Sehr gut. Bin gleich da – in einer Stunde oder so. Nein, den Paul brauchst du nicht anrufen. Das mach ich schon und bring ihn gleich mit. Bis dann.«

Rita ließ das Telefon einfach fallen und zog ihren Kopf wieder unter die Decke zurück. »Paul?«

»Ja?«

»Wir haben Neuigkeiten von der Forensik.«

Paul zog die Decke herunter, sodass ihre nackten Oberkörper zum Vorschein kamen.

»Ach nee, so warm ist es mir wirklich nicht«, maulte Rita und wollte die Decke wieder hochziehen.

»Das sehe ich«, grinste Paul. »Nun werd mal wach und erzähl mir, was du gerade erfahren hast.«

»Dann wärme mich wenigstens.« Rita schmiegte sich an ihn. Dann berichtete sie: »Die Ballistiker haben ein kleines Wunder bewirkt. Die Untersuchung des Einschussloches in Kellermanns Haus und die darin gefundenen Reste des Projektils haben ergeben, dass es sich um eine amerikanische Pistole mit dem Kaliber 45 handelt.«

»Hoppla«, unterbrach Paul sie. »Lisa Wilke?«

»Das wäre zu einfach«, fuhr Rita fort und biss ihn ins Ohr. »Außerdem, lass mich weiterreden. Lisa Wilke hat gestern bei der Sache mit dem Kratz einen Warnschuss abgegeben, sie trägt eine Achtunddreißiger. Illegal übrigens, die darf hier bei uns eigentlich keine Waffe führen.«

»Ich werde sie mir zur Brust nehmen«, meinte Paul.

»Untersteh dich, du Schuft. Zur Rede stellen reicht völlig aus. Aber weiter: Mein Team hat die Daten des Projektils mit allen Straftaten mit Schusswaffengebrauch der letzen fünf Jahre verglichen und ist auf einen Zwischenfall gestoßen, der vor zwei Jahren in Stolberg stattgefunden hat. Bei einer Attacke von Autonomen Linken auf eine Demo von Neonazis wurde ein Antifa-Aktivist angeschossen. Das dabei sichergestellte Projektil entstammt mit hoher Wahrscheinlichkeit derselben Waffe, mit der Kommissar Gerster getötet wurde. Es sieht also so aus, als habe Gerster im Hause des Stadtrates Nazis angetroffen. Und dabei kam es vielleicht zu einem Schusswechsel. Er traf Kellermann, in dessen Kopf steckte ein 9-Millimeter-Action-4-Projektil aus Gersters Waffe, und wurde seinerseits von unserem unbekannten Dritten, der vermutlich ein Neonazi ist, erschossen.«

»Und was hat ein Stadtrat mit Neonazis zu tun? Der Kellermann war doch nicht bei der NPD. Und warum sollte Gerster auf einen unbewaffneten Politiker schießen? Und dann auch noch direkt in den Kopf?«

»Daran arbeiten die Jungs noch. Die Ergebnisse der Tatrekonstruktion sind uneinheitlich, Blutspurenbilder und 3D-Scans werden noch verfeinert ausgewertet. Da bekommen wir wohl erst am Montag oder Dienstag weitere Fakten.«

»Da bin ich gespannt. Wir müssen also in der rechten Szene ermitteln. Da hab ich grad mal überhaupt keine Lust zu.«

»Frag mich.« Rita schüttelte sich. »Aber es nützt ja nix, wie der Vorfall vom gestrigen Morgen gezeigt hat. Der alte Kratz wurde von Neonazis überfallen und von linken Aktivisten beschützt, wobei der verletzte Mann angab, der Antifa nahezustehen, aber keiner Partei anzugehören. Er hat keine Angaben gemacht, woher er den Kratz kennt, und er wusste auch nicht, weshalb sie ausgerechnet dort waren, als der Alte angegriffen wurde. Auch zu den Angreifern konnte er keinerlei Angaben machen, und zu seinen Mitstreitern verweigerte er jede Auskunft. Nicht gerade viel. Der Typ ist nicht koscher. Ich habe übrigens eine Observation der Seniorenresidenz angeordnet. Mal schauen, was im Umfeld des alten Kratz noch geschieht.«

»Kann nicht schaden. Hätten wir vielleicht schon früher machen sollen. Teile mich da ruhig auch mal für eine Schicht ein. Aber dieser Henry Drechsler war wohl der führende Kopf dieser Truppe. Noch ein Nideggener Stadtrat, der in einer bürgerlichen Partei ist und Kontakte zu Links- oder Rechtsextremen hat.«

»Aber er lebt noch«, meinte Rita.

»Genau«, nickte Paul. »Das bedeutet, man kann ihn befragen. Dem Jungen müssen wir mal richtig auf den Zahn fühlen. Und er soll mir ja nicht damit kommen, er könne die Identität der anderen Prügelknaben nicht nennen.«

»Darauf besteht er aber bis dato.«

Paul lachte. »Da habe ich ihn auch noch nicht zwischengehabt.«

Rita ließ Paul los und räkelte sich auf dem Bett. »Das stimmt. Und wenn ich es mir so recht überlege, gilt das auch für mich.«

»Hast du dem Schmitz eben nicht gesagt, du würdest gleich kommen?«

Sie lächelte und antwortete nicht.

Paul stutzte kurz, dann grinste er und sagte: »Du bist ein wirklich böses Mädchen.« Er beugte sich über sie und erstarrte mitten in der Bewegung, als das Telefon erneut klingelte. »Ach nee«, maulte er.

»Das ist dein Handy, Schatz«, meinte Rita. »Geh ran.«

Paul rollte sich auf seine Seite des Bettes und griff nach seinem Telefon. »Ja – ich«, sagte er. Er lauschte kurz, verdrehte dabei die Augen, sagte noch einmal »Ach nee«, schob aber sofort ein »Nein, ist schon klar, kein Problem« hinterher und beendete das Gespräch. Dann ließ er sich auf den Rücken fallen.

»Was gibt's?«, fragte Rita.

»Das kann nicht wahr sein. Meine liebe Ex-Frau fährt heute in Urlaub, und ich muss Jessica für eine Woche nehmen.«

»Wie, das sagt sie dir jetzt?«

Paul stöhnte auf. »Ach was. So bescheuert ist sie dann auch wieder nicht. Ich hatte es nur vergessen.«

Rita grinste. »Du wirst halt auch nicht jünger. Dann sollten wir uns also auf die Socken machen. Ich fahr ins Büro und du zu deiner Tochter.«

»Aber eine Viertelstunde haben wir doch bestimmt noch«, meinte Paul, aber Rita war bereits aufgestanden. Er sah ihr nach, wie sie durch das Schlafzimmer ging und im Bad verschwand. Mit einem Seufzer ließ er sich wieder ins Kissen zurückfallen.

28. Kapitel

Und, wann soll ich dich wieder abholen?«, fragte Benny. Lorenz schüttelte den Kopf. »Gar nicht, mein Junge. Ich werde zurückgebracht, du brauchst dich nicht kümmern. Außerdem pass auf, dass die Frau Klinkenberg dich nicht zu lange vermisst.«

Er warf die Tür des Wagens zu und winkte dem Pfleger noch einmal zu. Dann wandte er sich um. Er stand neben einer Statue, die einen Mann mit wallendem Bart und Bischofsornat darstellte. Lorenz wusste, dass es sich um den heiligen Nikolaus handelte, den Namenspatron des Stifts, zu dem Benny ihn gebracht hatte. Er ging den Weg entlang bis zum Hauptgebäude, vor dessen grünem Portal mehrere Holzbänke zum Verweilen einluden. Es ging bereits auf Mittag zu, und die Sonne schien. Lorenz setzte sich hin und genoss die Wärme. Die Fassade des alten Hauses und der weitläufige Garten schienen ihm ein geeigneter Platz zu sein, um etwas Ruhe zu finden. Zwar war dies nicht der Zweck seines Besuches, aber er hatte gelernt, jeden Moment der stillen Freude zu nutzen. Gerade als er daran dachte, nun doch das Gebäude zu betreten und nach dem Pfarrer Friesdorf zu fragen, öffnete dieser die Tür.

»Opa Bertold ante portas«, begrüßte er Lorenz.

Der stand auf und reichte dem Pfarrer die Hand. »Gott zum Gruße, Herr Friesdorf.«

»Bleiben Sie doch sitzen, lieber Herr Bertold, dann kann ich mich dazusetzen.«

Dann saßen sie beide in der Sonne und genossen die wärmenden Strahlen. Lorenz betrachtete Friesdorf. Der Pfarrer trug ebenso wie Lorenz einen Bart, jedoch wesentlich feiner gestutzt. Sein Gesicht wirkte, als würde es ständig ein schelmisches Lächeln beherbergen, das jederzeit zum Ausbruch kommen könnte.

Lorenz wies auf die zivile Kleidung des Pfarrers. »Nicht in Amtstracht – so mit Kragen und so?«

Werner Friesdorf lachte. »Ich arbeite ja hier in erster Linie als Schulseelsorger, nicht als Pfarrer – da braucht es keine Uniform –, obwohl ich auch diese gerne trage. Schön, dass wir uns mal wieder sehen. Und nach Ihrer Email muss ich wohl nicht lange raten – der Anlass ist kriminell?«

»So ist das«, sagte Lorenz. »Es ist ein wenig schwierig für mich in diesen Tagen. Um gleich zur Sache zu kommen: Sie wissen doch bestimmt etwas über Antisemitismus und Rechtsradikale hier in der Gegend.«

Friesdorf wiegte den Kopf hin und her. »Nun ja. Wir sind hier ein katholisch geprägtes Berufskolleg. Da haben wir Gott sei Dank kein konkretes Problem mit rechten Gruppierungen. Aber man muss immer ein waches Auge haben. Schändungen jüdischer Friedhöfe beispielsweise sind in der Eifel leider nicht unbekannt. Und ich trage auch Sorge dafür, dass unsere Schüler positive Orientierungen haben. Es ist vielleicht gar kein Zufall, dass Sie genau danach fragen. Nächsten Montag besuche ich auf der Burg Vogelsang einen Vortrag des Verfassungsschutzes zu dem Thema, wie die jungen Leute in die rechte Szene gelockt werden und wie sich die Neonazis erkennen – Kleidung, Symbole, Musik. Da muss man ja sozusagen up to date bleiben.«

»Hab ich gemerkt«, meinte Lorenz. »Dafür hab ich meinen Pfleger Benny, der hat Einblicke in diese Welt, die ich eigentlich gar nicht haben möchte. Für manches bin ich vielleicht doch zu alt.«

Friesdorf lachte. »Höre ich da etwa beim Opa Bertold ein

wenig Müdigkeit? Oder ist der Seelsorger gefragt?«

Lorenz winkte ab. »Ach herrje, wenn man damit einmal anfängt, kommt man zu nichts anderem mehr. Ich zumindest. Aber konkret, ich habe Anlass zu der Vermutung, dass Antisemitismus der Hintergrund für drei Morde in Nideggen ist. Das ist sehr beängstigend, und ich traue der Polizei – meine liebe Enkeltochter hört das jetzt nicht – kaum zu, diesen Fall zu lösen. Ein Ermittler ist schon tot.«

»Ich hörte davon«, sagte der Pfarrer bekümmert. »Ein alter Mann, ein Stadtrat und ein Kommissar. Die Zeitungen sind voll davon.«

»Ja, aber es ist noch nicht bekannt geworden, dass der erste Tote ein alter Nazi war, der in meinem Heim lebte, dass er in meinem Beisein einen Streit mit einem etwa gleichaltrigen Juden aus Nideggen hatte und just dieser gestern von Neonazis überfallen wurde, jedoch Hilfe erhielt und keinen Schaden genommen hat. Ich gehe jede Wette, die Polizei sucht unter den Neonazis. Die waren aber alle noch nicht auf der Welt, als die Motive für diese Morde entstanden, da bin ich sicher. Da gibt es alte Narben, die noch nicht verheilt sind.«

Pfarrer Friesdorf rückte seine Brille zurecht und schaute nachdenklich in den Himmel. Es schien, als suche er die Wolken nach Indizien ab, und mit jeder Augenbewegung manifestierte sich ein neuer Gedanke.

»Wissen Sie«, sagte er dann. »Ich glaube schon, dass die Neonazis, wo man ihnen die Straße überlässt, eine Bedrohung für Leib und Leben darstellen, die wir ernst nehmen müssen. Ich glaube aber auch, dass es eine andere Gefahr gibt, die für uns Geschichts- und Kulturinteressierte besonders wichtig ist.«

»Jetzt machen Sie mich aber neugierig.«

Friesdorf lächelte. »Ja, mein Freund Klaus Hardering hat mir erzählt, wie gerne Sie in alten Archiven wühlen.«

Lorenz stampfte überrascht mit seinem Gehstock auf. »Alle Teufel, den Dr. Hardering aus Köln kennen Sie auch? Den aus dem Dombauarchiv?«

»Genau den. Das ist ein alter Freund aus meiner Zeit in Köln. Von ihm weiß ich, wie Sie in seinen Archiven geforscht haben. Er wollte oder konnte mir nur nicht genau sagen, worum es dabei ging.«

Lorenz schmunzelte. »Herr Pfarrer, das ist eine Geschichte, die möchte ich Ihnen tatsächlich nicht aufbürden. Das könnte Sie allzu sehr belasten.« Wehmütig dachte er an sein letztes Abenteuer um die heilige Lanze und daran, dass er selbst diese Reliquie nicht in Händen hatte halten können. Außer einem geheimnisvollen Mönch aus Nowgorod wusste niemand, ob es diese alte Lanzenspitze überhaupt gab. Aber davon wollte er dem Pfarrer lieber nichts erzählen.

Friesdorf grinste. »Vermutlich würde es Sie selbst belasten, aber wir können dies gerne auf sich beruhen lassen. Als Theologe muss ich ständig mit Dingen umgehen, zu denen mir niemand eine klare Faktenlage vorlegen mag.«

Lorenz lachte leise. »Stets zu kleinen Scherzen aufgelegt, so kenne ich Sie. Aber wieder zum Thema: Wir kamen auf Hardering, weil Sie mir etwas von einer bestimmten Gefahr von Rechts berichten wollten.«

»Ja, zurück dazu.« Friesdorf nickte. »Wie gesagt, prügelnde Neonazis auf der Straße sind eine ernst zu nehmende Gefahr, und mir tut es für jeden Menschen leid, der Opfer dieser Gewalt wird. Jedoch gibt es eine schleichende, weniger sichtbare Gefahr, die weniger gewalttätig daherkommt und daher erst einmal nicht so schlimm erscheint, aber dann gerade deshalb umso verheerendere Auswirkungen haben kann.«

»Ich bin ganz Ohr.«

»Ich bin im Rahmen meiner Studien auf eine Reihe von wissenschaftlichen Publikationen gestoßen, die einen seltsamen Beigeschmack von Fremdenhass und Antisemitismus aufweisen. Das geht je nach Qualifikation oder Gesinnung des Autors nahtlos in pseudowissenschaftliche Demagogie über, die unter dem Deckmantel der seriösen historischen, theologischen oder soziologischen Arbeit daherzukommen sucht.«

»Also Sarrazinieren«, bemerkte Lorenz.

»Wie?«

»Nun ja, ich nenne das zu Ehren des Herrn Thilo Sarrazin eben Sarrazinieren«, erklärte Lorenz. »Ein gebildeter Mensch, der so clever-seriöse Volksverhetzung betreibt, dass die Leute versucht sind zu sagen: Das sind doch alles wissenschaftliche Fakten, endlich einer, der sich traut, die Wahrheit zu sagen.«

Friesdorf nickte. »Das trifft den Kern dessen, was ich beobachtet habe. Nur eben nicht bei so öffentlichen Rednern wie Sarrazin, sondern eher in Publikationen zur politischen Bildung und zu historischen Diskussionen, die meist in Fachkreisen geführt werden. Da gibt es beispielsweise, darauf hat Klaus Hardering mich jüngst aufmerksam gemacht, einen Artikel zum Judenprivileg im Kölner Dom, der eine seltsam einseitige antisemitische Interpretation aufweist. Als ich Ihre Email las, musste ich gleich daran denken. Das sollten Sie sich einmal ansehen. Wir können auch gerne gemeinsam Klaus Hardering besuchen. Und – wenn Sie wollen – ich würde mich freuen, wenn Sie mich auf die Ordensburg Vogelsang zu diesem Vortrag begleiten würden.«

»Sehr gerne«, meinte Lorenz. »Ich merke schon, es war eine gute Idee, zu Ihnen nach Füssenich zu kommen.«

Friesdorf lachte. »Und dabei haben Sie das Interessanteste noch gar nicht gesehen. Wir sollten einen Blick in die barocke Kirche unseres Stifts werfen. Und – nicht zu verachten – es gibt im Kirchenanbau einen Gang, auf dem der Geist einer enthaupteten Schwester sein Unwesen treiben soll. Mir ist die Dame noch nicht begegnet, aber wer weiß, in Ihrer Begleitung steigt die Wahrscheinlichkeit eines Zusammentreffens sicherlich an.«

»Weiß nicht. Ich bin nicht der Typ, in dessen Gegenwart die Damen kopflos werden.« Lorenz stand auf.

Werner Friesdorf erhob sich ebenfalls und meinte: »Das macht in diesem Falle nichts. Unser weiblicher Hausgeist hat seinen Kopf ja bereits verloren.«

29. Kapitel

So, ihr Lieben«, grinste Benny. »Ihr müsst euch nun langsam für den weiteren Verlauf eures Samstagabends entscheiden: Wollt ihr Bingo oder Best of Musikantenstadl?«

Lorenz sah den jungen Pfleger über den Rand seiner Brille hinweg an. »Das ist infam und klingt fast wie Goebbels: Wollt ihr Butter oder Kanonen?«

Benny schaute verdutzt drein. »Wie bescheuert ist das denn? Wer wollte denn da Kanonen?«

Gustav lachte leise. »Das kannste dir jetzt nicht vorstellen, was? Aber das ist ja das Kranke: Dieser fiese Hinkefuß vom Niederrhein hat es geschafft, dass alle Kanonen wollten statt Butter. Aber wie passt das hier? Ist Florian Silbereisen nun die Kanone oder doch eher die Butter?«

»Igitt, bis jetzt ging es mir noch gut!«, rief Bärbel aus. »Vielleicht sollten wir einfach weder das eine noch das andere wählen.«

»Das ist ein ganz hervorragender Vorschlag«, kommentierte Lorenz. »So brav und angepasst bist du also gar nicht.«

»Dein Starrsinn färbt wohl ab«, entgegnete Bärbel.

»Dann solltet ihr aber jetzt auch gehen«, mahnte Benny. »Gleich kommt nämlich die Tagesschau, und damit eröffnet die Klinkenberg das Abendprogramm, und wenn ihr dann noch gehen wollt, müsst ihr diskutieren.«

»Und das muss ich heute nicht haben«, stellte Lorenz fest. »Was haltet ihr von einem gepflegten Bier außerhalb dieser Mauern?«

»Sehr viel«, sagte Gustav. »Lasst uns gehen.«

»Dann viel Spaß«, meinte Benny. »Mich müsst ihr leider zurücklassen, ich hab' Dienst bis zehn.«

»Den Letzten beißen die Hunde«, sagte Gustav und klopfte dem jungen Pfleger auf die Schulter. »Halt durch, mein Junge.«

Wenig später spazierten die drei Senioren durch Nideggen. Es war ein lauer Juliabend. Der Tag war endlich wieder sommerlich warm gewesen. Die Sonne hatte noch keine Lust, unter den Horizont zu sinken. Die Gaststätten hatten so viele Stühle wie möglich auf die Straße gestellt, und es herrschte ein lebendiges Treiben. Lorenz hatte gute Laune wie schon lange nicht mehr. Er erzählte Bärbel und Gustav von seinem Besuch bei Pfarrer Friesdorf und den geplanten gemeinsamen Recherchen. Er ertappte sich dabei, heimlich zu beobachten, ob man Gustav ansehen konnte, dass er schwul war. Dann überlegte er, ob man dachte, dass er mit Bärbel verheiratet sei oder doch eher Gustav oder keiner von beiden. Aber dann beschloss er, dass dies alles Unsinn sei, und er vergaß es tatsächlich.

Sie schlenderten über das Kopfsteinpflaster der belebten Zülpicher Straße und blieben schließlich vor dem Eingang einer Gaststätte stehen, wo Gustav von einigen Männern angesprochen wurde, die dort an einem Tisch saßen. »Gustav, sieht man dich auch mal wieder?«

»Wundert mich, dass ihr überhaupt noch was sehen könnt, so klein habt ihr euch die Äugelchen schon gesoffen«, antwortete Gustav und trat näher. Die Männer lachten und hoben zum Gruß die Gläser, von denen sie tatsächlich offenbar schon etliche geleert hatten. »Richard, kennt ihr meine Freunde Bärbel und Lorenz?«, fragte Gustav.

»Wenn das der berüchtigte Opa Bertold ist, klar«, kam prompt die Antwort. »Sie habe ich damit natürlich nicht gemeint, Gnädigste«, sagte der Mann, stand auf und lieh sich Bärbels Hand zu einem angedeuteten Kuss aus.

Lorenz sagte: »Und das ist hier der Frührentner-Stammtisch?«

»Aber nein«, kam sofort der Widerspruch von dem Mann, den Gustav als Richard angesprochen hatte. »Wir sind echte Pensionäre, altgedient und in Ehren ergraut. Und keinen Tag zu früh in Rente gegangen.«

»Und, seid ihr jeden Samstagabend hier?

»Nicht nur jeden Samstag«, antwortete Richard. »Wir sind jeden Tag hier im *Naashorn.*«

Ein anderer Tischkamerad fügte lachend hinzu: »Sogar mehrmals am Tag!«

Eine Kellnerin kam auf sie zu: »Hinten ist gerade ein Tisch frei geworden. Möchten Sie dort Platz nehmen?«

»Sehr gern«, sagte Gustav. »So entkommen wir dem Stammtisch.«

Unter dem Gelächter der Männer gingen die drei Freunde in die Gaststätte hinein. Gustav erklärte: »Die Familie Naas führt dieses Restaurant, daher der etwas seltsame Name *Naashorn*. Links ist das etwas feinere Restaurant, hier ist die Abteilung Brauhaus.«

»Passt«, kommentierte Lorenz und trat an den Tisch, der soeben von aufbrechenden Gästen verlassen wurde. Er und Gustav warteten artig, bis der Tisch ganz frei war und Bärbel zuerst Platz genommen hatte. Und es dauerte nicht lange, bis drei frische Pils vor ihnen standen und sie sich zuprosteten.

»Bingo«, sagte Lorenz, als er das Glas absetzte. »Bin ich froh, dass wir uns abgesetzt haben.«

»Der arme Benny tut mir aber ein bisschen leid«, meinte Bärbel. »Er arbeitet wirklich sehr viel, und am Samstagabend hat so ein junger Kerl sicher auch Besseres vor.«

»So ist unsere Bärbel«, grinste Gustav. »So kennen wir sie.«

»Und dich scheinen ja hier auch alle zu kennen«, entgegnete Bärbel.

»Sieht beinahe so aus«, pflichtete Lorenz bei. Und fügte

hinzu: »Wissen die eigentlich auch, dass du, na ja, dass du, ach, du weißt schon, da du ja aus der Gegend stammst, müssten die Leute doch auch wissen, dass du ...«

Gustav lachte. »Nun hör schon auf zu stottern, mein lieber altmodischer Opa Bertold. Ich weiß längst, worauf du hinauswillst. Und ich beantworte die Frage gerne: Nein, das weiß vermutlich niemand. Ich mache kein Staatsgeheimnis draus, aber ich habe hierzulande noch niemals jemandem Anlass dazu gegeben, mehr über mein Privatleben zu erfahren.«

»Wie das?«, fragte Lorenz, dem nun wieder einmal klar wurde, wie wenig er über seinen Freund wusste.

»Nun«, fuhr Gustav fort. »Wie ihr wisst, bin ich nach dem Krieg in Waisenhäusern gewesen, ein paarmal ausgebüchst und, als ich alt genug war, über Rotterdam nach Übersee gelangt. Und ich bin erst mit siebzig wieder zurückgekehrt. Dachte eigentlich, ich würde die Eifel nie wiedersehen.«

»Und wie kam es dann doch dazu?«, fragte Bärbel, die, wie Lorenz staunend bemerkte, offenbar den Freund auch nicht viel besser kannte als er.

Gustav wartete, bis die Kellnerin drei weitere Biere auf den Tisch gestellt hatte, dann erzählte er weiter. »Eigentlich träumte ich von Afrika. Zuerst ging es aber über den Atlantik. Es verschlug mich nach Südamerika. Ein Seemann, der mich unter seine Fittiche nahm, hatte Freunde in Montevideo. Dummerweise war er streitsüchtig und kam ums Leben. Ich war ein hübscher Kerl und lernte einen verrückten Träumer kennen, der irrigerweise angenommen hatte, es gebe große Silbervorkommen in Uruguay. Wir suchten das Zeug und fanden sogar welches. Ich arbeitete erst für ihn, dann lebten wir zusammen, bis er starb. Wir hatten eine Menge zusammen aufgebaut. Ich verkaufte die Firma, welche die einzige ergiebige Silbermine in Uruguay war, machte alles, was ich besaß, zu Geld – und ich spreche wirklich von einer ganzen Menge Geld – und ging endlich nach Afrika. Wenn auch mit vierzig Jahren Verspätung. Ich kaufte Land in der Nähe von Moshi, ein wunderschönes Fleckchen Erde am Fuße des Kilimandscharo. Lebte mit den Chagga und wollte dort eigentlich alt werden und sterben. Aber dann nahmen die Plantagen der großen Konzerne dort immer mehr Raum ein, und der Tourismus tat sein Übriges. Da merkte ich, dass ich dort zwar Freunde gefunden, aber keine Wurzeln geschlagen hatte, die mich gehalten hätten. Und da bin ich also nun. Einmal Nideggen, Uruguay, Kilimandscharo und zurück.«

»Das ist spannend«, staunte Bärbel. »Aber geboren bist du doch unten in Zerkall, oder?«

»Das dachte ich bis vor Kurzem auch«, sagte Gustav und nahm einen großen Schluck von seinem Pils. »Aber dann traf ich den alten Kratz. Er behauptete, mich von klein auf zu kennen, und sagte, wir wären in Nideggen sogar Nachbarn gewesen, bevor ich nach Zerkall kam. Davon weiß ich aber nichts.«

»Ja, und weiter?«, fragte Lorenz. »Er muss dir doch noch mehr erzählt haben?«

Gustav schüttelte den Kopf. »Nein. Er weigerte sich. Ließ mich einfach stehen.«

»Das kann er doch nicht machen«, meinte Bärbel. »Hast du ihn denn nicht nochmals darauf angesprochen?«

»Ich hab's versucht. Er weicht mir aus.«

Lorenz leerte sein Glas und winkte in Richtung Theke, um Nachschub zu ordern. »Aber das Spielchen kann er nicht ewig weitertreiben. Wenn er etwas über deine früheste Kindheit weiß, dann muss er es dir erzählen. Das geht doch gar nicht anders.«

»Das sehe ich aber auch so«, bekräftigte Bärbel.

Gustav nickte und starrte stumm auf sein Pils. Lorenz wollte noch etwas sagen, aber dann wurde er von der Kellnerin abgelenkt, die zwei duftende Pfannen an den Nebentisch brachte. »Holde Maid, was ist das Leckeres?«, fragte er.

»Ein Naashornpfännchen«, lautete die Antwort. »Frische Bratwurst auf Wirsinggemüse mit Bratkartoffeln.«

»Oh ja, das will ich haben«, grinste Lorenz und leckte sich die Lippen. »Gibt es was Besseres zum Bier?«

»Möchten die anderen auch etwas essen?«, fragte die Frau und sah Bärbel und Gustav an. Diese antworteten nicht sogleich. »Ich bringe euch mal die Karte«, sagte sie dann lächelnd.

Lorenz sah ihr nach und meinte: »Ach, das war eine sehr gute Entscheidung, hierherzugehen. Und jetzt wissen wir ja auch, dass Gustav uns einlädt – oder sitzen sonst noch Silberminenbesitzer am Tisch?«

30. Kapitel

Urplötzlich hatte der Sommer seine wahre Natur wiederentdeckt und breitete einen Mantel aus heißer Luft über dem Park der Seniorenresidenz aus.«

Lorenz las sich den Satz, den er gerade geschrieben hatte, laut vor. Dann musste er lachen. Mit heißer Luft weckte er falsche Assoziationen, und er hatte in einem Ratgeber gelesen, dass man ein Kapitel niemals mit der Beschreibung des Wetters beginnen sollte. Schnell löschte er den Satz wieder. Der Bildschirm war wieder weiß und leer. Eigentlich schön, dachte Lorenz. Warum diese weiße, saubere Fläche mit Buchstaben beschmutzen? Leise murmelte er vor sich hin: »Der alte Ermittler war kein Erzähler. Kommissar Wollbrand war immer ein Mann der Tat gewesen.«

Dann tippte er diesen Satz in die abgewetzte Tastatur, und als die Worte lesbar dastanden, kamen sie ihm interessant vor. Ein guter Anfang, dachte er. Und er beschloss für sich, von nun an einen Text immer dann gut zu finden, wenn der leere, weiße Bildschirm durch diese Worte an Ästhetik gewinnen würde. Durch diesen hehren Grundsatz in Zugzwang gebracht, vermochte er dem ersten Satz keinen weiteren hinzuzufügen. So war er sehr erleichtert, als es an seiner Tür klopfte. Er stand auf, schlurfte durch das Zimmer, wobei er ausrief: »Wehe, du klopfst noch mal!« Dann öffnete er die Tür.

Jessica stand da, über das ganze Gesicht strahlend, und sagte: »Ich weiß, Opa Bertold, sonst würde ich dich für taub halten, und das bist du ja nicht.«

Lorenz strich dem Mädchen über den schwarzen Lockenschopf und sagte: »Was bist du für ein aufgewecktes Kind.

Von wem hast du das nur?«

Paul stellte seine riesenhafte Gestalt in den Türrahmen. »Ich werde der Mutter das Kompliment ausrichten, wenn sie aus dem Urlaub zurück ist.«

»Mama braucht Ferien von mir und damit sie mit ihrem Lover mal 'ne Woche allein ist!«, rief die Zehnjährige und hüpfte an Lorenz vorbei durch das Zimmer. Rita schob sich an Paul vorbei und küsste ihren Großvater auf die Wange, wo sie nicht von seinem grauen Vollbart überwuchert war. »Das könnte mal wieder gestutzt werden.«

Lorenz grinste: »Ich weiß, alles ändert sich. Heute sagt man, Opa, biste nicht zu alt für einen Bart? Aber damit zeige ich, dass ich noch zur aussterbenden Spezies des Homo Sapiens gehöre. Der neue Mensch soll ja haarlos sein.«

»Vor allem soll er nicht kriminalisieren, Opa«, lächelte Rita.

Lorenz protestierte: »Nun halte ich mich mal zurück, und dann ist es auch wieder nicht richtig. Drei Menschen werden innerhalb kurzer Zeit in Nideggen ermordet, und – war ich einmal am Tatort?«

»Allerdings«, sagte Paul. »Du warst früher am Fundort von Flotos Leiche als die Kriminalpolizei.«

»Ach ja, stimmt.« Lorenz kratzte sich verlegen am Ohr. »Das hatte ich doch glatt vergessen.«

»Aber du hast hoffentlich nicht vergessen, dass wir zusammen ein Eis essen gehen wollten«, meinte Rita. »Das Wetter ist wunderschön, es ist warm, und in Nideggen ist mal wieder Sonntagsatmosphäre. Lass uns gehen!«

»Ja Opa!«, rief Jessica. »Papa jammert schon die ganze Zeit, dass er endlich ein Eis will. Ich hab ihm versprochen, du kaufst ihm eins. Und ich bekomme einen Riesenbecher mit Schoko und Joghurt und Sahne.«

»Hört sich gut an«, stimmte Lorenz zu. »Bärbel und Gustav kommen bestimmt auch gerne mit, wenn ihr nichts dagegen habt.«

»Das können sie gar nicht, denn wir sind schon da!«, rief Bärbel, die in der offenen Zimmertür stand.

»Wunnebar, ich zieh mir nur noch Schuhe an, dann können wir los«, sagte Lorenz.

Bald hatten sie das Gebäude verlassen und gingen durch den Park der Seniorenresidenz. Jessica unterhielt Bärbel und Gustav mit Geschichten aus der Schule. Lorenz nahm Rita an die Hand. »Nun erzähl mal, habt ihr die Nazis schon, die den Kratz angegriffen haben?«

»Wieso Nazis?«, fragte Rita.

»Ach bitte«, grinste Lorenz. »Ich habe meine Informationen.«

Rita schüttelte den Kopf. »Nein, weder Jakob Kratz noch einer der Männer, die ihm geholfen haben, geben uns weiterführende Hinweise.«

»Was waren denn das für Helfer? Freunde von Kratz?«

»Das kann ich dir nicht sagen, Opa. Weißt du doch. Linke Aktivisten, die den Nazischlägern Paroli bieten, wo es nur geht.«

Lorenz nickte wissend. »Antifa.«

Paul und Rita schauten Lorenz beide aus großen Augen an. »Opa, was weißt du von der Antifa?«

»Nix. Linke eben.«

Rita stöhnte auf. »Opa, bitte – wenn du was weißt, sag es uns.«

Lorenz schüttelte den Kopf. »Ich weiß nichts. Aber ich arbeite dran. Wenn ich etwas erfahre, lass ich es euch wissen. Im Übrigen interessiere ich mich viel mehr für die Geschichte meiner Heimat als für die aktuellen Probleme zwischen Links und Rechts. Was wisst ihr zum Beispiel über die Judenverfolgung während des Dritten Reiches?«

»Hier in der Eifel?«, fragte Paul. »Da war das doch wohl nicht so schlimm wie in den Städten.«

»Hast du 'ne Ahnung, mein Großer. Hier gab es eine Menge Juden, auch Synagogen in den umliegenden Dörfern. Alles weg. Meint ihr, die Juden hätten ihre Synagogen freiwillig niedergebrannt und wären weggezogen?«

»Wohl kaum«, meinte Rita. »Wie viel weißt du von der Geschichte der Juden in dieser Gegend?«

»Viel weniger, als mir lieb ist. Aber das wird sich ändern. Ich werde mich auf Spurensuche begeben, dieses Kapitel Heimatgeschichte scheint mir doch sehr unterbelichtet.«

»Und ich mach mit!«, rief Jessica, die die letzten Worte mitgehört hatte. »Ich muss einen Aufsatz schreiben!«

»Wie?«, fragte Lorenz. »Über die Geschichte der Eifeler Juden?«

Paul seufzte. »Sie hat über die Sommerferien eine Aufgabe bekommen. Über ein Stück Heimatgeschichte soll sie etwas schreiben, und sie sucht noch ein Thema. Aber denk bitte daran, sie ist gerade mal zehn Jahre alt.«

»Zu jung für die Wahrheit, meinst du?«, brummte Lorenz.

Jessica rief: »Opa Bertold hilft mir dabei. Wir schreiben etwas über Juden in der Eifel.«

»Liebes Kind, du weißt bestimmt nicht, worauf du dich da einlässt«, sagte Lorenz, der den strengen Blick von Rita wohl bemerkt hatte.

»Ach Opa«, antwortete das Mädchen. »Ich weiß schon, dass die Juden früher von Hitler verfolgt wurden. Das hatten wir schon in der Schule. Ich bin doch kein kleines Kind mehr!«

»Da habt ihr's«, meinte Lorenz. »Die Neugierde der Kinder ist das Wissen der Alten. Das könnt ihr nicht aufhalten wollen.«

»Na gut«, lenkte Paul ein. »Aber untersteh dich, meine Tochter in irgendwelche privaten Ermittlungen hineinzuziehen.«

Rita ergänzte: »Unterstehe dich, überhaupt irgendwelche privaten Ermittlungen anzustellen!«

Lorenz lachte. »Ihr habt Sorgen! Aber vielen Dank, immerhin habt ihr damit zugegeben, dass dieses Thema mit den Morden zusammenhängt. Aber um euch zu beruhigen: Morgen werden wir einen Bekannten von mir, Pfarrer Friesdorf, auf der Burg Vogelsang treffen. Das ist ein schönes Ausflugsziel, wird auch von Schulklassen viel besucht. Und Pfarrer Friesdorf ist Schulseelsorger. Also, da könnten wir doch mit der gar nicht mehr so kleinen Jessica gleich beginnen, oder?«

»Au ja, auf die Burg!«, rief Jessica begeistert aus.

»Aber ich komme mit«, sagte Paul. »Rita hat die Ermittlungen im Griff, da kann ich mir einen freien Montag erlauben. Oder?«

»Klar«, bestätigte Rita. »Ich bin sehr einverstanden. Macht ihr mal einen schönen und vielleicht auch lehrreichen Ausflug. Hauptsache, Opa Bertold überlässt mir die Mörderjagd.«

31. Kapitel

Nun schaut euch mal diese Aussicht an!« Bärbel schaute vom Forum der Ordensburg Vogelsang auf den Urftsee hinunter.

Gustav grinste. »Da stehen wir auf dunkel-historischem Boden, und das Mädel genießt die Aussicht.«

»Das ist durchaus im Sinne des Erfinders«, kommentierte Lorenz. »Dieser Blick ins Tal und auf den See verschafft demjenigen, der hier oben lebt und arbeitet, ein Gefühl der Herrschaft. Und umgekehrt wirkt diese Anlage von unten auch entsprechend.«

»Coolio«, meinte Benny. »Die Nazis waren vielleicht bescheuert, aber die wussten, wie es geht.«

Lorenz nahm Jessica an die Hand. »Da hast du schon ein Beispiel für das, was ich dir auf der Fahrt erzählt habe. Bei unserem Benny siehst du die Wirkung, die die Nazis auf simple Gemüter hatten.«

»Jaja«, jammerte Benny. »Macht mich nur fertig. Ich bin doch selber schuld, wenn ich euch hierhin begleite.«

»Aber nicht doch«, sagte Bärbel und strich dem Pfleger liebevoll durch das Haar. »Wir lieben dich doch, und auch der Opa Bertold weiß, dass du alles andere als dumm bist.«

Benny strahlte. »Das will ich aber auch meinen. Und das kann ich auch beweisen. Ich habe nämlich eine tolle Idee für eine neue Geschichte, die ich schreiben möchte, und die passt sogar hierher.«

»Na, das hat uns gerade noch gefehlt«, spöttelte Gustav. »Wir haben schon von Außerirdischen gehört, die unsere Wissenschaftler mit einem Begrüßungshappen verwechselt haben, und von einem Künstler, dessen Bilder man nur unter dem Licht ferner Sterne betrachten darf. In geschriebener Form gibt's das aber alles noch nicht. Was erwartet uns jetzt?«

»Pah«, sagte Benny. »Ein wahrer Schriftsteller muss nicht jede Idee gleich in einen Text verarbeiten. Ich warte auf den großen Durchbruch, und den werde ich vielleicht, was sage ich, ganz bestimmt mit dieser neuen Geschichte haben.«

»Na, dann tun wir mal so, als wären wir gespannt«, meinte Paul.

Benny ließ sich nicht mehr aufhalten: »Also folgendermaßen: Wir schreiben das Jahr 1937. Adolf Hitler kommt in den Besitz der heiligen Lanze und fummelt damit herum. Er hat die göttliche Macht nicht im Griff, sie bestraft ihn, indem er einen ungeplanten Zeitsprung macht.«

»Ach, was weißt du denn von der heiligen Lanze?«, grinste Lorenz.

Benny schnitt ihm eine Grimasse und fuhr fort. »Also, der kleine Adolf landet im Jahre 2011. Als Erstes verliert er, weil er ein Trottel ist, die heilige Lanze. Dann kann er in der modernen Zeit nicht Fuß fassen, wird nirgends ernst genommen und landet als krimineller Obdachloser im Knast. Und was ist in den letzten Jahrzehnten passiert? Man hat seit seinem Verschwinden ohne ihn weitergemacht, er wurde als Kultfigur verehrt, jedoch hat man eine cleverere Politik betrieben, den desaströsen Weltkrieg nicht geführt, auch den Dreckscheiß mit der Judenverfolgung und den KZ vermieden, sondern man hat noch heimtückischer und versteckter gemordet undsoweiter. So konnte das Nazi-Deutschland langfristig Bestand haben.«

»Das ist ja eine schreckliche Vorstellung!«, rief Bärbel aus und schlug die Hände vors Gesicht.

»Darauf kannste einen lassen. Da Hitler, stur wie er ist, hartnäckig behauptet, der rechtmäßige Führer zu sein, wird er von der Gestapo festgenommen und in einem dunklen

Keller gefoltert. Die Nazis machen medizinische und psychologische Tests mit ihm, und – das ist das Schrägste – sie wissen durchaus, dass sie den echten Hitler vor sich haben. Aber sie wollen ihn nicht, sie können ihn nicht mehr gebrauchen. Hitler wird liquidiert. Der letzte Satz, den der Reichskanzler Braun im Folterkeller zu ihm sagt, ist: Ihre Existenz ist ärgerlich und kontraproduktiv, Herr Hitler.«

Lorenz nickte anerkennend. »Alle Achtung, auch wenn du offenbar ohne deine überschäumenden Phantasmen nicht auskommst – die Geschichte hat was. Da kann sogar Jessica was draus lernen, oder, mein Kind?«

Das Mädchen lächelte und zuckte mit den Achseln. »Weiß nicht.«

»Na ja«, meinte Paul. »Das ist ja auch nicht ganz so einfach. Lasst uns mal einen Rundgang machen. Dabei können wir dann auch Bennys Geschichte ein wenig sacken lassen.«

Sie gingen unter dem hoch aufragenden Turm, der die Szenerie beherrschte, den terrassenförmig gestuften Hang hinab, und gelangten an ein monumentales Relief, das einen nackten Riesen zeigte, der eine Fackel in der Hand hielt. »Das ist der Fackelträger auf dem Sonnwendplatz«, las Jessica von einer Hinweistafel ab.

»Den hat's aber ziemlich erwischt«, kommentierte Gustav und spielte damit auf die vielen Einschusslöcher an, die die Figur aufwies.

»Klar«, meinte Lorenz. »Als die Alliierten das Gelände besetzt hatten, machten sich die Jungs bestimmt hier einen Spaß mit Zielübungen.«

Bärbel lachte. »Und man sieht auch, welche Körperpartie das beliebteste Ziel abgegeben hat.«

»Aber bitte, es sind Kinder zugegen«, mahnte Gustav grinsend.

Bärbel setzte sich am Fuße der Figur auf den von der Sonne erwärmten Stein und öffnete ihren Rucksack. »Und wer hat Lust auf ein Picknick?«

Schnell hatten sich alle um sie versammelt. Bärbel verteilte Plastikteller und öffnete diverse Tupperdosen.

»Du denkst ja wirklich an alles«, meinte Benny und wollte sich über das Essen hermachen.

Lorenz hielt ihn auf: »Moment, mein heißhungriger Jüngling. Willst du nicht vorher ein Gebet sprechen?«

Als er das erschrockene Gesicht Bennys sah, konnte er sich ein Grinsen nicht verkneifen. »War nur ein Scherz, keine Angst. Aber bei der Gelegenheit will ich euch das Lieblingstischgebet meines Vaters von damals nicht vorenthalten. Er betete oft im Scherz: Lieber Führer, gib uns nicht nur trocken Brot und Hering, sondern was du frisst und Hermann Göring!«

Sie lachten und begannen zu essen. Bärbel hatte einiges aus der Küche der Seniorenresidenz mitgehen lassen. Frikadellen, hart gekochte Eier, Nürnberger Würstchen, Karotten, Lauchstangen und sogar Dips. Natürlich durfte auch der Monschauer Senf nicht fehlen. Sie ließen es sich in der Sonne schmecken und vergaßen in ihrer unbeschwerten Heiterkeit völlig, an was für einem Ort sie sich gerade befanden. Als Jessica die anderen mit dem ständig wiederholten Wunsch, den Turm der Ordensburg zu besteigen, zu nerven begann, packten sie alles ein und traten den Rückweg zum Adlerhof an. Auf einer Zwischenebene, unterhalb des Adlerhofs, stand eine Gruppe von Männern unter einem großen, in das Mauerwerk einmodellierten alten Reichsadler.

Paul sah die Gruppe und stutzte, was Lorenz sofort auffiel. »Was ist los?«

Paul raunte zurück: »Dort hinten unter dem Adler. Siehst

du die Männer dort stehen? Einen davon kenne ich.«

Bärbel, die das kurze Gespräch mitgehört hatte, nahm ihr Mobiltelefon und begann, damit Fotos von den Männern zu schießen. Diese schienen davon nicht sehr angetan zu sein. Lorenz spürte, wie sich seine Nackenhaare aufstellten, und er überlegte, wie die Situation zu retten sei. Doch Bärbel war gewiefter, als er gedacht hatte. Sie rief den Männern zu: »Ach, entschuldigen Sie bitte, würde es Ihnen etwas ausmachen, einen kleinen Schritt zur Seite zu treten? Ich möchte die Mauer mit diesem Adler gerne fotografieren!«

Die Männer entspannten sich und gingen, wenn auch etwas unwillig, einige Schritte weiter. Lorenz betrachtete die Gruppe möglichst unauffällig. Ein großer, weißhaariger Mann wurde umringt von einigen anderen Männern, von denen einer den Arm in einer Binde trug. Dieser äugte mit einem aggressiven Gesichtsausdruck zu ihnen herüber. Paul zog Jessica schnell mit sich fort, und die anderen folgten ihm.

Als sie außer Hörweite waren, fragte Lorenz: »Paul, wer waren diese Leute?«

Paul trat mit Jessica zu Bärbel und bedeutete dieser, mit dem Mädchen vorauszugehen. Dann antwortete er: »Den einen Kerl mit dem Arm in der Schlinge habe ich vor ein paar Tagen vernommen. Er ist der Antifa-Aktivist, der beim Angriff auf Jakob Kratz verletzt wurde.«

»Der ist halt politisch interessiert. Kann man ja verstehen, dass die Linken die ehemalige Naziburg besuchen. Und dieser alte Weißkopf?«

Paul schüttelte den Kopf. »Den habe ich noch nie gesehen. Aber da war noch ein anderer Typ dabei, den ich aus Aachen kenne – und das macht mich stutzig.«

Benny, Gustav und Lorenz hielten inne und schauten Paul erwartungsvoll an. Der Kommissar stockte einen Moment, dann sagte er: »Ach, was soll's. Ihr gebt sowieso keine Ruhe, bis ihr das herausbekommt. Der Typ ist Albert Finkel, ein in Aachen bestens bekannter NPD-Politiker.«

Lorenz stieß einen Pfiff aus. »Mein lieber Scholli. Ein Neonazi macht einen Ausflug zu Hitlers Ordensburg mit einem Antifaschisten. Das nenne ich politische Toleranz.«

»Eben. Und weder die Antifa noch die NPD sind tolerant. Das stinkt gewaltig.« Paul ging grübelnd weiter.

Lorenz wusste, dass der Kommissar ihm nicht verraten würde, was er über die Männer ansonsten wusste. Leise murmelte er: »Aber Kommissar Wollbrand konnte sich auch so denken, dass sein junger Kollege die Aussage des Antifa-Aktivisten nochmals einer strengeren Betrachtung unterziehen würde.« Dann schritt er bedächtig den anderen hinterher.

Der Weg hinauf zur obersten Ebene der Ordensburg war steil, und so ließ er sich Zeit. Die hatte er eigentlich nicht, wie er mit einem Blick auf seine Uhr feststellte, denn in diesem Moment wurde es vierzehn Uhr, und genau jetzt sollte der Vortrag beginnen, zu dem er mit Werner Friesdorf verabredet war. Als er oben mit den anderen wieder zusammentraf, sah er den Pfarrer auch schon am Eingang zum Infobereich stehen. Er winkte ihn heran und stellte ihn den anderen vor.

Werner Friesdorf meinte: »Es wäre ja schön, wenn wir alle miteinander in den Vortrag gehen könnten. Leider ist der Raum bereits voll besetzt, und ich habe auch nur den Herrn Bertold angemeldet.«

»Das macht gar nichts, Herr Friesdorf«, sagte Bärbel. »Hier gibt es so viel zu sehen, und gleich startet eine Führung, ich glaube, da können wir noch mitgehen. Lorenz sagte, der Vortrag dauert etwa anderthalb Stunden?«

»Genau«, antwortete der Pfarrer.

Lorenz meinte: »So, dann wollen wir mal«, und zog Friesdorf mit sich fort. Er war froh, nun keine Unterhaltung mehr führen zu müssen, denn er war immer noch vollständig mit dem beschäftigt, was er eben erfahren hatte: Pauls Beobachtung – Neonazis und Antifaschisten gemeinsam auf der ehemaligen Ordensburg unter dem Reichsadler, dort, wo früher unter den Krallen des deutschen Wappentieres ein Hakenkreuz im Eichenlaubkranz geprangt hatte. Und dann war da noch Bennys verrückte Geschichte, die ihn aus irgendeinem Grunde, den er noch nicht verstand, mehr fesselte, als er es anfangs gedacht hatte.

Der Seminarraum war tatsächlich voll besetzt. Die freundliche Sommerwärme, die draußen durch die frische Eifelhöhenluft sanft gekühlt wurde, staute sich hier, zusammen mit der Körperwärme der Anwesenden, zu einer unangenehmen Hitze. Es dauerte eine ganze Weile, bis er den durchaus interessanten Ausführungen des Referenten zu folgen vermochte. Außer ihm waren die meisten Besucher Lehrer, die ein Verständnis dafür zu erlangen suchten, wie sich Rechtsradikale in diesen modernen Zeiten ausdrückten, woran sie sich erkannten. Er hörte grauenhafte Musik, sah verwirrende Filme, mit denen sich die Neonazis aller Couleur auf ihren Internetseiten darstellten, und lernte etwas über deren Kleidung. Er erntete Gelächter, als er plötzlich ausrief: »Das kenn ich!«, als der Referent die Modemarke Consdaple vorstellte. Achselzuckend fügte er hinzu: »Das hat mein Pfleger mir erklärt«, worauf die Heiterkeit im Auditorium noch zunahm. Am Ende des Vortrags war Lorenz sehr heiß, und er war sehr müde. Und er hatte einmal mehr gelernt, dass es lange nicht mehr so leicht wie früher war, anderthalb Stunden still auf einem unbequemen Stuhl zu sitzen und jemandem konzentriert zuzuhören. Er war froh, als er aufstehen durfte.

Werner Friesdorf stellte ihm den Referenten vor: »Das ist

Herr Dr. Thomas Pfeiffer von der Abteilung Verfassungsschutz des Innenministeriums NRW. Herr Pfeiffer, das ist Lorenz Bertold, ein alter Bekannter, der mehr über den Antisemitismus in der hiesigen Gegend erfahren möchte.«

Thomas Pfeiffer reichte Lorenz die Hand. »Herr Friesdorf sagte mir, Sie haben eventuell einen konkreten Anlass für Ihr Interesse?«

»Leider ja«, antwortete Lorenz. »In unserer schönen Eifel ist eben auch nicht alles nur grün. Manches ist brauner, als man denkt, und nicht nur im Herbst.«

Pfeiffer nickte. »Ich weiß von einigen Fällen von Grabschändungen. Pfarrer Friesdorf und ich hatten darüber schon einmal gesprochen. Und auch an vielen Schulen trifft man die üblichen Gruppierungen an, die wir eben beleuchtet haben. Nicht zu vergessen die Kameradschaften auf dem Land, die von außen betrachtet schnell im Haufen der vielen Vereine, die sich mit einem gewissen Nationalstolz präsentieren, verschwinden können. Heimatliebe ist etwas ganz anderes als Nationalismus der rechten Ecke, aber die Neonazis beherrschen mittlerweile das Versteckspiel sehr gut.«

»Ich befürchte, die Ermordung dreier Menschen bei uns in Nideggen hat mit den Neonazis zu tun. Da ist etwas im Gange, was über die normalen rechten Gewalttaten weit hinausgeht.«

»Ich weiß«, sagte Pfeiffer. »Das hat auch bei uns Wellen geschlagen. Es gibt eine Sondereinheit zur Aufklärung von Gewaltverbrechen in Köln, deren Leiterin die Ermittlungen übernommen hat.«

Friesdorf grinste. »Das ist Herrn Bertold bekannt. Er ist der Großvater der Frau Bertold.«

»Bertold? Ach so, natürlich.« Pfeiffer schüttelte den Kopf. »Sie sind der berühmt-berüchtigte Opa Bertold, nicht wahr?

Dann darf ich Ihnen ja gar nichts mehr sagen, ohne Ärger mit Ihrer Enkeltochter zu bekommen.«

Lorenz flüsterte leise etwas in seinen Bart, was nicht als Fluch des Kommissars Wollbrand identifiziert wurde. Dann sagte er: »Jaja, meine Enkelin behindert meine Ermittlungen, wo sie nur kann. Das bin ich gewohnt.«

Pfeiffer lachte, da er dies für einen Scherz hielt. Werner Friesdorf und Lorenz stimmten in das Lachen ein. Der Pfarrer lachte immer noch, als sie das Gebäude verlassen hatten und sich auf die Suche nach Lorenz' Ausflugsgesellschaft machten.

32. Kapitel

Die Sonne berührte schon die Baumwipfel des Heidkopfs, der das Rurtal unterhalb von Nideggen am späten Nachmittag beschattete, als Lorenz und seine Freunde zur Seniorenresidenz Burgblick zurückkehrten. Benny hatte Paul und Jessica am Parkplatz abgesetzt, nun freuten sich die vier auf einen ruhigen Ausklang eines anstrengenden Tages auf der Ordensburg. Doch der ruhige Abend ließ noch auf sich warten. Als sie in das Foyer traten, saß dort eine sichtlich beunruhigte alte Dame am Empfangstresen.

»Was ist los, Frau Melzer?«, fragte Benny. »Hat Frau Klinkenberg Sie zu einer Doppelschicht verdonnert?«

»Vielleicht hat sie ihren Nachtisch nicht aufgegessen?«, mutmaßte Lorenz grinsend.

»Ach, nicht doch!«, sagte Frau Melzer und fuhr sich nervös durch das silberweiße Haar. »Eben kamen ein paar junge Leute, die sehr seltsam aussahen, und fragten nach Herrn Bertold. Und dann fragten sie mich nach Ihrer mobilen Telefonnummer, Herr Bertold, aber ich gab sie ihnen selbstverständlich nicht. Dann gingen sie, riefen bald darauf hier bei mir an der Rezeption an und fragten wieder nach Ihnen. Und sie sagten, sie würden – huch, da sind sie schon wieder!«

Die Alte wies auf den Eingang, wo gerade Anna Floto, Nihil Wedding und Kalle Gärtner erschienen.

»Hallo Leute«, sagte Benny. »Ihr sucht nach uns?«

»Ja«, meinte Anna Floto. »Wir haben Informationen für euch.«

»Warum habt ihr mich denn nicht angerufen?«

»Wenn du dein Handy auf Empfang hättest, könnte ich das.«

Benny kramte sein Telefon hervor. »Scheiße, Akku leer«, sagte er.

»Na ja, ist ja jetzt egal«, meinte Kalle, der schwarzhaarige Hüne. »Wir müssen reden.«

Lorenz sagte: »Na dann, gehen wir. In meinem Zimmer können wir uns in Ruhe unterhalten.«

Bärbel schaltete sich ein: »Lasst uns lieber zu mir gehen. Da ist mehr Platz.«

Wenig später versammelten sie sich in Bärbels Apartment. Kalle Gärtner kam gleich zur Sache, noch bevor Bärbel etwas zu trinken anbieten konnte. Er setzte sich auf den Boden. »Passt mal auf. Ich habe mit allen möglichen Leuten gesprochen. Niemand von der Antifa weiß etwas davon, dass es am Freitagmorgen in Nideggen eine Aktion zum Schutze eines alten Mannes und einen Zusammenstoß mit Neonazis gab. Entweder waren das Autonome, die keiner kennt, oder da hat einer gelogen, dass sich die Balken biegen.«

»Da war doch einer vom Stadtrat dabei, den kann man doch fragen«, schlug Bärbel vor.

»Das werden wir«, bekräftigte Lorenz.

»Das übernehme ich«, sagte Gustav. »Ich kenne die Leute in Nideggen am besten.«

»Gut«, stimmte Lorenz zu. »Aber ich sage voraus, dass das nicht viel Wahres hervorbringen wird. Hier ist etwas oberfaul.«

Kalle fuhr fort: »Ich muss wissen, wer diese Vögel waren. Das muss doch herauszufinden sein.«

»Aber nichts leichter als das«, rief Bärbel aus und hob ihr Mobiltelefon triumphierend in die Höhe. »Ich habe doch heute diese Männer auf Burg Vogelsang fotografiert!«

»Jawohl«, stimmte Lorenz zu. »Und unser Paul hat darunter den Kerl wiedererkannt, der bei dem Kampf am Freitag verletzt worden ist. Und diesen NPD-Kerl.«

»Jetzt bin ich aber gespannt«, meinte Kalle. »Zeigen Sie mal.«

Bärbel winkte ab. »Nicht auf dem Handy. Einen Augenblick bitte.«

Sie ging ins Nebenzimmer und kehrte bald darauf mit ihrem Laptop zurück. Sie startete das Gerät und legte ihr Telefon daneben. »Ich überspiele nur rasch die Bilder, dann können wir sie uns in vernünftiger Größe ansehen.«

»Echt clever«, staunte Benny.

»Was?«, fragte Lorenz. »Musst du das Telefon nicht anstöpseln?«

»Bluetooth«, meinte Bärbel. »Das geht ohne Kabel.«

Lorenz schüttelte beeindruckt den Kopf. Wenig später zeigte Bärbel die Bilder, die sie während des Ausfluges gemacht hatte. Sie klickte sich durch, bis die gesuchte Aufnahme erschien. Kalle Gärtner trat näher. »Das gibt's doch nicht. Wie geil ist das denn?«

»Was meinst du?«, fragte Anna Floto.

»Schaut euch das an.« Kalle tippte auf den Bildschirm. »Der Typ da, der den Arm in der Schlinge trägt – das ist ein Neonazi der übelsten Sorte. Keiner von der KAL oder der NPD. Dieser Typ ist immer da, wenn's richtig haarig wird. Ich habe ihn ein paarmal gesehen. Der ist bewaffnet und brandgefährlich.«

»Also nicht von der Antifa?«, fragte Benny.

»Dass ich nicht lache«, schnaubte Kalle. »Das ist eines der fiesesten Nazischweine, das ich kenne.«

»Und der da ist ein NPD-Politiker«, sagte Lorenz und wies auf einen älteren Mann auf dem Foto.

»Den kenn ich auch«, sagte Anna. »Das ist Albert Finkel aus Stolberg. Mein Alter hat sich vor Kurzem noch mit dem gezofft.«

»Und der da?«, fragte Lorenz und tippte auf den hageren, weißhaarigen Mann in der Bildmitte.

»Den kenne ich nicht«, meinte Anna.

Auch Kalle schüttelte den Kopf. »Nie gesehen.«

Lorenz atmete tief durch. »Jetzt sind wir schon einen großen Schritt weiter. Der angebliche Antifaschist ist in Wahrheit ein Rechter. Warum beschützen Neonazis einen alten Juden vor anderen Nazis? Und was hat dieser NPD-Politiker damit zu tun? Und der andere Kerl, der im Nideggener Stadtrat sitzt? Ein unbescholtener Bürger, und er gehört keiner braunen Partei an. Das passt doch alles nicht zusammen!«

»Noch nicht«, meinte Gustav. »Aber es gibt einen Zusammenhang, und es kann doch nicht so schwer sein, das herauszufinden. Wir haben Floto, Kratz, diesen Finkel und den Typen mit dem verletzten Arm. Wie heißt der?«

»Keine Ahnung«, meinte Kalle. »Aber ich krieg' das raus.«

»Wir müssen das alles der Polizei sagen«, meinte Bärbel. »Rita und Paul wissen am besten, was zu tun ist.«

»Ach du scheiße«, meinte Kalle. »Die Bullen kriegen doch nie was Entscheidendes im rechten Milieu raus. Wenn die an die wirklich interessanten Leute geraten, werden sie doch gleich zurückgepfiffen. Die Nazischweine haben gute Anwälte, und die Obrigkeit ist immer noch auf dem rechten Auge blind. Wenn die Nazis aufmarschieren, kriegen sie Polizeischutz, unsere Gegendemos werden gnadenlos zerschlagen, und wir werden sofort verhaftet. Scheiß doch auf die Bullen!«

»Genau, vergesst die Bullen«, meinte auch Anna.

Lorenz schüttelte nachdenklich den Kopf. »Ich weiß, was ihr meint. Ich mache mir auch lieber meine eigenen Gedanken, bevor ich der Polizei sage, was ich weiß.«

»Lorenz!«, rief Bärbel.

»Jaja, beruhige dich«, beschwichtigte Lorenz. »Lass mich weiterreden. In diesem Falle glaube ich, dass die Polizei einfach mehr Mittel hat, etwas über diese Personen zu erfahren.«

»Glaub ich nicht«, entgegnete Kalle. »Aber zeigt den Bullen ruhig die Fotos und sagt ihnen, was ich über diesen Typen in der Armbinde weiß. Das wird gar nichts bringen. Aber lasst mir zwei Tage Zeit, und ich kriege raus, was hier läuft.«

»Was heißt das, zwei Tage Zeit lassen?«, fragte Benny.

»Das heißt«, antwortete Anna, »Ihr sagt der Polizei bitte nichts von Kalle und dass er hier ist. Mehr nicht.«

»Mein Junge, die kennen dich wohl zu gut, nicht wahr?«, fragte Gustav.

Kalle grinste. »Kann schon sein. Ihr braucht nicht zu lügen. Nennt einfach nur meinen Namen nicht.«

»Nun ja, es wird wohl niemand nach dir fragen«, meinte Lorenz.

»Dann sind wir uns einig?«, fragte Kalle und stand auf. Er nickte den anderen zu und wandte sich zur Tür. Nihil und Anna folgten ihm. Die drei verließen den Raum und schlossen die Tür hinter sich.

Die anderen blieben noch einige Momente stumm sitzen. Dann meinte Bärbel: »Ich habe ein ganz schlechtes Gefühl bei dieser Sache. Ob dieser junge Mann weiß, was er da tut?«

Lorenz nickte. »Das weiß er genau, da bin ich mir sicher. Und das ist ja gerade das Schlimme.«

33. Kapitel

Paul schloss leise die Tür zum Kinderzimmer.

»Und, schläft die Kleine?«, fragte Rita.

»Die Augen fielen ihr zu, kaum dass sie im Bett lag«, grinste Paul. »Das war ein anstrengender Tag auf der Ordensburg. Und sie hat tapfer durchgehalten, sich für alles interessiert und eine Menge aufgenommen und sich Notizen gemacht.«

»Das ist erstaunlich für eine Zehnjährige«, meinte Rita. »Sie ist wirklich sehr aufgeweckt und neugierig. In diesem Alter habe ich mich nicht gerade für Geschichte interessiert.«

»Vielleicht haben die Erwachsenen den Kindern auch nicht so viel geboten wie heute. Wenn ich mir zum Beispiel anschaue, wie die Burg Vogelsang heute aufbereitet ist.«

Rita lachte. »Dafür hatte ich meinen Opa Bertold. Der kroch am Wochenende durch das Rurtal und suchte Hinweise auf antike Schlachtfelder, wo angeblich hiesige Stämme ganze römische Legionen vernichtet haben sollen, oder er grub nach Steinäxten oder kramte in Kirchenarchiven. Das fand ich lustig, aber die Ernsthaftigkeit, mit der die kleine Jessica die Geschichte angeht, ist etwas anderes.«

»Vielleicht habe ich ja Glück und sie wird keine Polizistin«, sagte Paul und setzte sich zu Rita. Er legte einen Arm um ihre Schultern und sah auf den Tisch. Dort lagen Fotos, Vernehmungsprotokolle und Notizen verstreut. Paul sah auf einen Blick, dass in dem scheinbaren Durcheinander ein System lag. Rita versuchte, Beziehungen zwischen ermittelten Fakten herzustellen.

»Ich habe heute eine Menge erfahren«, sagte Rita.

»Ich auch«, entgegnete Paul.

»Okay, du zuerst.«

Paul begann zu erzählen. »Ich habe auf Vogelsang den Typen wiedergetroffen, der in dem Kampf um Jakob Kratz am Freitag einen Messerstich in den Oberarm bekommen hat. Und stell dir vor, der stand zusammen mit einigen Männern, darunter der führende NPD-Politiker Albert Finkel.«

»Das ist interessant«, meinte Rita. »Wenn er weiß, mit wem er da zusammen war, und das ist anzunehmen, dann ist er entweder nicht das, was er behauptet zu sein, oder er spielt ein gewagtes Spiel in den Reihen der Neonazis.«

Paul nickte. »Auf jeden Fall werde ich ihn mir noch mal vornehmen. Ebenso den Stadtrat Drechsler. Von wegen Partei der unabhängigen Bürger Nideggens oder wie der Verein heißt, für den er kandidiert. Mir ist jetzt noch weniger als vorher klar, warum er diese Truppe zum Schutz für den Kratz angeführt hat. Das ist doch alles nicht stimmig.«

»Eine wichtige Spur«, meinte Rita. »Und wir sind heute ein gutes Stück vorangekommen, was den Tod von Bruno Gerster und Kellermann betrifft. Gerster ist definitiv mehrere Stunden früher gestorben als Kellermann.«

»Das ist ja ein Ding«, meinte Paul. »Dann kann er ihn also gar nicht erschossen haben!«

»Auf keinen Fall«, bestätigte Rita. »Zwar wurde Kellermann mit Gersters Waffe erschossen, und es waren keine anderen Fingerabdrücke auf der Pistole als die von Gerster, aber das ist eindeutig fingiert. In Kellermanns Gesicht wurden sehr feine Schmauchspuren gefunden, weiterhin Spuren eines Klebers, wie er für Paketklebeband verwendet wird, an seinem Mund und an seinen Bartstoppeln befand sich ein Abrieb von Textilfasern, die vermutlich von einer Decke stammen. Was sagt dir das?«

Paul dachte angestrengt nach. »Das hört sich fast so an, als sei er regelrecht hingerichtet worden«, meinte er dann. »Klebeband auf den Mund, dann hält man ihm eine Decke vors Gesicht und schießt ihm aus nächster Nähe in den Kopf.«

»Sehr gut«, lobte Rita. »Das ist genau die Rekonstruktion der Forensik. Was ist also in Kellermanns Haus geschehen?«

»Gerster fährt abends beim Kellermann vorbei, spricht mit ihm. Die beiden werden von dem Mörder oder den Mördern überrascht, Gerster wird erschossen, vermutlich weil er seine Waffe zieht. Kellermann wird festgehalten und ein paar Stunden später auch erschossen. In diesen Stunden wird er zu irgendetwas befragt.«

»Oder der Mörder weiß nicht, was er mit ihm machen soll.«

Paul schüttelte den Kopf. »Wenn das so wäre, hätte er dann die Nerven, noch mehrere Stunden mit dem Mann in dem Haus zu bleiben, in dem er zuvor einen Polizisten erschossen hat?«

Rita zuckte mit den Schultern. »Wir wissen nicht, ob er diese Stunden in totaler Panik oder in eiskalter Berechnung verbracht hat.«

»Doch, mein Schatz«, widersprach Paul. »Er hat das Projektil aus der Wand entfernt, ohne selbst Spuren zu hinterlassen, hat den Kellermann gefesselt, ihn erschossen und das Ganze als Gersters Tat fingiert. Da war niemand in Panik.«

Rita lächelte. »Du bist gut. Ich sehe das genauso.«

»Und das Klebeband?«, fragte Paul. »Was war das für ein Zeug?«

»Handelsübliche Packware, wir haben eine passende Rolle im Haus gefunden.«

»Also nicht mitgebracht. Ein Indiz dafür, dass die Hinrichtung Kellermanns nicht unbedingt so geplant war.«

Rita legte eine Hand in Pauls Nacken und zog seinen Kopf ganz nah zu sich heran. »Das macht mich ganz wuschig, wenn du so scharfsinnig kombinierst«, hauchte sie und küsste ihn.

34. Kapitel

»Einen wunderschönen guten Morgen!«

Ein sichtlich gut gelaunter Klaus Hardering empfing Pfarrer Friesdorf und Lorenz im Büro der Dombauverwaltung. Er umarmte den Pfarrer und gab Lorenz die Hand.

»Sie kennen sich schon länger?«, fragte Lorenz.

»Oh ja«, erklärte Friesdorf. »In meiner Kölner Domzeit habe ich sogar hier in diesem Haus gewohnt.«

»Werner, der Hausgeist«, schmunzelte Dr. Hardering. »Wir haben uns schon ziemlich lange nicht gesehen.«

»Stimmt, und glücklicherweise könnte Herr Bertold unsere Hilfe brauchen«, sagte der Pfarrer. »Ihr habt euch ja schon einmal getroffen, und diesmal wollte ich mit von der Partie sein.«

»Nun«, sagte Dr. Hardering und wies auf die Sitzgelegenheiten seines Büros. »Ich bin neugierig, wie ich diesmal helfen kann. Werner sagte mir am Telefon, es geht um die Geschichte der Juden? Da hat der Kölner Dom so einiges zu bieten.«

»Das hatte ich gehofft«, sagte Lorenz. »Ich möchte die regionale Geschichte der Juden besser verstehen, und es interessiert mich auch, wer sich sonst noch dafür interessiert.«

»Das hört sich spannend an«, meinte Dr. Hardering. »Werner hat mir vorab schon ein wenig davon erzählt, was Sie suchen. Zu diesem Thema fällt mir natürlich sofort das Judenprivileg ein.«

»Ich hörte davon. Was hat es damit genau auf sich?«

»Es handelt sich um eine Urkunde, die der Kölner Erzbischof Engelbert von Falkenburg im Jahre 1266 für die Kölner Juden ausstellte. Das Besondere an dieser Urkunde ist, dass sie eine zwei Meter hohe Sandsteintafel ist, die sich seit jeher im Kölner Dom befindet. Man bedenke, wir haben über 25.000 Urkunden in unseren Archiven, aber nur siebzehn sind in Stein gehauen.«

»Und was hat der gute Engelbert den Juden beurkundet?«

Hardering nahm ein Buch aus dem Regal und blätterte es auf. »Sehen Sie hier, wir haben vor drei Jahren ein Kölner Domblatt aufgelegt, das sich ausschließlich mit dem Verhältnis der Juden zum Kölner Dom beschäftigt. Hier haben wir's.« Er tippte auf eine Seite, auf der die Fotografie einer Steintafel abgebildet war. Diese trug einen mit gotischer Majuskelschrift ausgeführten lateinischen Text. Klaus Hardering erklärte: »Der Inhalt in aller Kürze: Die Juden stehen unter dem Schutz Engelberts, sie müssen keine höheren Abgaben zahlen als Christen, sie haben das Monopol auf den Geldhandel, da sie die meisten anderen Gewerbe nicht betreiben dürfen. Christliche Betreiber von Kreditgeschäften, die sogenannten Kawertschen oder lateinisch Cauvercini, dürfen sich in Köln nicht niederlassen. Zudem wird den Juden zugesagt, dass ihre Friedhöfe unbehelligt bleiben und sie ihre Toten dort ohne Zahlung eines Leichenzolls beerdigen dürfen. Es wird insbesondere untersagt, auf dem Judenfriedhof oder in direkter Nachbarschaft Hinrichtungen durchzuführen, was man perfiderweise genau dort gerne tat.«

»Ekelhaft«, meinte Lorenz. »Das Schänden unserer Judenfriedhöfe hat also eine lange Tradition.«

»Leider ja, und selbst diese öffentlich aufgestellte Urkunde hat die Juden nicht schützen können. Es ist einer von elf Schutzbriefen, die die Kölner Erzbischöfe ihren Juden im dreizehnten und vierzehnten Jahrhundert ausgestellt haben. Diese Anzahl zeigt schon, wie wenig jeder einzelne genutzt haben mag. Es gab leider immer wieder Übergriffe, und mit dem Pestpogrom von 1349 wurde die jüdische Gemeinde in

Köln ausgelöscht. Deren herrenlose Güter eignete sich dann ausgerechnet der damalige frisch gebackene Erzbischof Wilhelm von Gennep an.«

»War denn dieser Erzbischof Engelbert ein Freund der Juden?«, fragte Lorenz. »Ich kenne diesen Herrn eher als Machtpolitiker, der übrigens bei uns in Nideggen drei volle Jahre und ein halbes im Kerker gesessen hat.«

Hardering schüttelte die silbergraue Lockenpracht, welche sein jugendliches Gesicht umrahmte und bis auf seine Schultern fiel. »In der Tat hat Engelbert dieses Judenprivileg nicht aus humanistischen Beweggründen aufgesetzt. Man könnte seine Beziehung zu den Juden eher als eine Art Joint Venture bezeichnen. Er lieh sich regelmäßig Geld von ihnen und stand ständig bei ihnen in der Kreide. Es lag in seinem Interesse, die Finanzkraft seiner jüdischen Gemeinde zu erhalten. Und von einem Privileg im Sinne einer Bevorzugung kann man auch bei bestem Willen nicht sprechen, eher schon von einer theoretischen Gleichstellung aus wirtschaftlichem Kalkül.«

Lorenz nickte. »Die Juden waren für alle Fürsten im Reich eine gute Einnahmequelle. Wenn ich das richtig sehe, wollte unser in Nideggen ansässiger Graf Wilhelm, welcher zu dieser Zeit der Vierte seiner Linie war, auch an diesen Geldtopf – einer der Kriegsgründe gegen Engelbert und seinen Vorgänger Konrad von Hochstaden.«

»Ja, in dieser Fehde kennen Sie sich bestens aus, ich erinnere mich«, lächelte Hardering. »Haben Sie damals eigentlich gefunden, was Sie gesucht haben?«

Lorenz grinste undurchsichtig. »Ja und nein. Das Artefakt, welches dem alten Konrad so wichtig gewesen war, habe ich nie zu Gesicht bekommen. Es war wohl auch nicht mehr als ein altes, verrostetes Stück Eisen.«

»Er flunkert mit Sicherheit, ich kenne ihn«, warf Pfarrer

Friesdorf ein. »Aber lassen wir das – gab es da nicht eine Unklarheit bezüglich der Originalität des Judenprivilegs?«

»Genau«, bestätigte Hardering. »Das ist interessant: Es gibt ein Foto des Steins aus dem Jahre 1928. Und wenn man genau hinsieht, Helga Giersiepen hat es akribisch untersucht, dann stellt man fest, dass es sich nicht um ein Foto der Urkunde handelt, die im Dom steht. Angeblich war das Motiv für dieses Foto ein Abguss des uns bekannten Exemplars, aber dies ist unmöglich. Auf den ersten Blick scheint es identisch. Dieselben gotischen Majuskeln. Aber manche Buchstaben sind völlig anders ausgeführt, teilweise auch anders platziert. Es gibt keinen Zweifel daran, dass es mindestens zwei Steintafeln gegeben hat. Und dieses zweite Judenprivileg ist unauffindbar.«

»Kann das denn sein? Zwei Ausfertigungen?«, fragte Lorenz.

»Aber ja«, antwortete Hardering. »Urkunden wurden oft in mehrfacher Ausfertigung erstellt, selbst solche Steinurkunden. Vermutlich haben die Kölner Juden beide Exemplare selbst bezahlt. Eines bewahrten sie vielleicht im Judenviertel auf, während das andere im Dom verblieb. Aber dieses verschollene, etwas anders beschriftete Exemplar muss mindestens so lange ebenfalls unversehrt existiert haben, bis man davon einen Gipsabdruck erstellen und diesen fotografieren konnte. Gipsabdrücke von älteren Artefakten wurden vermehrt hauptsächlich ab der zweiten Hälfte des 19. Jahrhunderts angefertigt. Die Entstehung des Abdruckes lässt sich aber nicht verlässlich datieren. Die Geschichte dieses Judenprivilegs, welches das Foto von 1928 zeigt, bleibt im Dunkeln.«

»Das ist spannend«, meinte Lorenz, und seine Augen funkelten. »Und was sagten die Nazis zu dem Judenprivileg? Es muss denen doch ein Dorn im Auge gewesen sein, einen Schutzbrief für die Juden hier im Dom stehen zu haben, quasi ein uralter Zeuge der christlich-jüdischen Zusammenarbeit.«

»Nun«, meinte Hardering. »Zum einen wurde diese Steinurkunde jahrhundertelang an eher unscheinbaren Plätzen aufbewahrt, und selbst an ihrem heutigen Ort, wo täglich Tausende von Besuchern an ihr vorbeigehen, bleibt sie meist unbemerkt. Zudem haben die Nazis auch die Gelegenheit ergriffen, die Hintergründe in ihrem Sinne zu interpretieren. So hat 1933 ein Herr Rodens im *Kölner Beobachter* einen Artikel verfasst, der das Judenprivileg umdeutete zu den ersten Anfängen einer Ausnahmegesetzgebung gegen die Juden, die nötig wurde durch deren skrupellose Profitgier. Eine natürliche Abneigung der Christenmenschen sah Rodens durch den Umstand gegeben, dass die Juden den Kreuzestod Christi verschuldet hätten – beides zentrale Themen des Antisemitismus.«

»Gab es da nicht auch kürzlich einen Artikel, der das Judenprivileg gänzlich als judenfreundliche Fälschung zu entlarven suchte?«

»Genau. Das ist nun ein aktuelles Beispiel für antisemitische Umdeutungen des historischen Materials.« Dr. Hardering suchte in einem Stoß Notizen und Kopien herum. »Hier ist es. Eine Sammlung historischer Interpretationen, herausgegeben von einem Dr. Korger. Dumm, den Autor des Artikels kann man hieraus nicht ersehen, da fehlt ein Stück. Aber hier wird so argumentiert: Das Judenprivileg muss eine Fälschung sein, da es in viel zu gutem Zustand sei, um so die vielen Jahrhunderte mit all den Judenpogromen überdauert zu haben. Als weiteres Indiz wird das rätselhafte Foto von 1928 angeführt. Der einfache Gedanke ist, wenn es mehrere voneinander abweichende Exemplare gibt, dann kann man kaum von einem Original sprechen. Die Schlussfolgerung ist, dass es das Judenprivileg in dieser Form gar nicht gegeben habe, vielmehr beweise die Geschichte, dass die Juden von keiner Seite wohl gelitten waren. Hier wird wiederum als Indiz angeführt, dass nach der endgültigen Zerschlagung der jüdischen Gemeinde in Köln das Vermögen an den Erzbischof ging.«

»Kann man denn so etwas einfach behaupten?«, fragte Lorenz.

»Der Artikel ist sicher eher der pseudowissenschaftlichen Sorte zuzurechnen, jedoch Verlag und Herausgeber sind seriös. Man kann zu diesem Artikel höchstens eine Entgegnung schreiben.«

Pfarrer Friesdorf fügte hinzu: »Und es gibt ja auch einige heiß diskutierte antisemitische Darstellungen im Dom, die das antisemitische Gedankengut bei genügend unreflektierter Betrachtung durchaus fördern können.«

»Beispielsweise die sogenannten Judensau-Darstellungen?«, fragte Lorenz.

»Sie haben Ihre Hausaufgaben gemacht«, grinste Hardering. »In der Tat gibt es einige antisemitische Darstellungen in unserem Dom, die einer Betrachtung wert sind. Das können wir uns gerne anschauen, wenn Sie Interesse haben.«

»Und ob ich das habe«, meinte Lorenz. »Außerdem ist es im Dom bestimmt angenehm kühl, darauf freue ich mich schon.«

»Ja, dann lassen Sie uns doch das Nützliche mit dem Angenehmen verbinden.« Hardering stand auf. »Gehen wir rüber!«

Die drei benötigten nur wenige Minuten, um den Roncalliplatz zu überqueren und in den Dom einzutreten, bis sie an dem hohen Gitter standen, welches dem Besucherstrom den Zugang zum Binnenchor versperrte. Klaus Hardering öffnete die Tür und ließ seine Begleiter eintreten. Sie gingen zu dem Chorgestühl, welches sich in zwei gegenüberliegenden Reihen hinter dem Hauptaltar erstreckte. Hardering erläuterte: »Dieses Chorgestühl ist um 1310 entstanden und mit seinen 104 Sitzen eines der größten erhaltenen seiner Art. Die Abbildungen um die berüchtigte Judensau sind hinten an den Wangen des Nordeingangs zum Chorgestühl enthalten.« Hardering blieb an dem Treppenabsatz stehen und zeigte Lorenz die Holzschnitzereien. »Das linke Bild zeigt zwei Juden, erkennbar an ihren spitz zulaufenden Mützen, wie sie ein Schwein halten und füttern, ein dritter Jude trinkt an den Zitzen der Sau. Das ist natürlich eine extrem beleidigende Darstellung, zudem den Juden das Schwein als unrein gilt. Hier verbindet sich ein plumper Antisemitismus mit der Darstellung des Lasters der Gula, der Unmäßigkeit. Die Darstellungen des ganzen Chorgestühls haben das Thema Laster und Tugenden, hier müssen die Juden zur Darstellung eines Lasters herhalten. Rechts daneben wird's im Grunde noch schlimmer. Hier wird ein Jude gezeigt, der ein Fass mit einer Sau und drei Ferkeln auskippt. Das geht auf eine Sage zurück, nach der Jesus eine jüdische Mutter und ihre Kinder in eine Sau und Ferkel verwandelt haben soll, was als Grund dafür angesehen wird, dass die Juden seitdem kein Schweinefleisch mehr essen. Daneben ein weiterer Jude, der einen christlichen Knaben an der Hand führt. Damit ist der heilig gesprochene Werner aus Oberwesel gemeint, der 1287 einem angeblich durch Juden verübten Ritualmord zum Opfer fiel. Dieser Vorfall war Anlass für zahlreiche Pogrome am Mittelrhein. So ist der Namenspatron unseres lieben Werner Friesdorf zu einem eher unrühmlichen Heiligen geworden.«

Der Pfarrer hob abwehrend die Hände. »Dies bedenkend, habe ich als Namenspatron den seligen Werner von Wilten gewählt, dessen Namensfest auf meinen Geburtstag fällt.«

»So sind die Katholen«, brummelte Lorenz. »Für jeden Zweck ziehen sie einen Heiligen oder Seligen aus der Tasche.«

»Bevor ihr euch darüber rauft, zeige ich euch lieber noch etwas«, fuhr Hardering fort. Er führte Lorenz und Werner Friesdorf zum Dreikönigenschrein. Als sie dort ankamen, wies Hardering auf die Rückseite des goldenen Schreins. »Hier ist die Geißelung Jesu vor seiner Hinrichtung dargestellt. Die beiden Folterknechte, die mit verzerrten Gesichtern auf ihn einschlagen, tragen Judenhüte, sind also als Juden in frühmittelalterlicher Tracht gekennzeichnet. Das ist expliziter Antisemitismus in der damaligen Kunst. Was ich euch jetzt nicht zeigen kann, sind diverse andere Stellen am Dom, beispielsweise Wasserspeier, die ebenfalls das Judensau-Motiv aufgreifen.«

Lorenz betrachtete die Darstellung auf dem goldenen Schrein. »Das zielt wieder auf die Idee, die Juden seien die Mörder unseres Herrn. Da fällt mir ein, gab es nicht einmal hier in Köln den Brauch, am Karsamstag nach der Messe den Judas in Form einer Strohpuppe zu verbrennen? Ist Judas nicht auch ein Sündenbock für den Tod Jesu? Die Kölner wollen anscheinend immer was verbrennen, wie zum Beispiel den Nubbel zum Ende der Karnevalszeit.«

»Da ist was dran«, meinte Friesdorf. »Und wenn man bedenkt, das der Nubbel früher auch ›Zacheies‹ genannt wurde, womit der hebräische Zachäus gemeint ist – ich denke an den biblischen Zöllner, vielen ein Sinnbild des sündigen, wegen des Geldeintreibens ungeliebten Juden –, kann man viele Querverbindungen herstellen, wenn man genau hinschaut.«

»Und das ist wiederum ein Motiv, dessen sich auch die Nazis gerne bedient haben«, ergänzte Lorenz. »Als Mörder Jesu waren die Juden den Braunen vielleicht eher gleichgültig, aber der geldgierige Jude und der illoyale Verräter Judas, das taugt dem simplen Gemüt zur negativen Charakterisierung aller Juden.«

»Und doch steht der Dom auch für die Versöhnung von Juden und Christen«, meinte Hardering. »Man denke an die jüdischen Stifter und Künstler, die sich hier engagiert haben. Es gibt auch positive Darstellungen jüdischer Figuren aus dem Alten Testament wie zum Beispiel die weisen Richtersprüche des Königs Salomon. Und in einer Rede zur Wiedereinweihung der Synagoge in der Roonstraße erinnerte der Rabbiner an Juden, die im KZ aus Heimweh den Kölner Dom an die Barackenwand zeichneten.«

Es entstand eine Pause. Die drei Männer atmeten tief durch. Jeder dachte für sich still über das nach, was eben erzählt worden war.

Dann meinte Dr. Hardering: »So, und jetzt brauche ich unbedingt einen Kaffee. Ich kenne in der Nähe ein kleines italienisches Café.«

»Nix dagegen«, meinte Lorenz. »Solange ich anschließend im *Früh* ein Kölsch und Bohnen mit Speck bekomme.«

»Beides hört sich hervorragend an«, schmunzelte Pfarrer Friesdorf. »Wie heißt es im ersten Korinther: »Ob ihr nun esst oder trinkt oder was ihr auch tut, das tut alles zu Gottes Ehre.«

35. Kapitel

Schauen Sie sich das mal an.« Paul ließ das Foto auf den Tisch fallen.

Lisa Wilke durchmaß ihr Hotelzimmer mit wenigen schnellen Schritten und warf einen Blick auf das Bild. Dann sah sie Paul an. »Und jetzt soll ich Ihnen sagen, welchen von diesen Männern ich kenne?«

»Ist Ihnen denn einer dieser Kerle bekannt?«

»Ach Paul«, sagte Lisa und lächelte ihn an. »Wenn ich alle Typen kennen würde, die die Burg Vogelsang besuchen ...«

»Ach Lisa«, versetzte Paul. »Sie erkennen Vogelsang an dem winzigen Stück Mauer, das man auf diesem Foto sieht?«

Lisas Lächeln wurde breiter. »Sehr aufmerksam, Paul. Das mag ich bei Männern.«

Paul fuhr sich über seine Drei-Millimeter-Frisur. Lisa lachte ihn jetzt an. »Sie werden ja rot, Paul. Das wollte ich nicht.« Dann tippte sie mit dem Finger auf das Foto. »Den Typen mit dem Arm in der Binde kenne ich. Der hat den Jakob Kratz beschützt und wurde dabei verwundet. Wer sollen die anderen sein?«

Paul atmete tief durch. »Der rechts daneben, und das ist durchaus auch politisch gemeint, ist Albert Finkel, ein Lokalpolitiker der NPD. Den anderen kenne ich nicht.«

»So, ein Rechter?«, fragte Lisa und schaute sich das Foto nochmals an. »Interessant.«

»Allerdings«, meinte Paul. »Sie arbeiten für das OSI. Das bedeutet, Sie sind eine Nazi-Jägerin. Sie arbeiten mit dem Kratz zusammen, tragen eine Waffe, wozu Sie auf deutschem Boden übrigens nicht berechtigt sind, und Sie sagen mir nicht einmal die Hälfte von dem, was Sie wissen. Was soll ich mit Ihnen machen?«

Lisa schaute von dem Foto auf und sah Paul in die Augen. »Ich weiß nicht – vielleicht wollen Sie mich übers Knie legen?«

Paul trat einen Schritt zurück. »Lassen Sie die Späße, Lisa. Wir haben drei Tote, einer davon ein Kollege. Wir sollten endlich vernünftig zusammenarbeiten.«

Lisa Wilke nickte. »Sie haben recht, Paul. Das sollten wir tun.« Sie ging zu ihrem Kleiderschrank. »Wie ist es draußen?«

»Warm«, antwortete Paul. »T-Shirt-Wetter.«

»Okay«, sagte sie und knöpfte ihre Bluse auf. Sie zog sie aus, legte sie in den Schrank und suchte nach einem passenden Oberteil. »Was ist?«, fragte sie und sah Paul dabei schelmisch an. »Ihr seid doch hier nicht so prüde wie wir, oder etwa doch?«

Paul schüttelte den Kopf und betrachtete Lisa mit gemischten Gefühlen. Sie trug keinen Büstenhalter. Ihr sportlicher Körper war so proportioniert, dass sie ein solches Kleidungsstück nicht benötigte. Obwohl es Paul ein wenig warm wurde, hinderte ihn dies nicht daran, mit kühlem Verstand zu überlegen, warum sich die Amerikanerin so benahm. Lisa wusste bestimmt sehr genau, dass er kein Interesse an ihr hatte. Und umgekehrt war es vermutlich genauso.

»Wovon wollen Sie mich ablenken?«, fragte er. Sie nahm ein T-Shirt aus dem Schrank und kam damit auf ihn zu, ohne Anstalten zu machen, es überzuziehen. »Vielleicht von meiner Achtunddreißiger? Paul, die darfst du mir nicht wegnehmen.«

»Ich darf schon«, sagte er. »Aber ich werde es nicht tun, auch wenn du dich jetzt bitte wieder anziehst. Schließlich wollen wir doch kooperieren, nicht wahr?«

»Aber ja«, sagte Lisa und zog ihr T-Shirt über.

»Dann wird es endlich Zeit, dass du mir verrätst, was ihr hier für eine Sache durchzieht, du und der alte Kratz.«

»Okay.« Lisa wurde ernst. »Jakob Kratz hat sich bereit erklärt, in seine alte Heimat zurückzukehren, um ein paar Altnazis ans Messer zu liefern, die wir, das heißt die OSI – oder besser gesagt seit 2010 die Human Rights and Special Prosecutions Section – seit Langem in den USA suchen.«

»Wie das?«

»Well, wir haben seit einigen Jahren Immobiliengeschäfte in den USA beobachtet, von denen wir zunächst glaubten, dass sie aus einem Fonds bezahlt wurden, der von amerikanischen Neonazis gefüttert wurde. Die Gelder stammten aber größtenteils ausgerechnet aus Mitteln, die von der Jewish Claims Conference bewilligt wurden.«

»Jetzt musst du mir mal auf die Sprünge helfen«, unterbrach Paul.

»Siehst du nie Nachrichten?«, fragte Lisa. Dann erklärte sie weiter: »Die Jewish Claims Conference ist eine Organisation, die Entschädigungszahlungen an Holocaust-Opfer weiterleitet. Die Mittel stammen aus Deutschland. Es flogen Betrugsfälle auf, bei denen Zahlungen an Leute bewilligt wurden, welche gar keine Nazi-Opfer waren oder gar nicht existierten. Aber das war nur die Spitze des Eisbergs, wodurch wir auf die richtig große Scheiße stießen. Viele Millionen Dollar wurden in Fonds investiert, die angeblich für diverse Projekte zur politischen Bildung, zur Erhaltung von Mahnmalen und Informationszentren undsoweiter verwendet werden sollten. Stattdessen wurden Immobilienkäufe finanziert, damit sich Altnazis in den USA einen angenehmen Ruhestand leisten konnten. Als wir entdeckten, dass dies in Kooperation mit der Stillen Hilfe geschah ...«

»Moment«, unterbrach Paul wieder. »Was ist das jetzt?«

»Das ist eine Organisation, die Altnazis seit dem Ende des Dritten Reiches hilft, unterzutauchen und unbehelligt weiterzuleben. Diese wird protegiert von Gudrun Burwitz, der Tochter von Heinrich Himmler.«

»Ach du scheiße«, meinte Paul. »Erzähl weiter.«

»Also gut. Die Arbeit von Püppi Himmler, die ja nun auch in die Jahre gekommen ist, wird weitergeführt von der HNG, der Hilfsorganisation für nationale politische Gefangene, an deren Spitze Ursula Müller steht. Das ist eine der größten rechtsextremen Organisationen in Deutschland, die aber kaum einer kennt. Das alles zusammengenommen ist die wahre Akte Odessa. Und diese Organisationen haben es geschafft, mit zig Millionen veruntreuter Gelder der Jewish Claims Conference Nazis zu finanzieren. Und als wir entdeckt haben, dass diese Gelder von Deutschland nach Amerika und wieder zurück nach Deutschland geflossen sind, wurde uns klar, dass diese mit Hilfsgeldern gefütterten Fonds für Projekte in Deutschland benötigt wurden und nicht wie ursprünglich angenommen in den USA.«

»Momentchen«, grübelte Paul. »Das bedeutet also, dass Deutschland an diese Jewish Dingsbums Organisation Geld zahlt, welches den Verfolgten des Nazi-Regimes als Entschädigung zukommen soll, und mit diesem Geld werden Häuser für Altnazis gekauft, damit die einen schönen Lebensabend in ihrer Heimat genießen können?«

»Mehr als das«, fuhr Lisa fort. »So schwierig ist das alles in Deutschland nun wirklich nicht. Hast du beispielsweise noch nie von dem Streit gehört, der hier losging, als man erfuhr, wie hoch die Rente war, die die Witwe Roland Freislers über Jahrzehnte erhielt?«

Paul winkte ab. »Komm, hör auf mit dem Scheiß. Mir wird schlecht davon. Jetzt sag mir: Was hat der Kratz damit zu tun?«

»Jakob Kratz ging nach dem Krieg in die USA und hat der OSI gute Dienste bei der Verfolgung dort tätiger Altnazis geleistet. Als wir eine Spur bis nach hier verfolgen konnten, hat er sich bereit erklärt, in seine Heimat zurückzukehren. Er kannte Wilhelm Floto persönlich, dieser war einer der begünstigten Nazis.«

»Und der ist jetzt tot«, meinte Paul. »Was macht ihr jetzt noch hier?«

»Wir suchen nach den Komplizen des alten Floto. Und nach den Managern, die das Geld hier verwalten. Wir wollen vor allem die Verbindungsleute zu den amerikanischen Neonazis.«

»Und ich suche Flotos Mörder«, meinte Paul. »Ich will nicht hoffen, dass diese Ermittlungen gegeneinander gerichtet sind.«

»Glaubst du, ich würde einen Mörder schützen, wenn ich ihn ausfindig machen könnte?«

»Ich glaube, du würdest so ziemlich alles tun, um deinen Job erfolgreich zu erledigen.«

»Du bist ziemlich argwöhnisch, mein lieber Paul«, sagte Lisa und lächelte ihn an. »Aber du willst ja leider gar nicht, dass ich alles tue.«

Paul atmete tief durch. Er beschloss, darauf nichts zu erwidern. Dieser Fall war brisant genug, fand er.

36. Kapitel

Lorenz blieb für einen kurzen Moment auf dem Bürgersteig stehen und wischte sich den Schweiß von der Stirn.

»Was ist los, Opa Bertold?«, fragte Jessica.

»Nichts Außergewöhnliches, mein Engelchen«, antwortete Lorenz und steckte sein Tuch ein. »Ich habe heute einen weniger starken Tag erwischt, und die Straße ist ziemlich steil. Deine jungen Beine spüren das vermutlich gar nicht.«

Dann setzte er sich wieder in Bewegung. Lorenz schaute auf die Hausnummern. Bald hatten sie die gesuchte Adresse erreicht. Jessica klingelte. Während sie warteten, meinte Lorenz: »Herr Brandenburg ist ein ehemaliger Lehrer und weiß sehr viel über die Geschichte der Gegend. Du kannst ihn fragen, was immer du willst.«

»Klar«, antwortete Jessica. »Mache ich doch immer.«

Die Tür öffnete sich, und Franz-Josef Brandenburg begrüßte die Besucher: »Guten Tag, Herr Bertold. Und du bist Jessica?«

Das Mädchen reichte ihm die Hand. »Bin ich. Guten Tag.«

Sie traten ein. Brandenburg wies ihnen den Weg in sein Wohnzimmer, wo sie sich in ein gemütliches Sofa fallen ließen.

»So, wie kann ich euch helfen? Ihr sucht etwas zu der Geschichte der Juden von Nideggen?«

»So ist es«, sagte Lorenz. »Diese junge Dame hier möchte einen Aufsatz über das Thema schreiben, und ich interessiere mich auch dafür.«

»Tja, da kann ich jetzt viel erzählen«, sagte Brandenburg. »Ich habe schon öfter Schulgruppen zu diesen Themen angeleitet. Vielleicht erst einmal so das Wichtigste in wenigen Sätzen: Vor dem Beginn der Verfolgung der Juden durch die Nazis gab es hier in Nideggen einige jüdische Familien, die gut angesehen und ganz in die Gemeinschaft integriert waren. Da gab es Metzger, Viehhändler oder auch Gastwirte. In Nideggen selbst gab es zwar keine Synagoge, die Nideggener Juden gehörten genauso wie die Kreuzauer zur Synagogengemeinde Drove, auf dem dortigen Friedhof begruben die Nideggener Juden auch ihre Toten. Auch in Embken gab es eine Synagoge, ebenso in anderen Orten der Umgebung. Einige Juden flüchteten in den Dreißigerjahren, als es mit den Verfolgungen immer schlimmer wurde, vor allem nach der Pogromnacht 1938. Weißt du etwas darüber, Jessica?«

»Oh ja«, antwortete das Mädchen. »Das nannte man auch die Kristallnacht, heute nennen wir das nicht mehr so, weil es sich hübscher anhört, als es war. Man hat die Synagogen zerstört und auch Juden getötet.«

»Leider ist das genau so, wie du sagst«, bestätigte Brandenburg. »Auch bei uns gab es diesen Wahnsinn. In der Folge wurde es noch schlimmer, bis schließlich alle Juden in Züge gesteckt und in Konzentrationslager deportiert wurden. Die meisten wurden dort umgebracht. Bei uns in der Eifel waren die Deportationen sogar noch gründlicher als in großen Städten wie Köln. Man könnte ja vielleicht meinen, dass da, wo jeder jeden kennt, wo man am Wochenende zusammen Fußball spielt und sich gegenseitig beim Hausrenovieren hilft, dass man da der Verfolgung vielleicht hätte entkommen können. Aber weit gefehlt. Da eben jeder jeden kannte, waren die Juden schnell gefunden, und deren Häuser waren ja auch etwas wert.«

»Kamen denn welche nach dem Krieg zurück?«, fragte Jessica.

Franz-Josef Brandenburg nickte. »Ganz wenige hatten die grausamen Verfolgungen überlebt und kehrten in ihre Heimat zurück. Aber leben konnten sie hier nicht mehr. Es war ihnen zu viel Schlimmes angetan worden. Der Schmerz war zu groß.«

»Kennen Sie denn welche, die zurückkehrten?«, fragte Lorenz.

»Ich hatte das Glück, den einen oder anderen kennenzulernen, ja«, meinte Brandenburg. »Da war Emil Kamp, ein sehr kunstsinniger Mann, der nach Kolumbien flüchten konnte, während die Nazis seine Familie umgebracht haben. Er hat sich wie die anderen Überlebenden auch im Exil eine neue Existenz aufgebaut. Kamp besuchte seine Heimat mehrmals und wurde auf dem Friedhof in Düren begraben. Ich erinnere mich an ein Zusammentreffen, wir besuchten gemeinsam den jüdischen Friedhof in Drove. Er konnte ihn nicht betreten. Der Schmerz war zu groß. Als ich ihn einmal bat, eine Zeichnung der zerstörten Synagoge anzufertigen – er war künstlerisch begabt, konnte dichten und auch zeichnen –, lehnte er ab. Er brachte es einfach nicht übers Herz. Oder der Herr Schlächter. Der hat sogar versucht, wieder in Nideggen zu leben, hat in der Kirchgasse, die zur Burg hochführt, einen kleinen Laden betrieben. Er blieb leider nicht lange, zog wieder fort. Heute lebt kein Nideggener Jude mehr hier, soweit ich weiß. Die Alten wollten nicht mehr und sterben langsam alle aus, und deren Nachfahren sehen Nideggen nicht mehr als Heimat an. So ist es auch in allen anderen ehemaligen jüdischen Gemeinden in der Gegend. So kommt es, dass es heute in der Rureifel und überhaupt im ganzen Kreis Düren mit seinen beinahe dreihunderttausend Einwohnern keine einzige jüdische Gemeinde gibt.«

Lorenz fragte weiter: »Kennen Sie den alten Kratz, der jetzt in der Seniorenresidenz Burgblick lebt?«

Brandenburg schüttelte den Kopf. »Leider nicht persönlich, nein. Er soll sehr zurückhaltend sein, spricht kaum einmal mit jemandem. Soweit ich weiß, gehört er aber zu der Nideggener Familie Kratz. Die hatte eine sehr beliebte Pension in der Rather Straße, deren Zimmer meistens ausgebucht waren. Da gab es einen Norbert Kratz, der hatte im Altwerk eine Pferdehandlung. Das Haus, in dem heute die Verwaltung des Seniorenheims Kappen sitzt, gehörte den Kratzens, es wurde vor dem Krieg verkauft. Später erhielten die Erben der Familie, soweit ich weiß, noch einmal eine Entschädigungszahlung, weil die Kaufpreise für jüdische Immobilien während der Nazizeit viel zu gering gewesen waren. Jessica, das nannten die Nazis übrigens Arisierung. Jüdische Geschäfte oder auch Häuser wurden den Eigentümern weggenommen, die bekamen nur einen lächerlichen Preis dafür. Wenn deutsche Nichtjuden, die die Nazis Arier nannten, ein Haus von Juden kauften, gaben sie manchmal, weil es gute Nachbarn und Freunde waren, nebenher heimlich noch Geld dazu. Und nach dem Krieg konnten die überlebenden Juden oder ihre Erben Anträge stellen auf Entschädigung, dann bekamen sie noch mal Geld. Aber das war natürlich nie genug, von dem schrecklichen Leid einmal abgesehen, das man sowieso nicht mit Geld wiedergutmachen kann.«

»Sagen Sie mal«, meinte Lorenz. »Ging es bei diesen Fällen von Entschädigungen eigentlich immer koscher zu?«

»Seltsam, dass Sie das fragen«, meinte Brandenburg.

»Wieso?«

»Das hat mich gestern schon jemand gefragt. Eine Amerikanerin, die wohl eine Vertraute des alten Kratz ist und hier in solchen Sachen ermittelt.«

»Das ist ja ein Ding«, meinte Lorenz. »Was ermittelt sie denn so?«

»Sie fragte gezielt nach jüdischen Immobilien, Arisierungen und ob ich wisse, dass es da böses Blut gegeben hat.«

»Und – hat es das?«

»Wie man's nimmt. Amtliches weiß ich dazu nicht. Ich

glaube sogar, diese Amerikanerin weiß eigentlich mehr darüber als ich. Aber ich habe mit so vielen Leuten in den letzten Jahren gesprochen, da schnappt man das eine oder andere auf. Jedoch muss das nicht immer stimmen.«

»Jaja«, meinte Lorenz. »Schon klar. Aber lassen Sie es raus!«

Brandenburg grinste freudlos. »Also gut. Ich weiß von einer Frau, die heute in New Jersey lebt, dass damals nach dem Kriege die Juden, die Anträge auf Entschädigung gestellt haben, nicht immer sehr zufrieden mit der Bearbeitung waren. Eine Jüdin hat enorme Anwaltskosten aufbringen müssen, nur um zu verhindern, dass ein bekannter Nazi ihr Elternhaus erwerben konnte. Ein Fall aus Nideggen ist bekannt geworden und ein weiterer aus Embken. Der zuständige Beamte für diese Vorgänge war damals Wilhelm Seeger, er war 1945 erster Landrat des Kreises Düren. Niemand kann diesem Mann etwas Unrechtes nachsagen, es gab jedoch Gerüchte, dass die Interessen der neuen Besitzer mehr gewahrt wurden als die der jüdischen Vorbesitzer. Und dieser Seeger wurde später ermordet. Über die Hintergründe weiß ich jedoch nichts. Und wie gesagt, alles Gerüchte. Oral History, wie diese Wilke es nannte.«

»Aber das mit der Ermordung ist gesichert?«

»Aber ja. Stand ja in allen Zeitungen. Aber fragen Sie diese Wilke, ich glaube, die weiß auch darüber mehr als ich. Auch über die Beteiligung des Stadtrates.«

»Was bedeutet das denn nun schon wieder?«, fragte Lorenz, der mittlerweile völlig vergessen hatte, dass sie eigentlich wegen Jessicas Schulaufsatz gekommen waren.

»Ei nun, es gab auch Gerüchte, dass sich der alte Floto ebenfalls an jüdischen Immobilien bereichert und sich um die Entschädigung gedrückt hat. Das gab wilde Diskussionen, er war ja lange Zeit im Stadtrat und sogar zuständig dafür. Er saß auch in dem Ausschuss, der über die Projekte im alten Kurpark und das Bauprojekt am Zülpicher Tor entschieden hat. Und der Kellermann, der vor Kurzem ermordet wurde, hat Flotos Arbeit weitergeführt. Man sagt, Kellermann habe sich finanziell engagiert für das Mountainbike-Zentrum, das jetzt doch nicht in Nideggen angesiedelt wird. Da geht's halt auch um viel Geld. Nicht nur Tourismus-Einnahmen, sondern auch Immobilienpreise hängen von so etwas ab. Und jetzt soll auf dem Kurgelände ein Skulpturenpark entstehen.«

»Und darum musste der Kellermann sterben?«, fragte Lorenz.

»Das kann man nicht sagen«, grübelte Brandenburg. »Es gab auch andere Pläne, beispielsweise wollte sich im Zusammenhang mit dem neuen Infozentrum auch eine Stiftung für politische Bildung und Geschichtsforschung da einkaufen, deswegen war doch dieser Korger mehrfach mit dem Nideggener Stadtrat im Gespräch, dieser reiche alte Unternehmensberater, der oben am Kühlenbusch eine Villa gekauft hat.«

Lorenz kraulte seinen Bart. »Seltsam das Ganze.«

»Aber so was von«, meinte Brandenburg. »Und diese Amerikanerin fragte mich weiter aus nach Leuten mit Zugang zu alten Behördenstempeln und Briefpapier, womit noch nach dem Krieg Kaufverträge in die 1920er Jahre vordatiert wurden, um Arisierungsgeschäfte zu verdunkeln.«

»Und Floto hatte Zugang zu solchen Utensilien?«

»Wer sonst, wenn nicht dieser alte Hund?«

»Wie konnte der Nazi überhaupt damals in den Stadtrat kommen?«

Brandenburg zuckte mit den Achseln. »Als Nazi war der nicht bekannt. Er ist früh in die CDU eingetreten und trug keine Hakenkreuzflaggen zum Schützenfest. Glaube, Sitte, Heimat sind nichts Verdächtiges. Wobei der alte Floto es mit dem Glauben und der Kirche ganz sicher nicht hatte.«

Franz-Josef Brandenburg sah auf Jessica und merkte, dass die Gesprächswendung das Mädchen etwas überfordert hatte. Daher sagte er zu ihr: »Du musst wissen, dass die Nazis für den Glauben überhaupt nichts übrig hatten, nicht nur in Bezug auf den jüdischen Glauben, sondern auch den christlichen. Bei der Zerstörung der Synagoge in Drove sollen die Brandstifter auch gedroht haben, die Kirche gleich mit anzuzünden, falls jemand die Synagoge beschützen wolle.«

Lorenz fragte weiter: »Und diese Amerikanerin – weshalb kam die jetzt genau zu Ihnen?«

Brandenburg antwortete: »Wie gesagt, ich glaube, die weiß mehr über diese Arisierungsgeschäfte als ich. Aber sie sagte, sie habe von meinem Buch *Die Juden von Nideggen* gehört und wollte eins haben. Und sie hat angenommen, ich könnte ihr noch weitere Details zu ihren Recherchen nennen.«

»Das Buch hätten wir übrigens auch gern«, meinte Lorenz.

»Ich gebe Ihnen eins mit«, sagte Franz-Josef Brandenburg. Und dann fügte er an Jessica gewandt hinzu: »Hast du denn noch Fragen? Irgendetwas, was du unbedingt wissen möchtest?«

»Im Moment nicht«, antwortete das Mädchen. »Ich würde gerne Ihr Buch lesen. Darf ich danach noch mal wiederkommen?«

»Aber gerne«, sagte Brandenburg und stand auf. »Ich gehe mal in mein Büro und hole dir das Buch.«

Als er das Zimmer verlassen hatte, meinte Lorenz: »Siehst du, es war doch eine gute Idee, den Brandenburg zu besuchen.«

Jessica antwortete: »Ich bin auf sein Buch gespannt. Opa Bertold, wann hast du denn deins fertig?«

Lorenz kratzte sich am Ohr, dann fuhr er sich durch seinen grauen Bürstenschnitt. »Ach weißt du, ich schreibe nur so für mich. Das muss niemand sonst lesen.«

»Aber dann erfährt ja niemand von Kommissar Wollbrand?«

»Psssst«, machte Lorenz und legte einen Finger an seine Lippen. »Der alte Kommissar kann seine Fälle am besten lösen, wenn möglichst niemand von ihm erfährt. Besonders dein Vater und Rita müssen ihn gar nicht näher kennenlernen.«

37. Kapitel

Hermann Floto schloss die Tür. Es war sehr spät geworden an diesem Tag, und er war müde. Der Parkplatz hinter seinem Firmensitz lag schon im Dunkel der hereinbrechenden Nacht. Er fluchte, da er das Licht am Hinterausgang schon seit Wochen reparieren lassen wollte, aber seine Mitarbeiter gingen ja nie so spät, dass sie im Sommer abends dieses Licht benötigt hätten. Jetzt suchte er vergeblich nach dem richtigen Schlüssel.

»Verdammte Scheiße noch mal«, murmelte er. »Wenn man sich nicht selbst kümmert, passiert gar nichts.«

»Da hast du recht, Arschloch.«

Die Stimme ließ ihn herumfahren. Hermann Floto konnte im Dunkel der Nacht das Gesicht des Mannes nicht erkennen. Er sah jedoch, dass dieser Mann ein gutes Stück größer und breiter war als er selbst. Und dann sah er den rechten Haken kommen. Allerdings nicht rechtzeitig, um gegen den Schlag irgendetwas ausrichten zu können. Die Schmerzexplosion in seinem Bauch war gewaltig, und er klappte sofort zusammen. Sekundenlang bekam er keine Luft. Floto hatte gespürt, dass der Mann einen Schlagring benutzte. Und als der Kerl ihn vom Boden hochriss und ihm ins Ohr flüsterte: »Wie fühlt man sich allein im Dunkeln?«, ahnte er, dass er in ernster Gefahr war. Der nächste Schlag krachte in die Seite, und dieser Treffer brach ihm mindestens eine Rippe. Floto krümmte sich, versuchte zu schreien, bekam aber keinen Ton heraus. Nur ein kurzes Husten, bei dem er Blut spuckte. Er fühlte, wie der große Kerl ihm von hinten unter die Achseln griff und ihn hochhob. Sein Brustkorb wurde überdehnt, und der Schmerz ließ ihn fast ohnmächtig werden. Er versuchte zu atmen. Der

Angreifer flüsterte ihm ins Ohr: »Tut es weh, ja?«

Dann ließ der Mann ihn etwas herunter, und er spürte den Boden unter seinen Füßen. Floto bekam etwas Luft. Er hätte gerne um Hilfe gerufen, aber Angst, Scham und Schmerz ließen ihn nur heiser flüstern. »Wer bist du? Was willst du von mir?«

Die Antwort war ein Schlag in die Nieren. Floto klappte zusammen. Jetzt kroch er schmerzverkrümmt auf allen vieren. Todesangst bemächtigte sich seiner. Leise begann er zu weinen.

Dann hörte er wieder den Mann sprechen: »Ich stelle hier die Fragen, kapiert, Kamerad? Und die erste Frage lautet: Warum lässt du den alten Kratz nicht in Ruhe?«

Hermann Floto versuchte sich in den Griff zu bekommen, er atmete schnell und flach, um die Schmerzen in Grenzen zu halten. »Wir wollten ihm nur eine Lektion erteilen. Ich lasse ihn bestimmt in Ruhe.«

»Was redest du nur für eine Scheiße! Auf dich ist kein Verlass!«

»Nein«, stieß Floto hervor. »Ihr könnt euch auf mich verlassen. Weder der Stadtrat noch die Stiftung haben etwas zu befürchten. Ich halte dicht, Heil Hitler!«

Der Mann lachte leise. Dann sagte er: »Ich liebe es, Nazis aufzuklatschen. Der Gestank von Angst und braunem Blut.«

Floto sah auf. Er versuchte, in dem Gesicht, das sich über ihn beugte, etwas zu erkennen. Dann sah er, wie der Mann die Faust hob, sah den im schwachen Sternenlicht matt schimmernden Schlagring auf sein Gesicht zurasen und hörte ein hässliches Krachen. Er wusste, dass dies sein Kiefer gewesen war, und hoffte inständig, dass die Wucht des Schlages ihn bewusstlos werden lassen würde. Doch dieser Gefallen wurde ihm nicht gewährt. Er spürte den unerträglichen Schmerz, spürte auch noch den nächsten Schlag, der wieder seine Rippen traf, und er blieb auch noch lange genug bei Bewusstsein, um wie durch einen blutigen Nebel verschwommen zu sehen, wie der Mann gelassen und ohne Hast vom Hof schlenderte.

38. Kapitel

Lorenz kaute lustlos an einer Scheibe Brot herum. Die Sonne schien warm und freundlich durch die breite Fensterfront des Speisesaals der Seniorenresidenz Burgblick. Dennoch war seine Laune nicht die beste. Heute Morgen hatte er eine Email seines Sohnes Stephan gelesen, der mit ihm sprechen wollte. Lorenz fragte sich, wie er ein solches Gespräch gestalten könnte. Er hatte keine Idee dazu, und er wollte es möglichst weit von sich wegschieben. Er legte das Brot beiseite und versuchte sich an dem Frühstücksei, das er eben geköpft hatte. Lorenz musste zu lange gewartet haben oder das Ei hatte vorher schon zu lange dagelegen, jedenfalls war das Eigelb bereits abgekühlt.

»Wenn es etwas gab, das Kommissar Wollbrand mehr hasste als sperrige Fälle, in denen er nicht weiterkam, dann war es kalter, flüssiger Eidotter.«

»Ich könnte dir auf der Stelle mindestens ein Dutzend Dinge aufzählen, die du noch mehr hasst.« Gustav trat an den Tisch. »Darf ich mich trotzdem setzen?«

Lorenz wies brummend auf den ihm gegenüberliegenden Platz. »Du fragst mich doch sonst auch nicht um Erlaubnis. Moin.«

»Guten Morgen, Lorenz«, sagte Gustav und setzte sich. »Warum hast du dir denn kein Rührei mit Speck genommen? Das isst du doch sonst immer so gerne?«

»Das war aber eben aus, als ich kam. Hab mir gedacht, ich könnte es auch einmal mit einem klassischen Frühstücksei versuchen. War aber ein Fehler.«

Gustav wies in Richtung der Küchentheke. »Jetzt ist wieder Rührei da. Soll ich dir eine Portion holen? Ich stehe gerade noch. Wenn ich mich erst einmal gesetzt habe, wiederhole ich das Angebot nicht.«

»Ich glaube, er blufft nur«, sagte Bärbel und setzte sich neben Lorenz an den Tisch. »Guten Morgen, meine lieben Männer.«

»Moin«, sagten Gustav und Lorenz gleichzeitig.

»Ist das nicht ein herrlicher Tag?« Bärbel hatte offensichtlich gute Laune, wie fast immer. »Und, wie geht es heute weiter?«

Gustav antwortete: »Ich habe mich über diesen Stadtrat schlau gemacht, der dem Kratz gegen den Floto und seine Schläger geholfen hat. Der ist noch ein recht junger Kerl, so Ende dreißig, heißt Henry Drechsler, stammt aus dem Osten. Er ist momentan arbeitslos, hat irgendwas in Sachen Natur studiert, was man gerade wohl nicht so dringend braucht. Er sitzt im Stadtrat für die Partei ›Menschen für Nideggen‹. Niemand sagt ihm irgendeine Verbindung zu Extremisten nach, weder rechts noch links.«

»So, der ist also gar nicht von hier«, meinte Lorenz.

»Macht ihn das verdächtig?«, fragte Bärbel.

»Nee, natürlich nicht. Aber das heißt auch, er hat keine Wurzeln hier, keine alten Leichen im Keller, die mit der Geschichte der Judenverfolgung in Nideggen zu tun hätten oder sonst etwas in der Richtung.«

»Kann man so sagen«, bestätigte Gustav. »Keine Verwandten hier, kein Besitz. Man sagt, er sei nach Nideggen gekommen, um einen Job im Nationalpark Eifel anzutreten, den er aber dann nicht bekommen hat. Jetzt ist er politisch tätig. Er wohnt in einem kleinen Haus in der Zülpicher Straße zur Untermiete, nur einen Katzensprung von hier, gleich neben dem Zülpicher Tor.«

»Na, dann lasst uns dem jungen Mann doch einen Besuch abstatten«, meinte Lorenz und wollte aufstehen.

»Ach, und wir dürfen noch nicht einmal frühstücken?«, fragte Bärbel lächelnd.

Lorenz winkte ab. »Na, wenn's sein muss. Aber lasst euch nicht zu viel Zeit damit. Der frühe Vogel kommt in den Topf, oder wie das heißt.«

Immerhin musste Lorenz sich noch eine halbe Stunde gedulden, bis sie sich auf den Weg zu Drechsler machten. Sie benötigten für den kurzen Fußweg nur wenige Minuten. Auf der Klingel des Hauses, welches Gustav ermittelt hatte, stand der Name nicht. Dennoch war es Henry Drechsler, der die Tür öffnete.

»Moin, Herr Drechsler«, begann Lorenz.

»Guten Morgen. Was kann ich für Sie tun?« Drechsler sah übernächtigt aus, seine Frisur war unordentlich, es schien so, als sei er gerade erst aufgestanden. Lorenz erinnerte sich daran, dass es gerade neun Uhr war und damit für einen arbeitslosen Menschen unter siebzig durchaus früher Morgen.

»Es geht um einen unserer Freunde«, fuhr Lorenz fort. »Jakob Kratz. Sie haben ihm vor Kurzem dankenswerterweise gegen ein paar Schläger beigestanden.«

»Das stimmt«, sagte Drechsler. »Was wollen Sie von mir?«

»Ein paar Antworten, Herr Drechsler«, sagte Lorenz. »Schauen Sie, wir wissen, dass Ihre Helfer, ebenso wie die Angreifer, Neonazis waren. Und da fragen wir uns natürlich, wie das zusammenpasst.«

Drechsler wurde blass und wich einen Schritt zurück. »Was – was sagen Sie da?«, stammelte er. »Das kann doch gar nicht sein. Was soll das?«

Lorenz grinste still, und Gustav ergriff das Wort: »Diese Frage geben wir gleich an Sie zurück. Kann es sein, dass Sie nicht wissen, mit wem Sie in die Schlacht ziehen? Und möchten Sie das hier auf dem Bürgersteig diskutieren?«

»Nein – nein, kommen Sie rein«, sagte Drechsler und machte den Weg für die drei Freunde frei. Er schloss die Tür hinter ihnen und führte sie die Treppe hinauf und einen Flur entlang bis zu einem kleinen Zimmer. »Entschuldigen Sie bitte«, sagte er. »Ich wohne hier zur Untermiete. Kann mir nichts anderes leisten, bin zurzeit arbeitslos.«

»Das ist doch nichts Ehrenrühriges«, meinte Bärbel. »Wir sind Ihnen sehr dankbar, dass Sie Zeit für uns haben.«

Drechsler schien sich etwas zu entspannen.

Lorenz beschloss, diesen Zustand nicht lange währen zu lassen. »Jaja, sehr freundlich. Und dennoch – was haben Sie mit den Nazis zu schaffen?«

Drechsler versteifte sich und lief nun rot an. »Gar nichts«, fauchte er. »Ich weiß nichts von Nazis.«

»Ach, Drechsler«, sagte Gustav mit gespielt müder Stimme und machte eine abwinkende Handbewegung. »Das ist doch Unsinn. Wir wissen, dass Sie mit den Neonazis in Kontakt stehen. Auf diesem Niveau des sturen Leugnens müssen wir uns doch nun wirklich nicht unterhalten.«

»Was wollen Sie?«, fragte Drechsler und sah die drei scharf an.

»Nur ein paar Informationen – bevor wir zur Polizei gehen und die Ihnen sehr viel unangenehmere Fragen stellen. Das liegt nicht in unserem Interesse. Und auch nicht im Interesse unseres Freundes Jakob Kratz. Sie verstehen?«

Drechsler begann, in dem kleinen Zimmer auf und ab zu gehen. »Was kommen Sie damit denn ausgerechnet zu mir? Der Kratz weiß doch Bescheid. Der kennt doch Korger und Kellermann besser als ich. Fragen Sie doch Ihren Freund!«

Lorenz horchte auf. »Sie sind mir vielleicht ein Vogel. Den Kellermann kann man ja nun nicht fragen, nicht wahr? Und was den anderen angeht ...«

»Ach, lassen Sie mich doch in Ruhe!«, stieß Drechsler nun sehr heftig hervor. »Ich habe Ihnen gar nichts zu sagen! Und jetzt gehen Sie besser, Sie verschwenden nur meine und Ihre Zeit! Mittwochnachmittags habe ich eine Seniorensprechstunde im Rathaus. Da können Sie sich ein Nümmerchen ziehen!«

Er schob die Alten aus dem Zimmer und ließ keinen Zweifel daran, dass das Gespräch beendet war. Die drei gingen die Treppe herunter und verließen eilig das Haus. Nachdem sie einige Schritte gegangen waren, sage Bärbel etwas außer Atem: »Das war ja aufregend. Leider haben wir nicht wirklich etwas erfahren.«

»Da bin ich aber ganz anderer Meinung«, erwiderte Lorenz. »Er hat uns sogar eine richtig heiße Spur gegeben.«

»Was denn für eine Spur?«, fragte Gustav, der wie Bärbel nicht ganz folgen konnte.

»Ach, kommt«, sagte Lorenz. »Ihr seid doch sonst so fix. Habt ihr denn nicht bemerkt? Er nannte einen Namen.«

»Stimmt«, sagte Bärbel. »Er sagte etwas von einem Korger.«

»Genau«, bestätigte auch Gustav. »Das mag eine Spur sein, aber dieser Name sagt mir überhaupt nichts.«

Lorenz grinste. »Querverbindungen, meine lieben Freunde. Querverbindungen. Die Welt ist voll davon. Wisst ihr nicht mehr, was ich euch erzählt habe? Hardering und Friesdorf in Köln? Die haben einen Korger erwähnt, der ihnen als Publizist antisemitischer Artikel aufgefallen war. Oder irre ich mich da?«

»Nein, du erinnerst dich richtig«, meinte Bärbel. »Aber das kann doch eine zufällige Namensgleichheit sein. Wir wissen doch gar nichts über diesen Korger, und es wird bestimmt viele Menschen dieses Namens geben.«

»Das mag sein«, erwiderte Lorenz. »Und dennoch – wir werden das überprüfen. Jetzt setzen wir uns an dieses verdammte Internet und suchen nach diesem Korger.«

»Das kann nicht schaden«, stimmte Gustav zu. »Wozu haben wir diese moderne Technik?«

Bald saßen die drei vor dem Computer in Lorenz' Zimmer.

»So«, sagte Lorenz, als der Rechner bereit war und er den Internetbrowser gestartet hatte. »Jetzt wollen wir doch mal sehen, was der Herr Guggel dazu sagt!«

Die Startseite, die Rita ihm eingerichtet hatte, war die Hauptseite von Google, sodass er direkt den Suchbegriff ›Korger‹ eingeben konnte. Es erschien eine Unmenge von Treffern, die den dreien allesamt nichtssagend vorkamen.

»Also, so einfach geht das nicht«, grübelte Lorenz. »Versuchen wir es etwas genauer.« Er gab die Suchbegriffe ›Korger‹, ›Köln‹ und ›Judenprivileg‹ ein. Es erschien wieder eine Anzahl von Treffern, und diese sahen deutlich vielversprechender aus.

»Da schau!«, rief Bärbel. »Publikationen zum Judenprivileg im Kölner Dom, da steht Dr. Korger, Gernot.«

»Na also«, sagte Lorenz zufrieden. »Jetzt noch etwas anders.« Er gab nun die Suchbegriffe ›Dr. Gernot Korger‹, ›Juden‹ und ›Köln‹ ein. Es erschienen wieder Treffer, ähnliche wie vorhin, und manche anderen.

Sie sahen die Kurzbeschreibungen durch. »Nichts wirklich Verdächtiges«, murmelte Gustav.

»Nicht auf den ersten Blick, nein«, stimmte Lorenz zu. »Dass dieser Korger Artikel herausgibt, denen unsere Kölner Spezialisten einen gewissen antisemitischen Anstrich bescheinigen, wussten wir. Jetzt wissen wir also, dass wir es hier mit genau diesem Korger zu tun haben. Es geht immer um Querverbindungen. Wir müssen Querverbindungen herstellen, versteht ihr? Und – hoppla, schaut mal da!«

Er hatte auf einen Link geklickt, der einen Artikel enthielt mit einem Bild. Dies zeigte einen hageren, alten Herrn mit schneeweißem Haar. »Da scheißt doch der Hund ins Feuerzeug«, rief Lorenz aus.

Bärbel lachte. »Ich kann diesen Ausdruck nicht gutheißen, aber ich weiß, was du meinst. Diesen Mann haben wir in Vogelsang gesehen, zusammen mit den Nazis. Das ist also Herr Dr. Korger!«

»Ja, mein alter Knabe – wir haben dich«, murmelte Lorenz zufrieden. »Querverbindungen, wir brauchen Querverbindungen.« Er klickte weiter herum. »Schaut mal da. Dieser Korger hat eine international tätige Unternehmensberatung, Sitz in Köln, und hier, eine Anschrift in – wer hätte das gedacht – Nideggen. Ach nee, gute Adresse. Eine der großen Villen da oben am Berg. Herrliche Querverbindungen. Oh verdammt – jetzt fällt es mir wieder ein: Auch der Brandenburg hat den Namen Korger erwähnt und dass er ein Haus auf dem Kühlenbusch gekauft hat. Leck mich am Fuß, ich glaub', ich werde alt. Da hab ich doch längst die Querverbindungen gehabt.«

Bärbel sagte: »Du immer mit deinen Querverbindungen. Das hat der Referent auf Burg Vogelsang auch gesagt.«

»Wie meinst du das?«, fragte Gustav.

»Du warst doch auch dabei«, erklärte Bärbel. »Du, Lorenz, warst ja in diesem Vortrag, während wir die Führung mitgemacht haben. Und der Mann erzählte etwas von den Dokumenten über die Ordensburg und ihre Geschichte und das man diese immer wieder neu lesen und auswerten müsse, besonders im Hinblick auf neue Informationen aus anderen Archiven.«

»Genau«, erinnerte sich Gustav. »Die Archive des ehemaligen Ostblocks könne man heute abgleichen mit den Vogelsang-Dokumenten. Er erwähnte dabei die Namenslisten der Leute, die dort ausgebildet wurden.«

»Genau, die ›Junker‹ hat er sie genannt.«

»Namenslisten der Junker von Vogelsang«, murmelte Lorenz nachdenklich. »Das wäre eine Querverbindung, die sich gewaschen hat. Sag mal, wie hieß dieser Referent?«

Gustav zuckte mit den Schultern.

Bärbel überlegte einen Moment, dann sagte sie: »Ich weiß es leider nicht mehr, aber den müssten wir doch auf der Homepage von Vogelsang finden?« Sie griff nach der Computermaus und klickte wild herum. Bald hatte sie die richtige Seite gefunden. »Da ist er!«, rief sie aus. »Wissenschaftlicher Mitarbeiter Vogelsang, gemeinnützige blablabla – Klaus Ring. Richtig, so hieß er.«

»Ruf ihn an«, meinte Lorenz.

»Was?«

»Na komm schon – du hast ihn doch kennengelernt, und es war deine Idee. Ruf diesen Klaus Ring an und frag ihn, ob der Name Gernot Korger auf der Liste der Junker von Vogelsang steht.«

»Das wäre ja ...« Bärbel vollendete den Satz nicht.

Lorenz wies stumm auf das Telefon und tippte auf die Internetseite, wo die Kontaktdaten standen. Bärbel nahm das Telefon zur Hand und wählte die Nummer. Die beiden Männer sahen sie gespannt an und warteten ab, wie das Gespräch verlaufen würde.

Bärbel meldete sich und fragte nach Klaus Ring. Dann wiederholte sie ihren Wunsch mit Nachdruck. »Es ist wirklich sehr wichtig!«, rief sie in den Hörer. »Ich warte gerne!« Es dauerte aber nicht lange, bis sie weitersprach. »Guten Tag, Herr Ring. Bärbel Müllenmeister hier. Nein, ich glaube nicht, dass Sie mich kennen. Ich habe mit Freunden und einem kleinen Mädchen an Ihrer Führung letzten Montag teilgenommen – hihi, ja, das bin ich.«

Gustav und Lorenz grinsten sich an.

»Ja, genau. Die Führung war außerordentlich spannend. Und nun habe ich eine Frage, die wirklich sehr, sehr wichtig ist. Sie sprachen doch von der Namensliste der Junker, die auf der Ordensburg ausgebildet wurden. Ja genau. Sagen Sie, diese Liste ist doch nicht geheim, oder? Ach so. Ja. Nun, dann könnten Sie mir doch einfach sagen, ob ein bestimmter Name auf der Liste ist oder nicht. Ja. Gut, das ist sehr freundlich. Also, der Name ist Gernot Korger.«

Es entstand eine Pause. Lorenz und Gustav hielten den Atem an. Bärbel flüsterte: »Er schaut nach. Es dauert etwas, aber er hat das Dokument im Computer.« Dann sagte sie laut: »Oh, tatsächlich. Herr Ring, Sie haben mir sehr geholfen. Das ist sehr wichtig. Warum? Wissen Sie, das ist eine lange Geschichte. Ich verspreche Ihnen, sobald ich mehr weiß, melde ich mich bei Ihnen. Fest versprochen! Vielen Dank und bis bald. Ja, versprochen.« Sie legte auf. Dann sagte sie trocken: »Bingo.«

Lorenz sprang auf und hüpfte im Zimmer umher. »Heureka! Ich hab's geahnt. Ich hatte es im Urin!«

Bärbel und Gustav brachen in schallendes Gelächter aus. Als sich Lorenz etwas beruhigt hatte, setzte er sich wieder hin.

Bärbel erzählte: »Also, ihr habt ja gehört. Gernot Korger war ein Jahr auf der Ordensburg in Ausbildung. Vielleicht gibt es noch mehr Infos, aber das dauert. Herr Ring ist natürlich sehr interessiert, was wir da verfolgen.«

Lorenz rieb sich die Hände. »Oh ja, wir verfolgen, wir verfolgen. Diesem Korger werden wir einen Besuch abstatten. Bin sehr gespannt, was er uns über seine Ausbildung zu erzählen hat.«

»Aber ist das nicht gefährlich?«, fragte Bärbel.

Lorenz schaute Bärbel grinsend an und murmelte: »Für Kommissar Wollbrand war dies nichts Neues: Seine schöne Assistentin war ebenso klug wie ängstlich. Aber sie würde ihn nicht davon abhalten, diesen Fall zu lösen.«

39. Kapitel

Rita und Paul mussten schon auf dem Weg gewesen sein, als sie Lorenz anriefen und um ein Gespräch baten, denn nur wenige Minuten später klopfte es an seiner Tür. Als die beiden Kommissare sein Zimmer betraten, fiel ihr Blick auf den Bildschirm des Computers, auf dem ein Foto zu sehen war, das Bärbel auf der Ordensburg Vogelsang gemacht hatte. Es zeigte Lorenz, wie er im Schritt des überdimensionalen Fackelträgers stand und grinsend mit seinem Gehstock in die Höhe zeigte. Er wollte den Computer herunterfahren, doch Rita hielt ihn ab.

»Lass mal an, Opa. Zeig doch mal bitte die anderen Fotos von dem Tag.« Sie wartete nicht ab, dass Lorenz dies tat, sondern sie klickte sich selbst durch die weiteren Bilder, die, wie sie richtig vermutete, im gleichen Verzeichnis gespeichert waren und der Reihe nach erschienen. Bei dem Gruppenbild der Männer unter dem steinernen Adler verweilte sie. »Weißt du etwas über diese Männer? Kennst du irgendjemanden aus dieser Gruppe?«

Lorenz schüttelte den Kopf. »Wen sollte ich denn da kennen?«

Paul sagte: »Der Kerl mit der Armbinde, der hat den Kratz beschützt. Angeblich Antifa.«

»Was ist das denn?«, fragte Lorenz.

Rita schüttelte unwillig den Kopf. »Ach komm, Opa, du weißt genau, was das ist. Wir sind auch nicht blöd und blind und wissen, dass ihr Kontakt mit jungen Leuten von der Antifa habt.«

Lorenz brummte: »Wie, schnüffelt ihr mir etwa hinterher?«

»Also jetzt mal Tacheles«, meinte Paul und legte ein Foto auf den Tisch. »Das ist Anna Floto, die Enkelin des ermordeten Wilhelm Floto. Ihr Vater ist Kopf einer rechtsradikalen Kameradschaft. Sie ist dagegen ultralinks.« Paul legte ein weiteres Foto auf den Tisch. »Das ist ihr Freund, Philipp Sinhuber, Künstler aus Berlin, nennt sich Nihil Wedding. Relativ harmlos. Anders als der hier.« Paul warf ein drittes Foto auf den Tisch. »Karl-Heinz Gärtner, Antifaschist, mehrfach vorbestraft wegen Körperverletzung, Teilnahme an verbotenen Demonstrationen, Widerstand gegen die Staatsgewalt, illegaler Waffenbesitz. Hält sich seit Kurzem hier in der Wohnung von Philipp Sinhuber auf. Er ist Mitglied mehrerer linksextremer Organisationen, die allesamt unter Beobachtung des Verfassungsschutzes stehen.«

»Woher wisst ihr das alles?«, staunte Lorenz.

»Du streitest also nicht ab, diese Leute zu kennen?«

»Kann ich ja wohl kaum, oder? Vielleicht hab ich euch ein bisschen unterschätzt, alle Achtung.«

»Vielen Dank, Opa«, sagte Rita kopfschüttelnd. »Wir haben diese Informationen auch erst seit heute Morgen. Ich hatte eine Observation angeordnet, das hat sich ausgezahlt. Und jetzt sage uns bitte, was du über diese Männer weißt, die ihr auf Burg Vogelsang fotografiert habt.«

Lorenz atmete tief durch. »Also dieser Typ mit dem verletzten Arm, das ist kein Linker. Ganz im Gegenteil, das ist ein Neonazi. Und angeblich ein ganz übler, gefährlicher Kerl. Den daneben hat Paul schon erkannt, das ist Albert Finkel, ein brauner Politiker. Und der hat Kontakte zu Hermann Floto, dem Sohn des ermordeten Floto. Der ist nämlich auch Neonazi und führt eine kleine Gruppe von Schlägern an. Die waren es, die den Kratz angegriffen haben.«

»Und die wurden gestoppt von anderen Neonazis?«, fragte Rita.

»Das ist seltsam, nicht wahr?«, meinte Lorenz. »Und dieser

Henry Drechsler war dabei, aber der ist kein Nazi.«

»Zu dem wollten wir gerade eben, aber der ist unauffindbar«, sagte Paul. »Genauso wie der falsche Antifa-Mann. Die sind beide untergetaucht.«

»Na so was«, meinte Lorenz. »Der Drechsler war eben noch zu Hause. Vielleicht haben ihn meine Fragen nervös gemacht.«

Rita stöhnte auf. »Opa, du bist schrecklich. Worüber habt ihr denn gesprochen?«

»Ich habe ihm nur mal auf den Zahn gefühlt, habe ihn gefragt, was er mit Neonazis zu schaffen hat. Und er hat den Korger erwähnt.«

»Wer ist das denn nun schon wieder?«

Lorenz grinste. »Ach so, habe ich beinahe vergessen zu erwähnen. Das ist der hagere Weißkopfadler auf dem Foto. Der mit den Nazis da zusammensteht. Der ist ein Unternehmensberater, beschäftigt sich aber in den letzten Jahren hauptsächlich eher mit politischer Bildung, historischer Forschung und solche Sachen. Der hat vermutlich die Ordensburg aus nostalgischen Gründen besucht, weil er damals dort ausgebildet worden ist.«

»Was?«, stieß Paul hervor. »Das war doch eine Fortbildungsstätte für Nazis! Und man weiß, wer dort war?«

Lorenz nickte lächelnd. »Aber das wollte ich euch nicht verheimlichen. Wir haben es eben erst herausgefunden. Man muss eben manchmal Querverweisen folgen.«

Rita sah ihn kopfschüttelnd an, sagte aber nichts dazu.

»Ach, nun seid ihr mal nicht so scheinheilig«, brummte Lorenz. »Diese Amerikanerin zum Beispiel. Die jagt hier Nazis, sucht nach braunen Immobiliengeschäften, bei denen Nideggener Juden um ihr Vermögen gebracht wurden, und ich erfahre das auch nur, weil ich Leute kenne und Fragen stelle.«

Rita stampfte wütend mit dem Fuß auf. »Opa! Ich wusste

bisher nicht, dass wir verpflichtet sind, dir alle Ermittlungsergebnisse der Kriminalpolizei mitzuteilen! Umgekehrt dagegen ist das schon etwas anders, findest du nicht?«

»Ach mein Täubchen«, versuchte Lorenz zu beschwichtigen. »Du hast vermutlich recht. Bitte verzeih einem alten Mann.«

Rita winkte ab. »Es hat wohl keinen Sinn, dir böse zu sein.«

Lorenz grinste. »Damit hast du auf jeden Fall recht.«

Rita wollte ihn in den Arm nehmen, wurde aber durch das Klingeln ihres Telefons abgelenkt. Sie nahm das Gespräch an. Nachdem sie kurz gelauscht hatte, sagte sie knapp: »Wir sind schon unterwegs«, und steckte ihr Handy wieder ein. Dann sagte sie: »Hermann Floto liegt im Lendersdorfer Krankenhaus. Er wurde heute Morgen auf dem Parkplatz seiner Firma gefunden. Zusammengeschlagen und lebensgefährlich verletzt. Schmitz sagt, er sei zurzeit nicht vernehmungsfähig, aber ich denke, wir sollten sofort hinfahren. Nicht dass der uns stirbt, ohne noch die Zähne auseinanderzukriegen.«

Paul nickte zustimmend. »Und du«, sagte er zu Lorenz gewandt, »solltest jetzt deine Privatermittlungen endgültig einstellen. Wir wollen dich nicht als nächstes Opfer sehen.«

Rita umarmte Lorenz. »Bitte Opa, hör auf Paul. Da sind Leute am Werk, die vor keiner Gewalttat zurückschrecken.«

Lorenz streichelte Rita über das Haar. »Keine Angst, Liebes. Ich bin zwar alt und verrückt, aber noch hänge ich am Leben.«

Er lächelte den beiden zu, dann schloss er die Tür hinter ihnen. Langsam ging er zurück zu seinem Schreibtisch, wo noch die Fotos lagen, die ihm die beiden eben vorgelegt hatten. Kopfschüttelnd betrachtete er das Bild des Antifa-Aktivisten und murmelte: »Der alte Kommissar hatte es natürlich vorausgesehen. Aber vielleicht hatte selbst der erfahrene Ermittler nicht glauben wollen, mit welcher Härte dieser Kampf geführt wurde.«

40. Kapitel

Benny lenkte den Kleinbus der Seniorenresidenz langsam durch die schmale Hauptstraße von Embken. In einer Abzweigung suchte er nach dem richtigen Hinweisschild. Gustav, der vorne neben ihm saß, wies nach rechts. »Da geht's lang, Richtung Wollersheim.«

Benny folgte dem Fingerzeig. Nach einer engen Rechtskurve sahen sie eine lange Gerade vor sich, an deren weiterem Verlauf schon das Ortsende sichtbar wurde.

»Jetzt langsam, mein Junge«, sagte Gustav. »Hinter der kleinen Brücke musst du rechts abbiegen zur Mühle.«

»Wo ist denn hier 'ne Brücke?«, fragte Benny und sagte dann: »Ach ja, das war eine Brücke«, als er zu weit gefahren war.

»Macht nix«, ließ sich Lorenz von hinten vernehmen, wo er mit Bärbel saß. »Bitte wenden in drei Zügen, aber ohne einen Unfall zu verursachen, wenn es möglich ist.«

»Ruhe auf den billigen Plätzen«, befahl Benny und lachte. Auf der Landstraße war weit und breit niemand zu sehen, daher wendete er seelenruhig auf der Straße und fuhr zurück, um dann nach links in einen kleinen Weg einzubiegen. Nach wenigen Metern hielt er an. Linker Hand erstreckte sich eine Wiese, die in einer sanften Steigung einem Wäldchen zustrebte. Rechter Hand plätscherte ein kleiner Bach in einen Teich, und etwas dahinter lag das baufällig wirkende Gebäude einer alten Mühle, deren riesiges Wasserrad bewegungslos über dem Bach hing.

»Das ist Nicks Mühle«, erklärte Lorenz. »Eine Wassermühle aus dem sechzehnten Jahrhundert mit dem größten Rad, das ihr hier in der Eifel finden könnt. Hier wird immer noch Getreide gemahlen, glaub ich, zumindest zu Besichtigungen.«

»Faszinierend«, sagte Bärbel. »Das müssen wir uns unbedingt genauer ansehen.«

»Sehr gerne, meine Liebe«, sagte Lorenz. »Aber nicht heute, denn jetzt sind wir wegen des jüdischen Friedhofs hier.«

»Aber ja«, antwortete Bärbel. »Wo ist der denn?«

»Erst mal alles aussteigen«, kommandierte Gustav und trat auf die Straße. »Es ist nur ein kurzer Fußweg bis dorthin. Der Bus muss hierbleiben. Benny, fährst du das Ding etwas auf Seite?«

»Ay, Ay Käpt'n«, sagte Benny. Er wartete, bis auch Bärbel und Lorenz ausgestiegen waren, dann rangierte er das Fahrzeug an den Wegrand.

»Ich wette, da geht's lang«, sagte Bärbel und wies auf einen Weg, der sich im Wiesenhang abzeichnete.

»Völlig richtig«, bestätigte Gustav. »Man könnte sagen, Fräulein Bärbels Gespür für Gras hat sich wieder einmal bewährt.«

Benny lachte. »Ach nee, Bärbel und Gras?«

Bärbel sagte: »Ich war auch einmal jung und unvernünftig.«

»Und Künstlerin«, ergänzte Gustav. »Aber hier meinte ich eigentlich nicht etwa die Drogen, die unsere Kunstprofessorin sicherlich früher freudig konsumiert hat, sondern ich wollte eher darauf hinweisen, dass unser Weg durch dieses saftige Grün führt, ebenfalls Gras genannt.«

Lorenz schwang seinen Gehstock, schritt voran und meinte: »Während ihr euch gerne noch über Bärbels Jugendsünden austauschen könnt, geh ich dann schon mal.«

Die anderen folgten ihm. Der Weg wurde etwas steiler und führte auf einen Hügel, dessen Kopf mit einem kleinen Wäldchen bewachsen war. Lorenz wurde langsamer. Er tat so, als wolle er die Gegend genießen, und zeigte mit dem Stock nach oben. »Das ist der Mühlenberg. Von da oben hat man bestimmt einen wunderbaren Blick über den Ort und das Neffeltal.«

Geruhsam gingen sie weiter. Bald verlief der Weg zwischen Bäumen. Als sie das Wäldchen beinahe passiert hatten und sich der Blick über das Tal öffnete, gelangten sie an eine flache Hecke, deren Ebenmäßigkeit auf eine gezielte Bepflanzung und Pflege deutete. Dahinter war eine kleine Wiese zu sehen, die mit alten Grabsteinen übersät war. Sie hatten den jüdischen Friedhof von Embken erreicht. Ein grün lackiertes eisernes Tor unterbrach die Hecke. Lorenz trat heran und legte einen Hebel um, der das Tor verriegelte. »Nicht verschlossen«, sagte er, als sich das Tor leise quietschend öffnete.

»Dürfen wir denn da so einfach reingehen?«, fragte Bärbel.

»Aber ja«, meinte Lorenz und trat auf den Weg, der die Wiese, welche das Areal vollständig bedeckte, in Form eines T teilte. »Das taten in den letzten Jahren leider auch immer wieder Menschen, die weniger guten Willens hierherkamen. Dieser Friedhof wurde nach dem Kriege mindestens dreimal geschändet. Immer wieder wurden Grabsteine zerstört oder gestohlen.«

»Wer macht denn so was?«, fragte Benny.

»Na, dreimal darfste raten«, antwortete Gustav.

Sie gingen den mit Split belegten Weg entlang und sahen sich um. Der Friedhof war nicht groß. Er maß vielleicht zehn Meter im Quadrat. Lorenz zählte rund zwanzig Grabsteine. Die meisten waren sehr alt und unleserlich, viele wiesen auch Spuren von Zerstörung auf. Auf einigen Grabmalen lagen kleine Steine, die von Besuchern zur Erinnerung an die Toten dorthin gelegt worden waren. Lorenz las die Inschriften, sofern es ihm möglich war. Vieles war verwittert, manches zerstört, und wo die Schrift erhalten war, handelte es sich überwiegend um hebräische Zeichen. Hier und da war ein Name zu lesen, auch das eine oder andere Datum, das jüngste aus dem Jahre 1933. Danach war hier wohl niemand mehr beerdigt worden. Lorenz atmete tief durch. Vermutlich hatten die Nazis dies nicht mehr zugelassen, und nach dem Krieg war niemand mehr da, der hier hätte beerdigt werden können. Er erinnerte sich an die Inschrift einer Gedenktafel, die er auf dem Grund der ehemaligen Synagoge von Drove gelesen hatte: *KEINER KEHRTE ZURÜCK*.

Ein leichter Wind wehte über den Hügel und ließ die Blätter der Bäume im nahen Wald rauschen. Unten lag das Dorf in der Nachmittagssonne. Ab und an sah man in der Ferne ein Auto auf der Landstraße, die Embken mit Wollersheim verband. Als sich der Wind wieder legte, kehrte Stille ein. Lorenz lauschte, ob nicht zumindest ein Vogel sein Zwitschern hören lassen wollte. In diese Ruhe hinein klingelte ein Handy. Benny grummelte eine Entschuldigung. Auch der junge Pfleger empfand dies als Störung. Er meldete sich leise, wollte die Andacht der Lebenden und die Ruhe der Toten nicht stören. Während er telefonierte, verließ er den Friedhof. Als er wenig später zurückkehrte, sagte er: »Die drei Herzblätter von der Antifa wollen uns unbedingt sprechen. Ich habe Anna den Weg nach hier erklärt. Sie sagte, sie seien in einer halben Stunde da.«

»Das war sehr gut, dass du sie nach hier gelotst hast«, meinte Lorenz. »Sogar cleverer, als du ahnst.«

»Warum?«, fragte Benny.

»Weil meine liebe Enkeltochter und ihr großer Freund die Seniorenresidenz observieren lassen, und sie führen auch ein Dossier über diesen Kalle.«

»Das hätte man sich denken können«, sagte Gustav. »Der scheint ein Spezialist für die Schwierigkeiten zu sein, in die ein unbescholtener Bürger niemals kommen möchte.«

»Das mag sein«, meinte Benny. »Aber hierhin kann man nicht unbemerkt verfolgt werden. Ich muss übrigens kurz weg. Habe noch einen Fahrdienst zu erledigen, bin aber bald wieder da.«

»So sei es«, sagte Lorenz. »Lass uns aber bloß mit diesen Früchtchen nicht zu lange allein.«

»Keine Sorge, Opa Bertold«, antwortete der junge Pfleger. »Kommissar Wollbrand kann auf meine Unterstützung zählen.«

Nachdem Benny fort war, blieben die drei Alten schweigend auf dem Friedhof zurück. Lorenz betrachtete eine Gruppe von efeuüberwucherten Bäumen, die eine Ecke des Gevierts beschatteten. Irgendwie kamen ihm die Bäume krank und traurig vor. Vielleicht hatten sie in besseren Tagen noch erlebt, wie hier die jüdische Gemeinde des kleinen Eifeldorfes Embken oder auch aus der Umgebung ihren Toten die letzte Ehre erwies. Eifeler Juden, die in ihrer Heimat noch friedlich leben und sterben durften. Diese Bäume hatten gewiss auch gesehen, wie die Gräber geschändet und der Totenacker langsam vergessen und überwuchert wurde.

Bärbel fasste Lorenz an der Hand. »Es ist schon seltsam hier, nicht wahr?«

Lorenz nickte stumm. Gustav fasste seine andere Hand. So standen die drei still zwischen den Grabsteinen.

Irgendwann sagte Bärbel: »Da hinten steht eine Bank. Wollen wir uns einen Moment setzen?«

Lorenz war ihr dankbar für den Vorschlag. Sie verließen den Friedhof und gingen den Weg ein paar Schritte weiter bis zu einer Bank. Diese war dort aufgestellt worden, wo hinter den Bäumen, die den Friedhof umgaben, das offene Feld begann. Die drei setzten sich hin und ließen den Blick über die Wiesen und Felder schweifen, die sich unter ihnen ausbreiteten.

»Hat jemand Durst?« Bärbel öffnete ihren Rucksack und

entnahm diesem eine Flasche. Dankbar tranken die Männer ein paar Schlucke Wasser, denn es war warm und die Luft trocken. Lorenz schloss die Augen, lehnte sich zurück und streckte die Beine aus. Ein angenehmer Wind strich über das Feld. Es roch nach Gras und Erde. Jetzt hörte er auch das leise Summen der Insekten, die die Kleeblüten am Wegesrand besuchten. Rechts neben der Bank begann eine Hecke, in der es beständig raschelte, wenn man genau hinhörte. Vermutlich saßen Vögel darin, vielleicht versteckten sich dort am Boden auch Mäuse. Die Hecke bot ihnen Schutz vor dem Greifvogel, dessen Schrei hoch über ihnen ertönte. Lorenz öffnete die Augen und sah in den Himmel. Zwei Bussarde waren es, die über ihnen kreisten und nach Beute Ausschau hielten. Da fiel ein Schatten auf Lorenz' Gesicht.

»Hallo zusammen.«

Lorenz drehte den Kopf in die Richtung, aus der die Stimme erklungen war. Kalle Gärtner stand hinter ihnen, neben ihm Anna Floto und Nihil Wedding.

Lorenz stand auf und sah die jungen Leute an. »Schön, ihr habt uns also gefunden.«

»Benny hat es uns gut beschrieben«, sagte Anna. »Wusste gar nicht, dass es hier oben so einen einsamen Friedhof gibt. Ist sehr schön hier.«

»Nicht wahr?«, meinte Bärbel. »Ein wunderbarer Ort.«

»Ich hab nichts übrig für Friedhöfe«, sagte Kalle. »Wer geht da schon freiwillig hin? Da kommt man noch früh genug hin.«

Lorenz schüttelte den Kopf. »Nun, vielleicht kommst du noch in das Alter, in dem du etwas ruhiger wirst und anders darüber denkst. Aber auch nur vielleicht.«

»Meinen Sie, ich werd' nicht alt?«

»Das, was du mit dem Floto gemacht hast, wird irgendwann auch einer mit dir machen, meinst du nicht?«

»Sie wissen es also schon?«

»Ich habe gehört, dass Hermann Floto im Krankenhaus liegt, weil ihn jemand brutal zusammengeschlagen hat. Warum habe ich da wohl an dich gedacht?«

Kalle grinste. »Okay, lag wohl nahe.«

Bärbel schaute den großen jungen Mann entsetzt an. »Warum denn diese entsetzliche Gewalt?« Dann richtete sie ihren Blick auf Anna. »Und was sagst du dazu? Immerhin ist es dein Vater, den er so schwer verletzt hat.«

Anna Floto zuckte mit den Schultern. »Er hat es verdient. Sie kennen ihn nicht.« Sie hob ihr Shirt an und zeigte Bärbel eine kreisrunde Narbe an ihrem Bauch. »Sehen Sie? Er meinte, wenn ich so eine linke Hure wäre, würde ich höchstens als Aschenbecher taugen. Hier hat er eine Zigarette an mir ausgedrückt.«

»Das tut mir leid«, sagte Bärbel. »Dein Vater ist bestimmt ein schrecklicher Mann, wenn er seiner Tochter so etwas antut. Aber Gewalt immer mit Gewalt zu vergelten – das ist der scheinbar einfache Weg, der aber nie zu etwas Gutem führt.«

»Immerhin hat der Feigling mir ein paar Dinge vorgewimmert«, meinte Kalle Gärtner ungerührt.

»So, was denn?«, fragte Lorenz.

»Aber bitte!«, rief Bärbel aus. »Dinge, die unter Folter aus dem Mann herausgeprügelt wurden, möchte ich nicht hören!«

»Dann hör mal kurz weg, Muttchen«, fuhr Kalle fort. »Er sagte, dass er nichts verraten habe, der Stadtrat und die Stiftung hätten nichts zu befürchten. Ich glaube, der hat mich für jemand anderen gehalten.«

Gustav und Lorenz sahen sich an. Dann meinte Lorenz: »Vielleicht befürchtete er Druck aus dem eigenen Lager? Anna, du sagtest doch, er hätte Ärger mit diesem NPD-Chef gehabt?«

Anna nickte. »Der Finkel war sauer auf meinen Alten. Er sollte sich zurückhalten, was er aber nicht tat.«

Bärbel rief erbost aus: »Wie könnt ihr nur in der Nähe dieser Toten von solchen schrecklichen Dingen sprechen?«

»Ach, lassen Sie nur, meine Liebe. Wir Juden sind das gewohnt!«

Alle blickten sich überrascht um. Jakob Kratz stand vor ihnen. Daneben Benny, der mit einem Grinsen sagte: »Das ist mein Fahrauftrag. Ist das nicht 'ne tolle Überraschung?«

Jakob Kratz meinte trocken: »Sie haben bestimmt viel Freude mit dem Jungen.«

Lorenz nickte zustimmend. »Kann man wohl sagen. Häufig etwas langsam von Begriff, aber immer hilfsbereit.«

»Ja, lästert ihr nur!«, rief Benny aus. »Aber immerhin habe ich euch jetzt endlich mal alle zusammengebracht, nicht wahr?«

»Und das ist auch sehr gut«, sagte Lorenz anerkennend. »Wir müssen uns unbedingt unterhalten.«

Jakob Kratz nickte. »Ich hatte gehofft, ihr würdet nicht gar so hartnäckig sein. Aber ich möchte nicht, dass noch mehr Menschen zu Schaden kommen.«

»So wie der alte Floto zum Beispiel. Haben Sie mit dessen Tod zu tun?«, fragte Lorenz.

Jakob antwortete: »Ja und nein. Ich denke schon, dass es etwas mit mir zu tun hat. Ob ich ihn erschlagen habe? Nein. Da fragt mal besser denjenigen, der auch seinen Sohn übel zugerichtet hat.«

»Das ist nicht nötig«, versetzte Kalle. »Das war ich. Dieser Nazi hatte es verdient. Und offenbar hatte er Angst vor den eigenen Leuten, denn er hielt mich für einen Nazischläger. Und er faselte etwas vom Stadtrat und einer ominösen Stiftung.«

Eine tiefe Furche entstand zwischen den Augen des alten Kratz. »Junger Mann, ich höre deine Worte wohl, aber verstehen kann ich dich nicht. Warum prügelst du einen Mann krankenhausreif, den du gar nicht kennst?«

Kalle richtete sich hoch auf. »Ich bin dem Schwur von Buchenwald verpflichtet. Die Nazimörder und alle, die ihnen unter dem Hakenkreuz heute noch folgen, müssen vernichtet werden.«

Jakob schüttelte den Kopf. »Mein Junge, ich kenne diesen Schwur etwas anders. Wenn ich mich recht erinnere, war die Rede davon, die Verbrecher vor Gericht zu bringen. Aber davon abgesehen, ich habe Theresienstadt, Treblinka und Sobibór überlebt, aber der Schwur von Buchenwald ist mir deswegen nicht Befehl zur Gewalt. Warum dir?«

Kalle antwortete nicht.

Jakob wandte sich ab und ging zum Eingang des Friedhofs. Er trat durch das Eisentor und ging langsam zwischen den Grabsteinen hindurch. Die anderen blieben außerhalb stehen und warteten schweigend. Jakob verweilte nicht lange auf dem Friedhof. Auf einem Grabmal legte er einen Gedenkstein ab, dann verließ er das Gelände wieder. »Ist das nicht schön hier oben?«, sagte er, als er die anderen erreicht hatte. »Ich bin an sich kein Freund von Friedhöfen. Die Toten sollen ungestört ruhen.«

»Dann haben wir ja doch was gemeinsam«, meinte Kalle.

Jakob antwortete: »Wenn ihr Interesse daran habt, will ich euch gerne einmal etwas von mir erzählen. Wenn du dann immer noch glaubst, wir hätten etwas gemeinsam, bin ich gespannt darauf.«

»Wir hören Ihnen sehr gerne zu, Herr Kratz«, sagte Bärbel.

»Nun denn, vielleicht sind hier Ort und Zeit richtig gewählt«, begann Jakob. »Ich wurde 1922 in Nideggen geboren. Meine Mutter kam aus Köln, mein Vater aus Nideggen, genau wie mein Großvater und mein Urgroßvater. Mein

Onkel betrieb dort einen Pferdehandel. Wir waren nur wenige jüdische Familien in Nideggen, zur Synagoge gingen wir nach Drove. Dort lernte ich Wilhelm Floto kennen. Als er sie anzündete. November 1938 war das. Er kam mit ein paar Schlägern aus Düren. Die Leute aus dem Ort haben sich bis auf wenige Ausnahmen nicht beteiligt. Aber verhindert hat man es auch nicht, wie so vieles. Ich war zufällig da, habe mit angesehen, wie man den schönen Bau zerstört hat, bis mich mein Onkel wegzog und nach Hause brachte.«

Jakob hielt inne, schaute über das offene Feld und sammelte seine Erinnerungen.

»Ich will euch nicht mit Details langweilen. Ab 1940 wurden Juden aus dem ganzen Kreisgebiet aus ihren Häusern vertrieben und in Sammelstellen zusammengepfercht. In der Gerstenmühle in Düren oder in der Lendersdorfer Thuirs Mühle. Meine Mutter, meine Schwester und ich wurden im Haus Schwarz hier in Embken untergebracht. Dann ging es über Jülich-Kirchberg nach Theresienstadt. Ich erspare euch und mir die Einzelheiten. Schon die Zeit in Nideggen nach der Pogromnacht Achtunddreißig war uns schrecklich erschienen. Da lernte ich, was Angst ist und Erniedrigung. Und in Theresienstadt, da war ich schon zwanzig, lernte ich zu hassen. Meine Familie starb dort, an Hunger, Kälte, Angst und Enttäuschung. Ich war zu aufsässig für das Vorzeige-KZ, kam nach Treblinka. Dort nahm ich an einem Aufstand teil, der jedoch misslang. Ich wurde beinahe totgeschlagen, überlebte aber – wie Hohn des Schicksals erschien es mir damals. Dann brachte man mich nach Sobibór, wo ich endgültig sterben sollte. Auch dort gab es einen Aufstand, und mit wenigen – viel zu wenigen – Kameraden konnte ich tatsächlich entkommen. Das war im Herbst Dreiundvierzig. Ich fand Schutz bei einer polnischen Partisanengruppe. Bis zum Ende des Krieges sprengten wir Nazis in die Luft. Wie oft ich dabei fast gestorben wäre, bei diesen selbst gebastelten Bomben mit minderwertigen Zündern –, ich weiß es nicht. Jedenfalls habe ich überlebt. Als Einziger meiner Familie. Ich habe hier gesucht, niemanden gefunden, auch meine Heimat nicht mehr wiedergefunden. Ich ging nach Amerika. Und hier bin ich nun wieder.«

Nachdem Jakob geendet hatte, sprach niemand. Nach einiger Zeit war es Jakob selbst, der das Schweigen brach. Er zeigte auf Bärbels Wasserflasche. »Kinder, ich habe nichts zu trinken dabei und einen unverschämt trockenen Hals. Darf ich einen Schluck?«

Bärbel reichte ihm die Flasche. »Natürlich.«

Jakob bedankte sich und trank.

Dann fragte Benny: »Entschuldigung, darf ich eine Frage stellen?«

»Aber ja doch, mein Junge.«

»Ich habe gehört, dass Ihr zweiter Vorname Israel lautet. Opa Bertold erzählte mir, das sei ein Namenszusatz, den die Nazis allen Juden damals zwangsweise gegeben haben. Warum haben Sie diesen Namen behalten?«

Jakob nickte und lächelte leise. Dann knöpfte er sein Hemd auf und zeigte Benny seine Brust, die von Narben übersät war. »Siehst du das? Alles Geschenke von Nazis. Die trage ich mit mir herum, bis ich sterbe, ob ich will oder nicht. Mit diesem Namen ist es genauso. Ich könnte ihn natürlich streichen lassen, aber warum? ›Israel‹ bedeutet ›Gott streitet für uns‹ oder auch ›Gott herrscht‹. Ist doch ein guter Name, oder? Ich trage alles, was die Nazis mir angetan haben, mit so viel Würde, wie mir möglich ist, so also auch diesen Namen.«

»Das ist mutig«, meinte Lorenz.

»Oder verrückt«, versetzte Jakob. »Als ich mich dazu entschied, war ich verbittert, hasserfüllt und trotzig. Jetzt bin ich nur noch ein etwas seltsamer alter Mann mit einer Sammlung alter Narben.«

»Und warum sind Sie jetzt wieder hier?«, fragte Lorenz. »Haben Sie die Eifel trotz all der schrecklichen Erlebnisse wieder als Heimat entdeckt?«

Jakob wiegte nachdenklich seinen Kopf. »Ich hoffe, dass ich hier, wo ich geboren bin, auch werde sterben können.«

Lorenz bohrte weiter: »Sie werden es mir hoffentlich nicht als gefühl- oder respektlos übel nehmen, aber das kann ich ehrlich gesagt nicht glauben. Sie sind doch von dieser Amerikanerin vorgeschickt worden, um hier ein Netzwerk von Nazis auszuheben, nicht wahr?«

»Lorenz!«, rief Bärbel aus.

»Nicht doch, lassen Sie ihn nur«, beschwichtigte Jakob. »Das Leben ist zu kurz für Halbwahrheiten. Es stimmt schon, dass Lisa Wilke mich angesprochen hat. Sie hat gezielt nach Überlebenden des Holocaust gesucht, die als Geburtsort Nideggen angegeben haben, weil ihre Ermittlungen sie dorthin führten und sie Unterstützung benötigte. Sie fand nur mich. Und dass ich hier sterben will, ist – sagen wir einmal – ein Wunsch nach dem Wunsch. Tatsächlich bin ich mir nicht sicher, ob ich dies wirklich will.«

»Das kann ich sehr gut verstehen«, sagte Anna, die die ganze Zeit stumm dagestanden hatte. »Und ich würde Sie gerne um Verzeihung bitten für das, was mein Großvater Ihnen angetan hat. Er war ein schlechter Mensch, bis zuletzt. Aber nicht alle Deutschen denken so wie meine Familie, wissen Sie.«

»Natürlich weiß ich das«, sagte Jakob und lächelte. »Ich bin selbst Deutscher.«

Anna nickte wortlos, eine leichte Röte überzog ihre Wangen.

Lorenz nahm den Gesprächsfaden wieder auf. »Aber noch

mal zu dem alten Floto. Wer hat ihn denn nun auf dem Gewissen? Und warum diese Zeichen MT auf seiner Stirn?«

Jakob antwortete: »Wir wissen nicht, wer Wilhelm Floto ermordet hat. Jedenfalls war es kein Jude. Das MT sollte wohl auf das hebräische ›Meth‹ hinweisen, was Tod bedeutet. Das ist ein Hinweis auf die Geschichte des Golem.«

»Was bedeutet das?«, fragte Bärbel.

»Nun, es gibt eine Sage, nach der Rabbi Löw in Prag ein Geschöpf aus Lehm mithilfe uralter kabbalistischer Formeln zum Leben erweckt haben soll. Auf seine Stirn schrieb er ›Emeth‹, was so viel wie ›Wahrheit‹ bedeutet und den Golem erweckte. Wischte man das erste Zeichen fort, so blieb ›Meth‹ übrig, dies ließ den Golem wieder zu einer unbelebten Lehmfigur werden. Jedoch würde ein Jude vermutlich die hebräischen Zeichen verwenden und keineswegs lateinische Buchstaben. Und außerdem wurde der Golem als Beschützer der Juden geschaffen und nicht als ihr Feind, wie Floto es war. Das ergibt also alles keinen Sinn.«

»Also vielleicht jemand, der sich ein bisschen was angelesen hat, ohne wirklich etwas davon zu verstehen«, grübelte Lorenz.

»Und der ermordete Stadtrat Kellermann. Kannten Sie den? Wie hängt der in der Sache drin? Und warum musste er sterben?«

»Ich weiß es wirklich nicht«, antwortete Jakob. »Er hat sich, so viel ist sicher, genauso an ehemals jüdischen Immobilien bereichert wie Floto. Aber dies gibt kein Motiv für einen Mord ab. Und das gilt erst recht für den getöteten Polizisten. Mit dem hatte ich kurz gesprochen, er wusste gar nichts.«

»Und dieser Dr. Korger? Kennen Sie den?«

Jakob schüttelte den Kopf. »Sollte ich?«

»Dann haben wir also keinen Hinweis auf den oder die

Täter, trotz allem? Das will ich nicht glauben.« Lorenz stampfte unwillig mit seinem Gehstock auf den Boden. Es entstand eine Pause, in der niemand etwas sagen wollte.

Benny war der Erste, der das Schweigen nicht mehr aushielt. »Die Sonne geht unter. Wie wär's, wenn wir uns langsam auf den Heimweg machen würden?«

»Tja, so langsam bekomme ich Hunger«, meinte Lorenz. »So schlecht ist die Idee nicht.«

Gustav sagte: »Ich habe da allerdings noch ein paar Fragen, die ich schon lange loswerden wollte.«

»Aber natürlich«, entgegnete Jakob. »Ich bin dir noch eine Geschichte schuldig – deine Geschichte. Wie wär's, gehen wir zu Fuß nach Nideggen zurück? Da sind wir bestimmt zwei Stunden unterwegs. Ich denke, die werden wir auch brauchen.«

»Gut«, meinte Benny. »Ich glaube, die beiden Herren möchten etwas Zeit für sich, wir anderen machen uns auf den Heimweg.«

41. Kapitel

Nachdem die anderen gegangen waren, saßen Gustav und Jakob eine Zeit lang schweigend nebeneinander auf der Bank und ließen ihre Blicke über die Wiesen schweifen. Dann fragte Jakob: »Du weißt wirklich nicht, wer du bist?«

Gustav antwortete: »Zumindest habe ich keine Ahnung, was du glaubst, wer ich bin.«

»Nun gut«, meinte Jakob. »Ich muss mich ernsthaft bei dir entschuldigen. Ich war in den letzten Tagen zu sehr nur mit mir selbst beschäftigt und habe mich nicht darum gekümmert, was du von dir weißt. Es wird wirklich Zeit, dir alles zu erzählen.«

Gustav saß verwirrt und neugierig zugleich neben dem Alten. Der holte tief Luft und begann dann zu erzählen: »Deine Mutter hieß Judith, war eine geborene Cahn und stammte wie meine Mutter aus Köln. Sie besuchte regelmäßig ihre Verwandtschaft in Nideggen. Sie war, soweit ich das damals als Halbwüchsiger beurteilen konnte, eine sehr schöne Frau und von klassischer Bildung, wie es für eine Jüdin aus einer wohlsituierten Kaufmannsfamilie damals üblich war. Städtisch sozusagen.«

»Meine Mutter war Jüdin? Meine ganze Familie war es nicht!«

»Abwarten, ich beeile mich ja auch. Deine Mutter war, wie gesagt, eine schöne junge Frau. Und zum Schrecken einiger konservativer Mitglieder der Familie Cahn verliebte sie sich in einen Nichtjuden, Anton Brenner aus Zerkall. Sie wurde schwanger, und die beiden heirateten christlich. Offiziell wurdest du also christlich-deutsch geboren, aber deine Mutter war Jüdin, und damit du ebenfalls. Es waren schon die ersten spürbaren Repressalien gegen uns Juden im Gange, aber vor Achtunddreißig konnten wir noch normal leben.«

»Ich bin Sechsunddreißig geboren«, sagte Gustav. »Und ich bin nicht beschnitten.«

»Ich weiß natürlich nichts über die intimen Familieninterna. Aber deine Eltern ahnten bestimmt auch, dass die Unterdrückung der Juden zunehmen würde. Ich glaube, sie wollten dich schützen. Es muss für deine Mutter schlimm gewesen sein, dass du nicht nach jüdischer Tradition aufwachsen konntest. Die Mischehen wurden sehr kritisch betrachtet. Aber sie sahen nicht voraus, wie schlimm es wirklich werden würde. Aber als dann die Schikanen in offene Verfolgung umschlugen, versuchten deine Eltern die Ausreise zu betreiben. Es war für uns alle jedoch schon zu spät. Wir hatten gedacht, in der Eifel, wo jeder jeden kennt und man immer gute Nachbarschaft gepflegt hat, würde es nicht zum Äußersten kommen. Deine Eltern gaben dich in die Obhut deiner Großeltern nach Zerkall. Die sogenannten Mischehen waren den Nazis ein Dorn im Auge. Dennoch haben etliche Juden, die in Mischehen lebten, die Verfolgung deswegen überlebt. Darauf hatte auch dein Vater gehofft und es hätte für euch gut ausgehen können. Jedoch wurde dein Vater in Misskredit gebracht und verhaftet. Letztlich wurden beide ebenso deportiert wie wir anderen auch. Du bliebst bei deinen Großeltern zurück.«

»Ich habe keine Erinnerung an Mutter und Vater«, sagte Gustav. »Weißt du etwas darüber, was mit meinen Eltern geschehen ist? Wohin wurden sie gebracht?«

Jakob schüttelte den Kopf. »Ich bin nicht sicher. Die meisten von uns wurden nach Izbica deportiert. Deine Eltern wahrscheinlich auch. Sie stehen jedoch, ich habe es heute noch einmal überprüft, auf keiner Liste. Es tut mir leid, ich weiß es einfach nicht.«

Gustav grübelte eine Weile schweigend. Dann meinte er: »Es ist seltsam. Ich müsste mich doch an meine Mutter erinnern. Ich war schon ein paar Jahre alt. Warum habe ich kein Bild von ihr im Kopf?«

»Warum läufst du manchmal orientierungslos herum und scheinst nicht zu wissen, wer du bist?«

Gustav stand auf und atmete tief durch. »Das weiß ich in der Tat nicht. Das wusste ich nie.«

Auch Jakob stand auf. »Wir sollten langsam losgehen. Aber vorher möchte ich dir noch etwas zeigen.« Der Alte bedeutete Gustav, ihm zu folgen. Sie betraten den Friedhof erneut. Dort zeigte Jakob auf einen Grabstein. Gustav las von einer weißen Tafel, die in den Granit eingelassen war: »Sara Vohs, geborene Cahn, gestorben 1933.«

Jakob meinte: »Wenn mich nicht alles täuscht, ist dies eine Großtante deiner Mutter, die ja auch eine geborene Cahn war. Dies ist deine Verwandtschaft. Mehr kann ich dir nicht anbieten.«

Gustav betrachtete den Grabstein schweigend. Er horchte in sich hinein, was er für die lange verstorbene Frau empfand. Er hatte nach dem Tod der Großeltern sein ganzes Leben in der Gewissheit verbracht, keine Familie zu haben. Daran änderte auch dieser Grabstein einer unbekannten Frau nichts. Er hob einen Stein vom Boden auf, rieb ihn in den Händen, um die Erdkrumen zu entfernen, und legte ihn auf den Grabstein. Dann ging er zum Ausgang und verließ den Friedhof. Jakob folgte ihm und schloss das Tor. Langsam gingen sie den Weg durch das Wäldchen hinunter. Der Pfad lag schon dunkel zwischen den Bäumen. Die Sonne war längst untergegangen.

42. Kapitel

Mächtige alte Eichen säumten den Eingang zu dem Anwesen. Lorenz betrachtete das Messingschild, auf dem in großen Lettern *Dr. Korger* stand, und passierte dann das doppelflügelige Eisentor. Bis zum Haus waren es noch gute fünfzig Meter. Vor dem Haupteingang der Villa bildete die Zufahrt einen kleinen Kreisel, in dessen Zentrum ein ausladender Rosenstock dunkelrot blühte. Davor stand ein imposanter, perfekt restaurierter Oldtimer, der Lorenz' Aufmerksamkeit auf sich zog. »Kommissar Wollbrand würde einen Horch 853 noch in hundert Jahren auf Anhieb erkennen«, murmelte er. Lorenz ging einmal um das Fahrzeug herum, dann riss er sich los und trat an die Tür. Er betätigte die Klingel und flüsterte vor sich hin: »Bei der enormen Größe des Hauses musste Wollbrand auf eine lange Wartezeit gefasst sein.«

Doch bereits wenige Sekunden später öffnete sich die Tür, und eine junge Frau öffnete. Sie war hochgewachsen, überragte den Alten um Haupteslänge, und mit ihrem hellblonden Haar erinnerte sie Lorenz etwas an seine Enkeltochter. Jedoch trug Rita natürlich nicht die Arbeitskleidung einer Haushälterin.

»Guten Tag«, sagte die Blondine. »Was wünschen Sie?«

»Ich möchte zu Gernot«, sagte Lorenz.

»Sie haben aber keinen Termin, nicht wahr?«

»Brauch ich nicht«, log Lorenz. »Melden Sie bitte, ein alter Kamerad sei zu Besuch gekommen.«

»Kommen Sie doch bitte herein«, sagte die Frau und gab den Eingang frei.

Lorenz trat ein. Er befand sich in einer Eingangshalle, von

der drei Treppen in verschiedene Bereiche des Obergeschosses wiesen. Im Eingangsbereich befand sich eine Sitzgruppe. Dorthin wies die Frau. »Bitte nehmen Sie doch einen Moment Platz, ich sage Dr. Korger Bescheid.«

»Tun Sie das, junge Frau«, sagte Lorenz und setzte sich in einen Sessel.

Die Frau wandte sich zum Gehen, stockte jedoch und fragte: »Und wen darf ich melden?«

Lorenz antwortete: »Junker Lorenz. Er weiß dann Bescheid.«

Die Blondine nickte und verschwand, ohne jedoch eine der drei imposanten Treppen zu benutzen. Lorenz sah sich um. Das Haus schien schon älter zu sein. Es machte auf ihn den Eindruck einer Industriellenvilla aus den ersten Jahrzehnten des vorigen Jahrhunderts. Viel Granit und Marmor, an den Wänden Bilder, die er nicht genau zuordnen konnte. Bärbel hätte ihm sicherlich erklären können, dass der Stil neoklassisch, klassizistisch oder sonst was sei, er kannte sich da nicht aus.

Die Frau kehrte zurück und sagte: »Herr Dr. Korger empfängt Sie, obwohl er nicht viel Zeit hat. Folgen Sie mir bitte?«

Sie führte Lorenz durch einen Gang, an dessen Ende eine mit dunkelbraunem Leder beschlagene Tür offen stand. Lorenz fühlte sich sofort an eine Notar- oder Rechtsanwaltskanzlei erinnert. Er betrat den Raum. Hinter ihm schloss sich die Tür. Er sah sich um. Offensichtlich befand er sich in einer Bibliothek.

»Willkommen, Junker Lorenz«, hörte er eine Stimme sagen, jedoch sah er niemanden. Dann trat der weißhaarige Mann aus einer Ecke des Raumes, die durch ein Bücherregal etwas abgetrennt war, auf ihn zu. »So, ein alter Kamerad, sagte Eva.«

»Sozusagen«, antwortete Lorenz.

Gernot Korger machte keine Anstalten, sich ihm weiter zu

nähern und ihm die Hand zu reichen. So blieb auch Lorenz stehen, wo er war.

»Ich kenne Sie jedoch nicht«, fuhr Korger fort.

»Das glaube ich gern. Ich war nie auf Vogelsang, sondern in der Ordensburg Sonthofen, Adolf-Hitler-Schule. Bin ja auch etwas jünger als Sie, Herr Dr. Korger.«

»So«, meinte Korger. »Ich kenne niemanden von dort.«

Lorenz grinste. »Aber Hardy Krüger werden Sie doch kennen? Der war einer meiner Mitschüler. Hat sich aber von uns abgewandt.«

Korger schaute Lorenz scharf an, dann schüttelte er den Kopf und machte eine wegwerfende Handbewegung. »Was auch immer. Hören Sie, ich habe nicht viel Zeit. Warum suchen Sie mich auf?«

Lorenz erwiderte den Blick des weißhaarigen Alten. Korger musste, wenn er Junker auf Vogelsang gewesen war, mindestens um die neunzig Jahre alt sein. So wirkte er jedoch nicht. Darin war Korger dem Juden Jakob Kratz sehr ähnlich, dachte Lorenz.

»Ich bin ein alter Freund von Wilhelm Floto«, log er weiter. »Habe mich aber in den letzten Jahren nicht mehr so gut mit ihm verstanden. Dann erfuhr ich, er sei erschlagen worden. Ich fuhr hierher, um mit seinem Sohn eine alte Geldsache zu regeln. Und jetzt hat es den auch erwischt, hört man.«

»Das tut mir leid«, sagte Korger. »Aber ich verstehe immer noch nicht, was Sie von mir wollen.«

»Nun, der Drechsler wackelt jetzt. Und wenn der junge Floto seinen Mund wieder benutzen kann, wird er es wohl auch tun.«

»Was sollte er denn sagen?« Korger reckte sein Kinn vor. Sein Hals legte sich in Falten, und sein Blick bekam etwas sehr Stechendes. Jetzt sah er so alt aus, wie er tatsächlich war, fand Lorenz.

»Nun, wenn einer von den beiden mehr sagt, als sie sollen, kann es unangenehm werden«, fuhr Lorenz fort. »Es ist sicher auch nicht ratsam für Sie, sich mit Leuten wie Albert Finkel öffentlich zu zeigen. Meint auch Drechsler.«

»Was weiß denn dieser Drechsler schon!«, fuhr Korger auf. »Der hat doch überhaupt keine Ahnung, wie langfristig unsere Sache angelegt ist. Warum der Floto auf seine alten Tage plötzlich gewackelt hat, weiß ich nicht. ›Heil Hitler‹ rufen und Hakenkreuzfahnen schwingen, das ist etwas für blinde Idioten ohne politische Ziele. Die Gesellschaft grundlegend auf die nationalen Werte zurückzuführen, das ist etwas ganz anderes. Wenn Thilo Sarrazin und andere aus dem bürgerlichen Lager anfangen, die richtigen Fragen zu stellen, weiß ich, dass wir auf dem richtigen Weg sind. Aber gut Ding will eben Weile haben. Wir müssen es viel cleverer angehen. Sie und ich werden den Endsieg nicht mehr erleben.«

Korger war während der letzten Worte aufgeregt auf und ab gelaufen. Jetzt blieb er stehen und sah Lorenz wieder mit jenem stechenden Blick an. Lorenz spürte, dass der Alte seinen heftig herausgeschleuderten Vortrag bereits bereute.

Lorenz nickte langsam und sagte: »Das hört sich alles sehr vernünftig an. Ich wollte von Ihnen eigentlich nur wissen, ob Sie die Vermögensverhältnisse meines alten Freundes Floto gut kennen. Ich befürchte, leer auszugehen. Wie ich schon sagte, da ist so eine alte Geldsache. Es geht um ein Haus in Nideggen, ich habe geholfen, es nachträglich zu arisieren und er, nun ja, Sie wissen schon.«

»Es geht also um Geld?« Korgers Stimme nahm einen verächtlichen Klang an. Gleichzeitig entspannte sich seine Haltung. »Ich befürchte, da kann ich Ihnen nicht helfen. Aber einen Rat gebe ich Ihnen: Halten Sie besser erst einmal still, bis der Hermann aus dem Krankenhaus ist. In den nächsten

Tagen will ich hier keinen Ärger. Danach regeln Sie mit dem Mann, was immer Sie wollen. So, und nun entschuldigen Sie mich bitte, ich habe einen dringenden Termin und muss gleich aufbrechen.«

Lorenz nahm eine stramme Haltung an und klopfte mit seinem Gehstock auf den Parkettoden. »Jawohl, Herr Dr. Korger«, sagte er und wandte sich zur Tür.

»Eva begleitet Sie hinaus«, sagte Korger noch, als Lorenz bereits durch die Tür war.

Lorenz wollte dieses Haus möglichst schnell verlassen. Die große Blondine hatte offenbar auf dem Gang gewartet und ging voraus. Lorenz atmete tief durch, als sie die Eingangspforte hinter ihm geschlossen hatte und er die Zufahrtsstraße entlangschritt. Als er das eiserne Tor des Anwesens passiert hatte, murmelte er: »Kommissar Wollbrand wusste, er war schon ein verrückter Hund. Er war heilfroh, der dunkelbraunen Bibliothek des alten Nazis entkommen zu sein. Aber wenn dies gerade keinen Spaß gemacht hatte, was dann?«

43. Kapitel

Nicht viel später, als Lorenz den langen Fußweg vom Kuhlenbusch nach Nideggen herunterschlenderte, klopfte Paul an Lisa Wilkes Zimmertür. Rita und er hatten sich nach dem Frühstück getrennt. Während er die Amerikanerin aufsuchen wollte, um endlich mehr von ihr zu erfahren, versuchte Rita erneut ihr Glück im Krankenzimmer des Hermann Floto, der am gestrigen Tage nicht vernehmungsfähig gewesen war.

Lisa öffnete Paul die Tür. »Hallo«, sagte sie und ließ ihn eintreten.

»Morgen«, erwiderte er. Und da er fürchtete, Lisa könnte wieder ein Spiel beginnen, um nicht ihr Wissen mit ihm teilen zu müssen, kam er gleich zur Sache. »Lisa, jetzt bitte nicht wieder das Shirt ausziehen. Raus mit der Sprache: In was war der alte Floto verstrickt, weswegen man ihn erschlagen hat? Sein Sohn liegt ebenfalls halbtot im Krankenhaus. Du weißt doch mehr!«

Lisa schaute ihn halb ernst, halb belustigt an. »Paul, du willst also doch etwas von mir?«

»Hör auf damit, Lisa! Was weißt du?«

»Okay«, sagte sie. »Der große Paul wird böse. Ich kann dir nur Folgendes sagen: Der alte Floto war in eine größere Sache verwickelt, von der sein Sohn vermutlich kaum eine Ahnung hat. Der weiß höchstens von der Illegalität seines eigenen Immobilienbesitzes, nicht aber von anderen Projekten. Und dies ist geheim. Tut mir leid, aber dazu will, darf und muss ich dir nichts sagen, das habe ich von deinen Vorgesetzten sogar schriftlich.«

»Scheiß drauf«, fluchte Paul. »Was heißt hier illegaler

Besitz? Fangen wir doch damit an.«

»Das ist nicht geheim«, meinte Lisa. »Wilhelm Floto war ein Judenhasser, hat sich während des Dritten Reiches maßgeblich an der Verfolgung der Juden in dieser Gegend beteiligt. An den sogenannten Arisierungen, also der Enteignung der Juden, hat er sich, zumindest aus Sicht eines eher mittellosen Handwerkers und Schlägers, ziemlich bereichern können. Er übernahm das Geschäft des Juden, bei dem er gelernt hatte und angestellt war, quasi für – wie sagt man hier – einen Apfel und ein Ei. Auf ähnliche Weise hat er ein Haus in Nideggen zum Spottpreis erwerben können. Und als er später Stadtrat wurde und Einsicht in die betreffenden Akten erhielt, kam er auf die Idee, die durch Arisierung erworbenen Immobilien zu tarnen, indem das Kaufdatum nach vorne verlegt wurde. So hat er sich zwar nicht jeglichem Verdacht, aber doch der Aufdeckung entzogen. Und das tat er nicht nur für sich, sondern auch für andere alte Kameraden. Zum Beispiel auch für Kellermann. Der war zwar deutlich jünger, hat aber in den Nachkriegsjahren eine Menge Geld mit Immobilien in Nideggen gemacht – auch mit ehemaligem jüdischen Besitz.«

»Und dann kam Kratz«, bemerkte Paul.

»Genau. Floto war sich all die Jahre sicher gewesen, dass es keine Zeitzeugen mehr gab. Und das Auftauchen von Jakob Kratz hat ihn nervös gemacht.«

»Und dann ruft er den Stadtrat Kellermann an und wird eine Stunde später erschlagen. Und kurze Zeit darauf wird Kellermann ebenfalls ermordet – und einer meiner Kollegen, der von alldem vermutlich gar nichts wusste und nur ein paar Fragen hatte.«

»Das tut mir leid«, sagte Lisa. »Aber Floto, Kellermann und der arme Kommissar – das sind alles nur Bauern in einem viel größeren Spiel. Ich will die mächtigen Figuren dahinter.«

»Wie diesen Korger zum Beispiel.«

Lisa schüttelte den Kopf. »Wieso Korger?«

»Ach, scheiße!«, polterte Paul los. »Du kennst den doch bestimmt. Er war auch auf diesem Foto mit den anderen Nazis. Hör endlich auf zu lügen!«

Lisa versuchte ein beschwichtigendes Lächeln. »Sorry, Paul. Ich kenne den Mann zwar, aber ich wollte nicht, dass du an den herantrittst. Warte einmal – ich lese etwas nach.« Sie trat an den Tisch, auf dem ein Stapel Akten lag, öffnete ein Dossier und blätterte darin herum. »Hier ist es. Dr. Gernot Korger, Unternehmensberatung in Köln mit diversen Niederlassungen, auch in den USA. Der Mann hat sich an einem Projekt, das ich gerne näher beleuchten würde, als ein Investor unter vielen beteiligt. Korger ist nützlich wegen seiner wirtschaftlichen Verbindungen zwischen den USA und Deutschland. Er wird benutzt, um Gelder über seine Firma zu transferieren, getarnt als Beratungshonorare. Korger ist kein Drahtzieher, keine wichtige Person. Aber wenn man ihn unter Druck setzt, bekommt er vielleicht kalte Füße. Dann ziehen sich die anderen Investoren auch zurück, und wir kommen nicht an die Hintermänner.«

»Und ich habe drei Morde aufzuklären, verdammt noch mal«, rief Paul aus. »Und du manipulierst mich, gibst mir unvollständige Informationen. Nur wenn ich alles weiß, kann ich auch entscheiden, wie ich mich in meinen Ermittlungen verhalte!«

»Das glaube ich eben nicht«, versetzte Lisa. »Es sind meine Ermittlungen, und ein paar Tote in der Eifel interessieren mich einen Dreck. Hier geht es um viel mehr.«

»So ist das also.« Paul setzte sich auf einen Stuhl. »Scheiße.«

44. Kapitel

Rita betrachtete das geschäftige Treiben, welches um das Bett Hermann Flotos herum herrschte. Dann fragte sie die neben ihr stehende Ärztin: »Wann kann ich mich denn nun mit dem Mann unterhalten?«

»Nun, er wird gerade auf die Station verlegt. Intensivbetreuung benötigt er nicht mehr.«

»Was ist denn genau mit ihm?«

»Wir haben ihn gestern noch operieren müssen. Er hat drei gebrochene Rippen, damit einhergehende Verletzungen des Lungengewebes, eine Nierenquetschung und einen gebrochenen Unterkiefer. Vermutlich auch eine schwere Gehirnerschütterung.«

»Können Sie mir etwas über die Ursache der Verletzungen sagen?«, fragte Rita weiter.

Die Ärztin nickte: »Das war nicht so schwierig festzustellen. Steht alles schon in meinem Bericht. Es wurde mit ziemlicher Sicherheit ein Schlagring benutzt. Die Verletzungen sind sehr charakteristisch. Die Schläge wurden präzise und mit großer Wucht ausgeführt. Die Energie wurde auf sehr begrenzter Trefferfläche freigesetzt, die Abdrücke eines Schlagringes sind unübersehbar. Ich habe dem Bericht auch Fotos der Verletzungen beigefügt.«

»Sehr gut, vielen Dank«, sagte Rita. »Glauben Sie, er wird mir gleich ein paar Fragen beantworten können?«

»Nun, sehr gesprächig ist man mit gebrochenem Kiefer nicht. Stellen Sie ihm nur einfache Fragen, die er mit Ja oder Nein beantworten kann.«

»Vielen Dank.« Rita reichte der Ärztin die Hand und folgte dann der Krankenschwester, die Flotos Bett aus dem

Raum schob.

Hermann Floto war wach. Er lag regungslos da, nur seine Augen bewegten sich. Rita wartete geduldig ab, bis Floto in ein anderes Zimmer verbracht und sein Bett dort platziert worden war. Dann trat sie neben ihn ans Kopfende, sodass er sie sehen konnte. Rita zeigte ihm ihren Ausweis. »Roswitha Bertold, Kriminalpolizei. Ich habe ein paar Fragen an Sie, Herr Floto.«

Der Mann gab ein Schnauben durch die Nase von sich.

Rita fuhr fort: »Ich vermute, Sie können jetzt noch nicht sprechen. Ja oder Nein reicht mir erst einmal. Verstehen Sie mich?«

Floto machte ein Geräusch, welches Rita als ein Ja wertete.

Dann fragte sie: »Wissen Sie, wer Sie überfallen und niedergeschlagen hat?«

Floto bewegte langsam den Kopf zur Seite und zurück.

»Denken Sie, es war ein einzelner Mann?«

Langsames Nicken war die Antwort.

»Wissen Sie, warum man Sie zusammengeschlagen hat?«

Kopfschütteln.

Rita bewegte sich näher an Flotos zugeschwollenes Gesicht. »Hat es etwas mit Ihren rechtsextremen Aktivitäten zu tun?«

Floto antwortete nicht.

»Was ist?«, fragte Rita weiter. »Wollen Sie dazu nichts sagen?«

Hermann Floto öffnete seinen Mund und lallte leise etwas, was Rita nicht verstehen konnte. Sie näherte ihr Ohr seinen Lippen. Dann wiederholte Floto seine Worte. Rita verstand ein leise und ohne Mundbewegungen gehauchtes: »Leck mich.«

Sie richtete sich wieder auf und trat einen Schritt zurück.

»Nein, das möchte ich lieber nicht«, sagte sie. »Ich komme bald wieder, und dann unterhalten wir uns etwas intensiver. Bis dahin erholen Sie sich gut. Ich lasse Ihnen meine Karte hier, falls Sie Ihre Sprachfähigkeit wiedererlangen und mir etwas mitteilen wollen.«

Sie legte ihre Visitenkarte auf den Tisch neben Flotos Bett und wandte sich ab. Als sie das Zimmer verließ, hörte sie, wie Floto sich mit aller Kraft anstrengte, noch etwas zu sagen. Lauter und deutlicher als vorhin wiederholte er: »Leck mich!«

45. Kapitel

Als Lorenz zur Seniorenresidenz Burgblick zurückkehrte, wurde er schon dringend erwartet.

»Lorenz!«, rief Bärbel aus. »Du bist doch nicht etwa allein zu diesem Korger gegangen?«

»Oh doch, das bin ich«, antwortete Lorenz grinsend. »Und ich denke, nicht ohne Erfolg.«

»Was heißt das?«, fragte Gustav. »Hat er dir etwas erzählt?«

»Nun, er war zuerst nicht sehr redselig. Dann aber habe ich ihn aus der Reserve gelockt. Besonders als Junker Lorenz – hihi – ihn auf die beiden Flotos ansprach, wurde er offener. Ich ließ ihn glauben, ich wolle etwas von Floto. Das gefiel ihm gar nicht. Er redete von langfristigen, wichtigen Plänen, die nicht gestört werden dürften.«

»Ist doch klar«, meinte Gustav. »Wir hatten ja schon vermutet, dass der alte Floto sterben musste, weil er nervös geworden ist.«

»Und das gilt dann vermutlich auch für seinen Sohn«, überlegte Lorenz.

Und Bärbel fügte hinzu: »Jetzt wohl noch umso mehr, da du behauptet hast, etwas von ihm zu wollen.«

Benny trat zu den Senioren. Er hatte den Wortwechsel aufgeschnappt und meinte: »Hat Kommissar Wollbrand etwas ins Rollen gebracht?«

»So könnte man sagen«, antwortete Gustav. »Der Floto liegt im Krankenhaus, und die Nazis müssen jetzt vermutlich denken, dass er schwach und leicht auszuquetschen ist.«

»Genau, und wer etwas von ihm will, sollte sich am besten jetzt an sein Bett stellen, nicht wahr?«, ergänzte Bärbel. »Wir wissen ja, wer ihn zusammengeschlagen hat. Aber wer weiß das sonst noch? Und welche Rolle spielt Floto überhaupt?«

»Das wissen wir nicht«, sagte Lorenz.

Benny meinte: »Aber ist der Kerl dann nicht in Gefahr, so wie der da jetzt im Krankenhaus liegt?«

»Verdammt, der Knabe hat recht«, meinte Gustav. »Du hast diesen Neonazi eben zum Abschuss freigegeben, wenn mich nicht alles täuscht.«

Lorenz brummte: »Was wäre so schlimm daran?«

Bärbel rief aus: »Aber Lorenz, wie kannst du nur?«

»Ist ja schon gut«, beeilte sich Lorenz zu sagen. »Ich muss sowieso Rita anrufen, ich sage ihr Bescheid.«

»Tu das.« Bärbel beruhigte sich wieder. Lorenz griff zu seinem Handy und wählte Ritas Nummer.

»Hallo Opa, was gibt's?«, meldete sie sich.

»Ja, hier ist – ach so, du hast das schon gesehen«, sagte Lorenz etwas verdutzt. »Hör zu, mein Engel: Ich hab da so ein dummes Gefühl, was den Floto betrifft.«

»Was meinst du?«, fragte Rita. »Bei dem war ich gerade. Der liegt im Lendersdorfer Krankenhaus und wird einige Zeit niemandem etwas antun können.«

»Ja, ich meine auch eher umgekehrt.«

»Opa?« Ritas Stimme nahm einen Klang an, aus dem zu hören war, dass sie Böses ahnte.

»Was machst du gerade, mein Schatz?«, fragte Lorenz.

Die Antwort kam schnell und ungeduldig: »Wir suchen nach Henry Drechsler, den du offenbar mit deinen privaten Nachforschungen verschreckt hast, und darüber hinaus hole ich gleich Paul ab, der mit dieser Amerikanerin gesprochen hat, um von der etwas zu erfahren. Und jetzt sag mir, was du weißt!«

Lorenz machte eine wegwerfende Handbewegung, als könne Rita ihn sehen. »Ach, eigentlich nichts Spezielles. Ich denke halt, also, ich hab da Informationen, aus denen man schließen könnte, will sagen: Ich glaube, es ist besser, man hat ein Auge auf den Floto.«

»Opa!« Ritas Stimme klang gereizt.

»Also gut«, lenkte Lorenz ein. »Es sind alles nur Spekulationen, und nichts davon beruht auf Gesprächen, die ich theoretisch mit der einen oder anderen verdächtigen Person geführt haben könnte.«

»Opa!«, rief Rita wieder durchs Telefon. »Spuck's endlich aus!«

»Bin doch schon dabei, Liebes«, antwortete Lorenz. »Nun unterbrich doch nicht ständig. Also, wir glauben, der alte Floto musste sterben, weil die Nazis ihn offenbar als Sicherheitsrisiko eingestuft haben. Als Informationsleck sozusagen. Und nun scheint es, als gelte dies ebenso für seinen Sohn.«

»Also gut«, ließ Rita sich vernehmen. »Du machst jetzt gar nichts mehr. Ich sammle Paul auf und kümmere mich um alles. Und du hältst dich bitte in der Seniorenresidenz bereit, wir kommen später vorbei, dann musst du mir alles genau erklären.«

»Ja, mein Engel, wir bleiben hier im Heim«, sagte Lorenz und wartete, bis Rita das Gespräch beendet hatte. Dann steckte er das Handy weg und sagte: »Benny, fahr schon mal den Wagen vor. Wir müssen schnellstens nach Lendersdorf zu Floto!«

»Aber sagtest du nicht gerade ...«, begann Benny, dann grinste er und meinte: »Ay, Ay, Käpt'n, ich hol den Bus.«

Von Nideggen bis zum St.-Augustinus-Krankenhaus in Lendersdorf benötigte Benny eine Viertelstunde. Er setzte die drei Senioren vor dem Haupteingang ab und suchte einen Parkplatz. Als er das Foyer wenig später betrat, hatte Lorenz das Zimmer, in dem Hermann Floto lag, bereits erfragt. Sie nahmen den Aufzug und fuhren bis in das oberste Stockwerk, in dem die Privatpatienten untergebracht waren. Bald standen sie vor dem Zimmer 604, in dem Floto lag. Lorenz brummte: »Der alte Ermittler hätte den Neonazi eher im Zimmer 666 erwartet, doch das gab es hier offenbar nicht.«

Sie öffneten die Tür. Das Zimmer hatte nur ein Bett, und über dieses beugte sich gerade ein Mann in einem weißen Kittel.

»Kommen wir ungelegen, Herr Doktor?«, fragte Bärbel. Der Mann fuhr herum. Die drei blickten überrascht in das Gesicht von Henry Drechsler.

Lorenz rief: »Was machen Sie da am Bett?«

Henry Drechsler stieß hervor: »Ihr schon wieder!« In seiner Hand hielt er eine Spritze, mit der er dem schlafenden Floto offenbar gerade eine Injektion hatte verabreichen wollen. Benny riss Lorenz dessen Gehstock aus der Hand, war mit zwei schnellen Schritten bei Drechsler und schlug ihm mit einem gezielten Hieb die Spritze aus der Hand. Drechsler fuhr mit einem Schmerzensschrei zurück, dann griff er in seinen Hosenbund und holte eine Pistole hervor. Die richtete er auf Benny. »Zurück!«, schrie er.

Benny stand mit erhobenem Stock vor ihm.

Lorenz sagte mit ruhiger Stimme: »Benny, lass ihn. Komm zu uns, ganz langsam.« Benny gehorchte und trat ein paar Schritte zurück.

Drechsler hielt die Waffe auf die vier Freunde gerichtet. »Verdammte senile Idioten«, zischte er hasserfüllt. »Was mischt ihr euch denn hier ein? Warum versaut ihr alles?« Dabei griff er mit der freien Hand nach dem Kissen von Floto, zog es ihm unter dem Kopf weg und legte es auf dessen Gesicht. Floto war mittlerweile erwacht und gab unartikulierte Laute von sich. Drechsler drückte das Kissen nach unten. Floto begann zu röcheln, seine Hände zuckten und griffen ins Leere. Ein Ruf ließ alle Anwesenden im Raum zusammenzucken: »Waffe weg und Hände hoch!«

Rita stand in der Tür, ihre Pistole im Anschlag. Dahinter Paul, ebenfalls mit gezogener Waffe. Drechsler zuckte zusammen und richtete unwillkürlich seine Pistole auf Rita. Diese ließ ihm keine Zeit für weitere Aktionen und schoss sofort. Drechsler wurde durch die Wucht des Treffers über das Bett geworfen und brach zusammen. Rita spurtete durch das Zimmer und stand breitbeinig über dem Mann, der stöhnend auf dem Boden lag. Paul eilte ebenfalls herbei, stellte Drechslers Waffe sicher und begutachtete dann dessen Schusswunde.

»Komm, jammer nicht so«, sagte er. »Ist doch nur die Schulter. Sei froh, dass nicht ich auf dich geschossen habe. Ich halte immer auf die Mitte.«

»Arschloch«, fluchte Henry Drechsler.

»Ja, gib es mir nur«, knurrte Paul. »Und dann machst du endlich das Maul auf. Was hast du mit den Morden an Floto, Kellermann und Gerster zu tun? Und warum wolltest du Hermann Floto jetzt auch umbringen?«

»Das wisst ihr doch«, stöhnte Drechsler. »Ich hasse Nazis. Mit den Morden habe ich nichts zu tun. Aber diesen hier, den wollte ich umbringen. Er hat Herrn Kratz angegriffen und wird es wieder tun. Das kann ich nicht zulassen.«

»Erzähl keinen Scheiß«, meinte Rita. »Den Nazihasser kauft dir keiner ab.«

»Doch!«, rief Drechsler. »Ich bin dankbar, dass Sie mich vor dieser Dummheit bewahrt haben!«

»Du lässt mir keine Wahl«, meinte Paul. Er zückte ein Paar Handschellen und zog Drechsler die Arme hinter dem Rücken zusammen. Der stöhnte laut auf. »Oh, scheiße, ich bin verwundet. Sind Sie wahnsinnig?«

Paul riss weiter an Drechslers Armen herum und ließ die Handschellen um ein Handgelenk zuschnappen. Drechsler rief aus: »Scheiße, hör schon auf. Okay, ich war's, ich geb's zu. Aber es war nicht meine Idee, ich wurde gezwungen!«

»Wozu? Rede!«, rief Rita.

Drechsler traten Tränen in die Augen, als Paul das zweite Handgelenk auch noch arretierte und ihn an den Handschellen halb herumdrehte. »Kellermann rief mich an und sagte, ich müsste den alten Floto treffen. Er sagte, Floto müsse zum Schweigen gebracht werden, er würde sonst alles auffliegen lassen.«

»Sie trafen sich mit Wilhelm Floto und erschlugen ihn.«

»Ja, nein, also das war so nicht geplant. Ich sprach mit ihm, hatte gedacht, er würde sich beruhigen lassen. Aber er sprach nur von diesem Kratz und dass wir alles falsch angepackt hätten. Dann fing er an, mich zu beschimpfen, und es kam zu einem Handgemenge. Ich nahm mir einen Stock und zog ihm eins über.«

»Das glaubt Ihnen doch kein Mensch«, sagte Paul. »Sie trugen Handschuhe, und nach der Tat schnitten Sie der Leiche ein Zeichen in die Stirn, um den Verdacht auf Kratz zu lenken und das Ganze wie einen Rachemord aussehen zu lassen. Ziemlich dilettantisch übrigens.«

»Ich sage nichts mehr«, stieß Drechsler hervor. »Ich will einen Anwalt.«

»Natürlich«, sagte Rita. »Henry Drechsler, ich verhafte Sie wegen Mordes an Wilhelm Floto, versuchtem Mord an Hermann Floto und wegen des dringenden Tatverdachts auf Mord an Stadtrat Kellermann und Hauptkommissar Bruno Gerster.«

»Nein!«, rief Drechsler. »Kellermann und der Polizist,

damit habe ich nichts zu tun!«

Rita sprach ungerührt weiter: »Sie haben das Recht auf einen Anwalt und müssen jetzt nichts zu den Anschuldigungen sagen. Ich rate Ihnen aber dringend, mit uns zu sprechen. Das könnte sich sehr positiv auf unsere Bewertung Ihrer Rolle in der ganzen Geschichte auswirken.«

»Ich blute«, jammerte Drechsler. »Und ich habe Schmerzen.«

»Keine Panik«, versetzte Paul. »Wir sind in einem Krankenhaus. Hier wimmelt's nur so von Ärzten.«

Zwei Krankenschwestern und ein Arzt, die Gustav vorhin noch geistesgegenwärtig an der Tür festgehalten hatte, kamen nun ins Zimmer gelaufen. Rita wies auf Floto, der sich in seinem Bett wälzte. »Kümmern Sie sich um den Mann«, befahl sie. »Er wurde angegriffen. Der Täter ist gefasst, keine Sorge.«

Drechsler winselte: »Die sollen sich um mich kümmern.«

Paul fasste ihn an der Brust. »Pass mal auf, Männlein. Sag uns jetzt ganz schnell, was du weißt, und alles wird gut.«

Drechsler stöhnte: »Was wollt ihr denn noch wissen?«

Lorenz trat hinzu: »Was hat Dr. Korger mit der Sache zu tun? Hat er Sie beauftragt? Raus damit!«

Drechsler sah Paul und Rita fragen an. Rita sagte: »Sie haben die Frage gehört. Antworten Sie dem alten Herrn!«

»Ihr spinnt doch alle!«, jammerte Drechsler. Dann fasste er sich jedoch und sagte: »Korger ist derjenige, nach dessen Pfeife alle tanzen. Den müssen Sie fragen, wenn Sie den Mörder vom Kellermann wollen. Ich habe damit nichts zu tun. Korger und seine rechte Hand waren bei Kellermann, als dieser Polizist aufkreuzte und dummerweise Korgers Bluthund erkannte. Nachdem der den Polizisten erschossen hatte, bekam Kellermann kalte Füße, und Korger entschied, dass er auch liquidiert werden müsse, da er ihm nicht zutraute, den Mund zu halten. Genau wie die Flotos.«

»So, dann werden wir uns diesen Korger mal vornehmen«, meinte Paul.

Drechsler fügte hinzu: »Der ist jetzt in diesem Moment in Vogelsang und macht den Deal perfekt.«

»Was für einen Deal?«

»Ich sag doch, ich habe von diesen Machenschaften keine Ahnung«, stöhnte Drechsler. »Fragen Sie Korger.«

»Das tun wir«, rief Lorenz aus. »Auf nach Vogelsang!«

»Nicht so schnell«, sagte Rita. Sie gab den Ärzten einen Wink in Richtung Drechsler, damit diese den Mann versorgen konnten. Paul löste ihm dazu die Handschellen.

Rita fragte: »Wenn Sie den Hermann Floto umbringen wollten, warum haben Sie es dann nicht gleich erledigt? Oder wollten Sie ihn zuerst gar nicht umbringen?«

»Aber das war doch gar nicht der Drechsler«, sagte Lorenz.

»Was weißt du denn schon wieder darüber?« Rita verdrehte die Augen.

Lorenz grinste und kraulte sich verlegen den Bart. »Ach so, stimmt ja. Das hatte ich noch gar nicht erzählt. Das war ein Antifa-Aktivist namens – oje, den Namen kenn ich nicht. Ich glaube, ihr kennt ihn.«

»Opa! Jetzt ist Schluss mit lustig! Sag uns den Namen!«

Lorenz sah sich Hilfe suchend nach seinen Freunden um. Doch von diesen kam keine Reaktion. Nach einer kurzen Bedenkzeit sagte er: »Na gut, ich glaube, ich erinnere mich. Der Junge heißt – aber ich kann mich irren – vermutlich heißt er Kalle Gärtner.«

»Wann wolltest du uns das denn mitteilen?«

»Unverzüglich natürlich«, log Lorenz. »Wir haben es selber auch erst eben erfahren. Stimmt's?« Er sah sich nochmals Hilfe suchend um. Benny und Gustav nickten sofort eifrig, Bärbel schloss sich nach kurzem Zögern an.

Rita schüttelte den Kopf und seufzte. »Das hat doch alles keinen Sinn.«

Der Arzt, der Henry Drechsler untersucht hatte, meldete sich zu Wort: »Wir müssen das Projektil unverzüglich entfernen.«

»Selbstverständlich«, sagte Paul. »Wir stellen einen Beamten zur Bewachung ab. Der Mann ist ein geständiger Mörder, also ist höchste Wachsamkeit geboten.«

Dann sah er Hermann Floto an, dem man das Kissen wieder unter den Kopf geschoben hatte und der sie jetzt neugierig anglotzte.

»Ja, da schaust du, du Nazi!«, blaffte Paul ihn an. »Wir haben dir deinen braunen Arsch gerettet. Was sagst du dazu?«

Floto bewegte sichtlich unter Schmerzen seine Lippen, dann würgte er mühsam, aber verständlich hervor: »Leck mich.«

46. Kapitel

»Gib Gummi, Junge!«, rief Lorenz aufgeregt, als Benny die Schranke zum Gelände der Ordensburg Vogelsang durchfahren hatte. Benny gehorchte und trat das Gaspedal durch. Die lange Gerade bis zum Parkplatz legte der Bus der Seniorenresidenz Burgblick, beladen mit Bärbel, Gustav und Lorenz, in wenigen Sekunden zurück. Benny wollte vor dem Gebäudekomplex nach links auf den Besucherparkplatz abbiegen, doch Lorenz zeigte nach vorn.

»Nix da, weiter geradeaus, direkt bis vor den Adlerhof vorgefahren, die Zeit drängt! Rita und Paul werden sicher auch gleich da sein, viel Vorsprung haben wir nicht.«

In der Tat waren die Kriminalbeamten bei der Festnahme Drechslers noch aufgehalten worden, und die Alten hatten sich aus dem Staub gemacht, natürlich unter der Zusage, ins Seniorenheim zurückzukehren und das weitere Geschehen abzuwarten. Lorenz wusste, dass Rita ihm dies ohnehin nicht glaubte und sicher bald ebenfalls auf der Ordensburg auftauchen würde. Der Bus raste an ein paar Besuchern vorbei, die ihnen kopfschüttelnd hinterhersahen, und hielt mit quietschenden Bremsen direkt am Eingang zum Adlerhof. Lorenz sah in der kleinen Parkbucht vor dem Eingang den auffälligen Horch 853, den er schon vor Korgers Villa in Nideggen bewundert hatte.

Forsch schritt er voran in Richtung Forum, wo er die gesuchte Versammlung vermutete. Sie traten in das Infozentrum und liefen durch den Ausstellungsraum. Am Schalter blaffte Lorenz die Angestellte an: »Wo ist diese Sitzung?«

»Hier hinten durch im Seminarraum«, sagte die junge Frau überrascht, um dann schnell hinzuzufügen: »Aber da können Sie nicht rein, das ist eine geschlossene Veranstaltung.«

»Papperlapapp«, rief Lorenz und lief weiter, gefolgt von Benny, Gustav und Bärbel, die sich wunderten, wie schnell Lorenz voraneilte. Mit erhobenem Gehstock enterte er den Seminarraum.

Gernot Korger, der gerade mittels einer Fernbedienung einen Beamer bediente und dabei einen Vortrag vor einer Reihe anderer Personen hielt, stockte.

»Ja, halt mal die Luft an«, rief Lorenz in die Runde. Eine Frau in einem eleganten Kostüm erhob sich von ihrem Stuhl und sagte: »Entschuldigen Sie bitte, aber Sie können doch nicht hier hereinplatzen und die Veranstaltung stören!«

»Und ob ich das kann!«, entgegnete Lorenz. »Wissen Sie eigentlich, wem Sie da gerade zuhören? Das ist Dr. Gernot Korger, ehemaliger Junker der Ordensburg und Altnazi!«

»Was reden Sie denn da!«, fuhr Korger auf. »Entfernt diesen Mann!« Neben ihm stand ein Kerl auf, den die Freunde als den angeblichen Antifa-Aktivisten und Begleiter Drechslers wiedererkannten.

»Nicht so schnell«, sagte ein anderer Mann, der in der Runde saß. »In der Namensliste der Junker, die damals hier ausgebildet wurden, befindet sich tatsächlich ein Gernot Korger. Herr Dr. Korger hat mir jedoch versichert, dass es sich um eine zufällige Namensgleichheit handelt.«

»Aber nein, Herr Ring!«, rief jetzt Bärbel aus. »Wir haben doch miteinander telefoniert. Glauben Sie tatsächlich, es gebe einen zweiten Gernot Korger, der sich nun zufällig für Vogelsang interessiert?«

Klaus Ring erhob sich und kam auf Bärbel und die Freunde zu. »Herr Dr. Korger ist Vorstand einer Stiftung zur politischen Bildung, die hier ein größeres Projekt finanzieren möchte. Würde er das tun, wenn er der Nazi wäre, von dem Sie sprechen?«

»Oh ja, das würde er!«

Die Stimme kam vom Eingang, wo Jakob Kratz und Lisa Wilke eingetreten waren. Jakob trat auf Korger zu und zeigte auf ihn. »Dieser Mann verfolgt einen perfiden Plan. Er tarnt seine Organisation als Stiftung zur politischen Bildung, aber in Wahrheit sucht er nur hier Fuß zu fassen, um langsam, aber sicher sein ekelhaftes Gedankengut einfließen zu lassen. Er verfolgt sehr langfristige Pläne, die weit über seine Lebensspanne hinausreichen, und er hat Kontakte in Politik und Wirtschaft. Ist es nicht so, Junker Gernot?«

»Was ist das für ein alter Narr?«, zischte Korger.

Lisa Wilke ergriff das Wort. »Dieser Mann ist Jakob Kratz, Überlebender des Holocaust, und er hat Beweise dafür, dass Gernot Korger hier auf Vogelsang ausgebildet wurde. Korger sammelt viele Millionen Euro in Deutschland und in den USA für ein langfristiges Projekt, das darauf abzielt, den Nationalismus und Chauvinismus wieder erstarken zu lassen, ohne den direkten Widerspruch der demokratischen Kräfte zu provozieren. Wenn er erst einmal sein Seminarprogramm hier etablieren kann, wird seine Stiftung langsam, aber sicher ein von langer Hand geplantes Bildungsprojekt anlaufen lassen, und unmerklich werden sich die Seminarinhalte verändern. In den USA hat das bereits in Teilbereichen funktioniert, und auch hier haben die pseudowissenschaftlichen Publikationen seiner Stiftung schon manchen Unfug ungestraft verbreitet.«

»Das ist doch alles Unsinn!«, schrie Korger. »Wie sollte denn so etwas gehen?«

»Das frage ich mich aber auch«, meinte Klaus Ring. »Wir sind doch nicht so dumm, uns durch Nazis unterwandern zu lassen?«

»Sie nicht, Herr Ring«, schaltete sich Lorenz ein. »Aber

wenn Sie und ich längst den Weg alles Irdischen gegangen sind, werden Korgers Nachfolger hier Seminare durchführen, in die mehr und mehr Ideen eingestreut werden, die Sie nicht gutheißen könnten. Aber Sie werden nicht dabeisitzen, wenn hier Schulklassen weitergebildet werden mit Ideen, wie sie ein Herr Sarrazin ungestraft verbreiten darf, und der gilt auch nicht als Nazi, obwohl er es als Schreckensszenario bezeichnet, wenn mehr und mehr Deutsche genetisch nicht mehr allzu eng mit ihm verwandt sind. Der könnte durchaus auch hier mit Herrn Korger die Schulbank gedrückt haben. Und abgesehen davon, wir haben einige sehr bedenkliche historische Arbeiten aus Korgers Umfeld gefunden, welche als antisemitisch eingestuft werden.«

»Jetzt reicht es aber!«, schrie Korger.

»Allerdings!«, rief Paul, der mit Rita in den Raum trat. »Wir kennen Ihre Verbindungen zur NPD-Führung, auf einem Foto stehen Sie unvorsichtigerweise mit Albert Finkel zusammen, und wir haben gerade Henry Drechsler verhaftet, einen Mann, der gestanden hat, auf Ihr Geheiß einen alten Mann umgebracht zu haben. Wilhelm Floto war ein Altnazi wie Sie, aber er stand im Begriff, aus sehr kurzsichtigen eigennützigen Beweggründen etwas auszuplaudern. Deshalb musste er sterben. Und Sie erteilten den Exekutionsbefehl.«

»Wie so viele zuvor«, schaltete sich Jakob Kratz wieder ein. »Ab 1944 waren Sie für die Organisation der Judendeportationen in der Eifel und im Rheinland zuständig. Ihre ideologische Ausbildung hier auf Vogelsang war sehr gründlich.«

Gustav trat auf Korger zu. »Du Drecksack hast meine Eltern und viele andere umbringen lassen!«, sagte er betont ruhig, aber jeder der Anwesenden merkte, dass er alles andere als ruhig war.

Paul und Rita traten weiter in den Raum hinein und wollten Gustav davon abhalten, etwas Unüberlegtes zu tun. Korger ging in Richtung Ausgang, gedeckt von seinem Begleiter, der seinen Arm nicht mehr in der Schlinge trug wie noch einige Tage zuvor. Als Gustav Korger noch näher kam, zog der Mann plötzlich eine Waffe und richtete sie auf Gustav. »Bleib stehen, Alter«, zischte er.

»Das ist aber gar keine gute Idee«, sagte Paul, der blitzschnell seine P99 in Anschlag gebracht hatte, ebenso wie Rita.

»Junge«, sagte Gustav und fixierte den Mann gelassen. »Dein Chef hat meine Familie umbringen lassen, und ich habe ein langes und oft einsames Leben hinter mir. Ich bin alt genug zu sterben, glaubst du, dein Schießeisen macht mir Angst?«

»Quatsch nicht so einen Scheiß, Opa«, sagte der Mann und bedeutete Korger, sich davonzumachen.

Lorenz drückte Benny verstohlen seinen Gehstock in die Hand. Dann trat er neben Gustav. »Jetzt sieh mal zu, wie du zwei alte Hunde über den Haufen schießt, bevor die Damen und Herren Polizisten da drüben dir das Licht ausblasen. Und dein Chef spaziert gerade aus der Tür, steigt draußen in seinen noblen Horch, was wirklich ein sehr schönes Auto ist und bestimmt eine Menge Geld kostet, und er lässt dich hier stehen. Ich würde sagen, du hast dir irgendwie einen ganz beschissenen Job ausgesucht. Wie hieß es doch – denn die Fahne ist mehr als der Tod.«

»Nun halt doch endlich die Schnauze!«, schrie der Mann und äugte unsicher zum Ausgang, wo Korger mittlerweile verschwunden war. In diesem Moment, als Rita gerade überlegte, ob sie schießen sollte und Paul den Finger schon beinahe gekrümmt hatte, machte Benny einen blitzschnellen Schritt nach vorne, holte gleichzeitig weit aus und ließ Lorenz' Stock auf die Hand des Ganoven niedersausen. Mit einem Schmerzensschrei ließ der die Waffe los, die scheppernd zu Boden fiel. Ein zweiter Schlag aus Bennys Kendo-Repertoire traf seinen Hinterkopf und ließ ihn bewusstlos zusammenbrechen.

Paul sprang schnell hinzu und stellte die Waffe sicher. Dann prüfte er den Zustand des am Boden liegenden Mannes. Als er sich vergewissert hatte, dass dieser keine Bedrohung mehr darstellte, sah er Benny an: »Du bist ein echt verrückter Hund, weißt du das?« Er sah sich nach Rita um. Die war bereits aus dem Raum geeilt, um den flüchtenden Korger zu stellen.

Ein lautes Donnern ließ alle zusammenzucken. Lorenz sah nach draußen. Es war nach wie vor hell und sonnig. »Seltsames Gewitter«, brummte er.

»Das war kein Donner«, meinte Jakob Kratz. »Das war eine Explosion, dafür hab ich ein Ohr.«

»Rita!«, rief Lorenz aus und lief zur Tür. Paul wäre ihm gerne gefolgt, besann sich jedoch und legte dem überwältigten Ganoven erst einmal Handschellen an. Die anderen liefen ebenfalls hinaus.

Lorenz eilte über den Adlerhof in Richtung des Ausgangs, wo eine Rauchsäule emporstieg und eine Menschenansammlung entstand. Zu seiner großen Erleichterung sah er Rita, wie sie die Besucher daran hinderte, einem in Flammen stehenden Autowrack näher zu kommen.

Lorenz trat zu ihr. »War ein wirklich schönes Auto«, sagte er. »Ja«, meinte Rita. »Aber da war wohl irgendjemand anderer Meinung.«

»Ist der Alte hin?«

Rita zuckte die Schultern. »Das nehme ich an, kann ich aber momentan nicht erkennen. Das werden wir aber schon bald feststellen. Du hast nun endlich genug ermittelt, nicht wahr? Und du bist mir ein paar Erklärungen schuldig.«

»Aber ja, mein Engel«, sagte Lorenz.

Gustav, Bärbel und Benny traten zu ihnen. Nur wenige Meter hinter ihnen folgten Jakob Kratz und Lisa Wilke.

»Shit«, meinte die Amerikanerin. »Jetzt ist der alte Nazi tot, bevor wir herausgefunden haben, wer seine Kontakte nach oben, die Hintermänner des ganzen Projekts, waren.«

»Aber er hat uns ein paar Spuren hinterlassen«, meinte Lorenz und grinste. »Wir haben ein paar pseudowissenschaftliche Publikationen gefunden, an denen der alte Halunke beteiligt war. Da wird sicherlich die eine oder andere Querverbindung zu ziehen sein zu Korgers … – das nennt man – Bärbel, wie heißt das noch?«

»Scientific Community«, ergänzte Bärbel lächelnd.

»Genau«, sagte Lorenz und sah in die brennenden Trümmer.

47. Kapitel

Der Fels, auf dem Lorenz saß, war rau und warm. Lorenz hatte die Augen geschlossen und stützte sich mit beiden Handflächen auf die körnige Oberfläche. Irgendwo unter ihm, in der Wand des Sandsteinturmes, auf dessen Gipfel er saß, klimperten Kletterer mit Karabinern herum. Die Sonne schien ihm ins Gesicht, das helle Licht blendete trotz geschlossener Lider.

»Was meinst du, geht's uns nicht gut?«, hörte er Bärbels Stimme neben sich. Er drehte den Kopf zur Seite und öffnete die Augen. Bärbel trug ein weißes Kopftuch, unter dem ihr kupferfarbenes Haar hervorleuchtete, und eine dunkle Sonnenbrille. Sie kam Lorenz vor wie eine Filmdiva aus den Sechzigern, die von der Hollywoodleinwand direkt zu ihm in die Eifel gesprungen war.

»Ja«, sagte er. »Es geht uns wirklich gut.«

»Was man von Gustav nicht so hundertprozentig sagen kann«, sagte Benny grinsend und nahm dabei ein Kletterseil in wohlgeordneten Schlingen auf. »So schief wie der dieser Tage auf den Beinen ist.«

Gustav schüttelte missbilligend den Kopf. »In meinem Alter ist so ein Eingriff eben keine Kleinigkeit. Deshalb macht man das normalerweise ja auch am achten Lebenstag.«

Benny sortierte ein paar Klettergurte und lachte laut. »Entschuldige bitte, Onkel Gustav, aber ich kann es immer noch nicht so ganz glauben. Du bist doch jetzt, wo du deine Herkunft kennst, deswegen nicht plötzlich ein gläubiger Jude, oder etwa doch?«

Gustav schüttelte den Kopf. »Natürlich nicht. Aber es ist ein Symbol. Ich habe es zu Ehren meiner Mutter getan, an die ich mich leider, woran das auch immer liegen mag, nicht erinnern kann. Sie hätte es bestimmt gewollt.«

Bärbel fügte hinzu: »Benny, du musst verstehen, dass das jüdische Erbe von der Mutter an die Kinder weitergegeben wird. Und es muss Gustavs Mutter bestimmt sehr schwergefallen sein, ihren Sohn nicht beschneiden zu lassen. Es war zu seinem Schutz, aber vielleicht hat es ihr das Herz gebrochen. Wer kann das wissen?«

»Ich weiß jedenfalls«, sagte Lorenz, »dass unser Gustav auf seine alten Tage sentimental wird. In seinem Zimmer sieht man nicht ein einziges Bild, keinerlei Erinnerungsstücke, noch nicht mal einen Klumpen Silber aus seiner alten Mine, und dann lässt er sich rituell verstümmeln.«

»Aber Lorenz!«, rief Bärbel aus.

Gustav winkte lächelnd ab. »Lass nur, meine Liebe, der alte Brummbär meint es ja nicht so. Lass ihn lästern, das braucht er.«

Lorenz nickte zustimmend. »Jawohl, du verstehst mich. Empathie sagt man den Jungs von der anderen Fakultät ja auch nach.«

»Nun ist es aber gut«, schalt Bärbel.

Lorenz kraulte sich den Bart und murmelte leise: »Der in Ehren ergraute Ermittler wusste ja, dass seine Freunde ihm so leicht nichts übel nehmen würden. Kommissar Wollbrand war mit sich und der Welt sehr zufrieden.«

»Das kann er auch sein«, meinte Benny. »Wir haben die Mörder gefasst und eine internationale Verschwörung aufgedeckt.«

»Nun, so weit würde ich nicht gehen«, entgegnete Lorenz. »Aber immerhin, die Pistole, die du dem Ganoven auf der Ordensburg aus der Hand geschlagen hast, wurde als die Waffe identifiziert, mit der Kommissar Gerster erschossen wurde. Und Henry Drechsler hat ein umfassendes Geständnis abgelegt. Er hat mittlerweile zugegeben, dass er von den Machenschaften der anderen Stadträte erfahren hatte und Kellermann aus purer Geldgier geholfen hat. So hat Drechsler die Drecksarbeit erledigt, als Kellermann von Wilhelm Flotos Anruf alarmiert wurde und Korger entschied, dass Floto ausgeschaltet werden müsse. Drechsler wurde auch engagiert, Kratz vor den Übergriffen der Neonazis um Hermann Floto zu schützen, um nicht noch mehr Staub aufzuwirbeln und Korgers Vorhaben nicht zu gefährden. Der alte Nazi hatte wesentlich weitreichendere Pläne als diese kleinen Schläger.«

Bärbel fügte hinzu: »Und die Hinweise, die wir mithilfe von Dr. Hardering und Pfarrer Friesdorf der Polizei über Korgers Publikationen geben konnten, werden vielleicht noch mehr Licht auf das Netzwerk des alten Nazis werfen.«

»Fragt sich nur, wer Korgers Auto in die Luft gejagt hat«, meinte Benny. »Von Kalle Gärtner fehlt jede Spur, dem wäre so was zuzutrauen. Oder vielleicht hat diese Amerikanerin Spezialagenten vom CIA dazu beauftragt, die Amis machen so was überall in der Welt. Oder der israelische Geheimdienst. Und vor allem, der Kratz hatte doch erzählt, dass er im Krieg das Bomben basteln gelernt hat. Der war's bestimmt.«

Gustav schüttelte den Kopf. »Das glaube ich nicht. Jakob hat seit Langem genug von all der Gewalt. Er wollte der Wilke helfen, die Nazis aufzuspüren, und hoffte auf Heilung für seine alten Narben. Das eine ist ihm gelungen, das andere wohl kaum.«

»Schade, dass er nicht bleiben konnte«, meinte Bärbel. »Ich hätte ihm gegönnt, den Lebensabend in seiner Heimat zu verbringen. Vielleicht hätten wir gute Freunde werden können.«

»Ja, vielleicht«, sagte Lorenz. »Aber hier schmerzen ihn all diese Erinnerungen zu sehr, hier wurde er damals von seinen

Nachbarn verraten und im Stich gelassen, jeder Baum, jeder Stein erinnert ihn zu sehr an die schreckliche Vergangenheit. Seine Heimat wurde ihm gestohlen, und das kann er nicht rückgängig machen.«

Die Freunde schwiegen. Lorenz ließ seinen Blick über das Rurtal schweifen. Der Sommer hatte gerade erst richtig begonnen, und er freute sich auf die nächsten Wochen voller Wärme und Licht. Er atmete tief durch, ließ das Erlebte der letzten Tage vor seinem inneren Auge vorüberziehen.

Gustav setzte sich neben ihn und legte ihm eine Hand auf die Schulter. »Nun, alter Ermittler, was grübelst du?«

Lorenz sah seinem Freund lange in die Augen. Dann sagte er: »Weißt du, ich muss immer daran denken, dass ich damals zu jung war, um gegen diesen Wahnsinn etwas tun zu können. Aber nach dem Krieg, was haben wir dann getan, um das geschehene Unrecht so gut als irgend möglich wieder gutzumachen?«

»Was hätten wir denn besser machen können?«, fragte Gustav. »Immerhin sind wir ein demokratischer Rechtsstaat geworden. Mit den üblichen Geburtswehen und vielen kleinen Krankheiten, und blühende Landschaften haben wir nur teilweise, aber es ist doch alles in allem gar nicht so übel.«

»Stimmt«, meinte Lorenz. »Aber warum gibt es heute, nach so langer Zeit, immer noch keine neue jüdische Gemeinde in unserer schönen Heimat? Sieh dich doch um.« Er zeigte auf die Wälder und Hügel, die sich ringsherum erstreckten, und auf die satten Wiesen im Tal, durch die tief unter ihnen die Rur floss. Dann fuhr er fort: »Ich sehe das so: Wir hatten einen blühenden Garten, die unterschiedlichsten Blumen blühten in Eintracht nebeneinander in einem schönen Beet. Und dann kamen Panzer und walzten alles platt. Und was tut der Gärtner danach? Zieht er einen Zaun um den umgepflügten Garten und sagt, bitte sehr, jetzt kommen keine Panzer mehr, alle Blumen sind herzlich eingeladen, erneut zu wachsen, und dann wartet er, bis die Blumenbeete wieder in alter Schönheit erblühen? Nein, der gute Gärtner weiß genau, dass dann bestenfalls Gras über die ganze Sache wächst. Er macht etwas anderes: Er legt die Beete wieder an und pflanzt die Blumen neu. Das haben wir nicht getan. Wir haben es immer als die vorrangige Aufgabe unserer Generation betrachtet, gegen das Vergessen zu kämpfen, damit das Vergangene sich in der Zukunft nicht wiederholen kann. Aber eine Aufgabe haben wir sträflich den nachfolgenden Generationen überlassen: Die Spätgeborenen müssen dafür sorgen, dass Deutschland wieder ein Land wird, in dem blühende jüdische Gemeinden gedeihen wollen und können wie vor der Nazizeit.« Lorenz atmete noch einmal tief durch.

Bärbel meinte: »Manche Beete kann man aber vielleicht nicht neu erstehen lassen. Es gibt leider nicht mehr viele Juden, die dieses Land als ihre Heimat betrachten. Das können wir nicht ungeschehen machen. Vielleicht aber haben wir zukünftig tatsächlich einmal so viele Einwanderer, wie immer behauptet wird, und vielleicht sind dann auch Menschen jüdischen Glaubens darunter.«

»Ja, vielleicht«, murmelte Lorenz.

Benny baute sich vor den Freunden auf. »So, ihr Lieben. Jetzt blast mal keine Trübsal. Jetzt seid ihr dran!«

Bärbel schüttelte den Kopf. »Aber das kann doch nicht dein Ernst sein. Du willst uns doch nicht wirklich klettern lassen?«

Benny lachte. »Ach, kommt schon. Ihr sollt ja auch nicht wirklich klettern. Wir wollen uns nur abseilen. Dazu braucht man keine Kraft, nur etwas Mut und Abenteuerlust. Es ist auch ganz ungefährlich, ich zeig euch genau, wie es geht.«

Lorenz grinste. »Warum eigentlich nicht? Wer Rumba tanzen kann, kann auch klettern. Bärbel, mach mal den Anfang. Wenn du dich traust, dann mach ich das auch!«

Bärbel trat zu Benny und ließ sich von ihm in den Klettergurt helfen. »Ich bin verrückt, dass ich das auf meine alten Tage noch mitmache!«, lachte sie. »Und es ist wirklich nicht anstrengend? Das sieht alles so – huh – aus.«

Benny grinste. »Das ist nicht huh, das ist klasse. Pass auf, ich mach das Seil hier fest und werfe es im Doppelstrang runter. Hier steckst du es durch den Abseilachter und machst den an deinem Gurt fest – siehste, schon fertig. Wenn du unterhalb des Achters das Seil festhältst, bleibst du stehen. Lässt du das Seil durch die Hand rutschen, geht's abwärts. Ganz einfach. Und damit gar nichts passieren kann, binde ich dir noch eine zusätzliche Seilbremse ein. Wenn du die Hände ganz wegnimmst, stoppt sie dich automatisch. Pass auf, ich mache neben dir genau dasselbe.«

Die beiden traten zur Kante des Felskopfes. Bärbel sah hinunter. »Mir wird ganz anders. Lorenz, das ist so aufregend!«

Lorenz sah Bärbel und Benny zu, wie sie ihr Gewicht in das gespannte Seil legten und dann tatsächlich nach unten verschwanden. »Na, ob das mal gut geht?«

Dann hörte er Bärbels helles Lachen. Es schallte zu Lorenz herauf, hüpfte fröhlich zwischen den Felsen umher und bedeutete ihm, dass es niemals zu spät war, etwas zu beginnen, was man schon lange hätte tun sollen. Er sah Gustav an, und sie stimmten beide in Bärbels Lachen ein. Die Alten lachten laut und ausgelassen, und sie empfanden dabei jenes Glück, wenn man spürt, dass es im Leben noch für nichts zu spät ist.

»Verborgen ruht in mir Gewalt,
oft wallt es auf und wird Gestalt.
Du kleiner Ort am kleinen Hügel,
so weit entfernt – ach hätt' ich Flügel.
Die Hoffnung bleibt, die Jahre schwinden.
Wann werd' ich noch mal Ruhe finden?«

Emil Kamp, »Heimweh«, verfasst in der Zeit von 1940 – 1945, in:
»Man nannte mich auch Emilio«, Erkelenz 1998, Altius Verlag

KBV KRIMINALROMAN

Guido M. Breuer
ALTE SÜNDEN

Taschenbuch, 230 Seiten
ISBN 978-3-95441-163-4
9,50 EURO

Deutschlands Wilder Westen – er fängt gleich hinter Nideggen an. Das bekommt Opa Bertold in seinem fünften Fall einmal mehr zu spüren. Wieder wagt er sich aus der beschaulichen »Seniorenresidenz Burgblick« heraus, um Detektiv zu spielen.
Ein Geschäftsmann, der einen schwunghaften Handel mit antiken Artefakten treibt, wird ermordet, und ein geheimnisvoller Schamane sieht ausgerechnet den rüstigen Rentner in Verbindung mit diesem brutalen Verbrechen. Ging es bei dem tödlichen Überfall um Schmuggelware?
Opa Bertold, der um die lange Tradition des Schmuggels in der Eifel weiß, hat schon bald eine Schar von Hobby-Revolverhelden im Visier. Spielt diese Truppe um ihren Anführer John Chisum nur ganz harmlos Cowboy und Indianer? Oder versteckt sich doch etwas Kriminelles in den Planwagen der »Wild Bunch«?
Und was hat eine alte Frau, die ein dunkles Schicksal und alte Sünden aus den Nachkriegstagen des Kaffeeschmuggels in die Einsamkeit getrieben haben, mit all dem zu tun?
Um bei dem Showdown den Kopf aus der Schlinge zu ziehen, muss der vorwitzige Alte nicht nur reiten lernen ...

»Dieser Krimi nimmt dermaßen an Fahrt auf, dass man ihn nicht mehr aus der Hand legen will.«
(kaliber-9.de zu »Nach alter Mörder Sitte«)

KBV KRIMINALROMAN

Breuer / Panahandeh

TRATTORIA FINALE

Taschenbuch, 208 Seiten
ISBN 978-3-942446-86-0
9,50 EURO

Glauben Sie immer noch, Jörg Haider habe einen gewöhnlichen Autounfall gehabt?
Wissen Sie, was wirklich in Barschels Badewanne geschah?
Denken Sie etwa, dass hinter jedem Fallschirmabsturz technisches Versagen steckt?

Ettore Violenza und Jacques Assaraf lieben nicht nur einander - sie lieben auch ihren Job. Das betagte mörderische Paar zählt zu den besten Auftragskillern Europas. Doch auch die schillerndste Laufbahn muss einmal zu Ende gehen - immerhin sind die beiden mittlerweile schon über 90. Sie blicken auf ein ereignisreiches Berufsleben zurück und wollen sich zur Ruhe setzen, um sich endlich ihren Traum von der eigenen Trattoria zu erfüllen. Schon immer haben sie ihre ungewöhnlich kulinarischen Ideen mit dem ausgefallenen Beruf verbunden.

Und so laden sie Freund und Feind zu einer großen Feier in ihre Bad Godesberger Villa ein. Nicht nur dieses Fest hat es in sich, sondern auch die abgründigen Erinnerungen, die Jacques und Ettore zum Besten geben.

Ein schräger Krimispaß, gespickt mit Leichen und Rezepten.
Zum Nachkochen empfohlen, zur Nachahmung eher nicht ...

KBV KRIMINALROMAN

Ralf Kramp
MORD UND TOTLACH

Taschenbuch, 248 Seiten
ISBN 978-3-95441-196-2
9,80 EURO

Er verknüpft meisterhaft Eifeler Schlitzohrigkeit mit britischem Humor der schwärzesten Sorte. »Kurzkrimi-König« Ralf Kramp weiß, wie man die Leser mit pointenreichen Kriminalgeschichten an der Nase herumführt.

Vegetarische Wölfe, durchgeknallte Ufologen und orientierungslose Nacktwanderer sorgen für mörderischen Spaß. Warum bestattet der Bestatter sich selbst? Wie wird ausgerechnet Frank Elstner zum Entführungsopfer? Wie treibt der Maulwurf den Gärtner in den Wahnsinn? Die Morde seiner Protagonisten laufen selten so ab wie geplant. Die Rache der Erblasser, der Rückschlag der Natur, oder die bösartige Laune des Zufalls sorgen dafür, dass am Ende nichts mehr so ist, wie es zu Beginn der vierundzwanzig Erzählungen und Gedichte erscheint.

»Meister des schwarzen Humors. … Ralf Kramp mischt alle Zutaten zu einem teuflisch guten Krimi-Cocktail.«
(Gießener Anzeiger)

»Kurzkrimikönig Kramp … ein literarischer Genuss.«
(Wochenspiegel)

KBV KRIMINALROMAN

Stefan Barz

SCHANDPFAHL

AB SEPTEMBER 2014
Taschenbuch, 240 Seiten
ISBN 978-3-95441-188-7
9,50 EURO

Der Roman des neuen »Jacques-Berndorf-Preisträgers«

Ein Aufschrei geht durch die Eifel: Am historischen Pranger im Freilichtmuseum Kommern wird nachts ein Mann hingerichtet. Das Opfer ist der Bauunternehmer Andreas Berger – und niemand kann sich vorstellen, wer den beliebten, tief gläubigen Mann töten wollte. Schon kurze Zeit später wird ein weiteres Opfer an dem symbolträchtigen Schandpfahl aufgefunden. Gequält, erniedrigt, grausam getötet. Verbindet die beiden Opfer ein Geheimnis, von dem niemand etwas wissen durfte?
Der Schöngeist Jan Grimberg wird während seiner Polizei-Ausbildung in diesen Fall hineingeworfen und an die Seite des miesepetrigen Kommissars Ralf Steiner gestellt – sein neuer Mentor, der ihm auf Anhieb unsympathisch ist. Jan will sich in den Ermittlungen behaupten, wird von Steiner jedoch kaum ernst genommen.
Aber wirklich ernst wird die Lage für Grimberg erst, als seine neue Liebe Jenny ganz plötzlich ins Visier der Ermittler gerät, denn das ist diesmal … sein eigenes Visier.

Die Jury hat entschieden: »Schandpfahl« hat alles, was ein guter Eifelkrimi braucht!

Erika Kroell

DER FREMDE IM SPIEGEL

Taschenbuch, 264 Seiten
ISBN 978-3-942446-22-8
9,50 EURO

Das betagte Unternehmer-Ehepaar Hemmesfeld wird in der Neujahrsnacht in seiner Villa in Bad Neuenahr brutal ermordet. Ein neuer Fall für die Ermittlerinnen Flegel und Kraut.

In derselben Nacht wurden außerdem in der Straße, in der sich das Verbrechen zugetragen hat, mehrere Einbrüche in Nachbarhäuser verübt. Sind die Diebe auch die Mörder der Hemmesfelds?

Jenseits der deutsch-belgischen Grenze, in einem Waldstück bei Eupen, findet ein Jäger beim Spaziergang mit seinem Hund einen leblosen Mann, nur unzulänglich vergraben in der Walderde. Sein Gesicht ist völlig zerstört, und als er aus dem Koma erwacht, erinnert er sich an nichts. Als sich herausstellt, dass im Zusammenhang mit seiner Herkunft eine schwache Spur nach Bad Neuenahr weist, ist dies für die beiden Eifeler Ermittlerinnen endlich ein erster brauchbarer Hinweis im Fall ihres Doppelmordes.

»Ein Kriminalroman, der sich durch seine Vielschichtigkeit und erschreckende Authentizität hervortut und für die Zukunft noch viel von der Autorin erwarten lässt.«
(Media-Mania.de zu »Du siehst mich nicht«)

KBV KRIMINALROMAN

KBV KRIMINALROMAN

Ralf Kramp

STIMMEN IM WALD

Taschenbuch, 240 Seiten
ISBN 978-3-940077-43-1
9,50 EURO

Niemand im Dorf nimmt Michel Frings ernst, wenn er auf der Suche nach dem Luchs die Wälder der Eifel durchstreift. Als er eines Morgens tot auf einer Lichtung gefunden wird, wundert es niemanden, dass das Herz des alten Sonderlings aufgehört hat zu schlagen.
Sein Bruder Jo reist zur Beerdigung an. Im Gegensatz zu Michel hat er das Dorf schon früh verlassen und im Ausland Karriere gemacht. Schon bald stolpert er über Ungereimtheiten, über wohlgehütete Dorfgeheimnisse, über Eifersucht und Betrug, und er beginnt zu ahnen, dass der Tod seines Bruders alles andere als ein Unfall war.
Wer einmal gemordet hat, der wird es vielleicht schon bald ein zweites Mal tun. Das weiß Jo, aber er ist viel zu sehr damit beschäftigt, sein eigenes Geheimnis zu bewahren, als dass er die tödliche Gefahr erkennt, die sich ihm langsam aber stetig nähert.

»In dem atmosphärisch dichten Krimi beweist Kramp, dass er seine Handwerkskunst beherrscht und nimmt den Leser mit auf eine düstere Spurensuche durch die Eifel.«
(Kölner Stadt-Anzeiger)

»In seinem neuen Roman »Stimmen im Wald« vermischen sich Realität und Fiktion zu einem spannenden und unterhaltsamen Eifel-Kosmos… – beste Spannungslektüre aus der Eifel eben!« (Wochenspiegel)